L'auteur :

Nina Coustenoble est une étudiante de vingt et un ans en cursus de lettres modernes, dans le Nord de la France. Grande lectrice de littérature fantasy, elle écrit depuis son plus jeune âge et publie son premier roman à l'âge de quinze ans. Elle enchaîne les années suivantes, sa première saga "Tu ne resteras pas en vie" qui est sollicité par les lecteurs et par la presse pour la richesse de son imagination C'est en 2021 qu'elle nous fait découvrir ses nouvelles aventures "Les chroniques de Mécénia".

Du même auteur :
La Forêt des ténèbres (2015)

Du même auteur dans la même saga :

Tu ne resteras pas en vie : Le Mal (2016)
Tu ne resteras pas en vie : La Souffrance (2017)
Tu ne resteras pas en vie : La Mort (2018)
Tu ne resteras pas en vie : Les origines du Mal (2019)

Rachel

Les chroniques de Mécénia

Nina Coustenoble

© 2021 Nina Coustenoble

Édition : BoD – Books on Demand, 12/14 rond-point des Champs-Élysées, 75008 Paris
Impression : BoD - Books on Demand, Norderstedt, Allemagne
ISBN : 978-2-322-398-799
Dépôt légal : Octobre 2021

À ma famille,

Chapitre 1

L'odeur des pages neuves envahit mes narines. Les livres sont comme de vieux amis et ils m'accueillent dans cette ambiance chaleureuse. Dehors, le soleil brille et pourtant, je préfère être ici, où je peux feuilleter mes chers compagnons. Je me sens en paix et en sécurité. Je caresse les vieilles reliures en cuir, observe les premières de couverture, effleure les pages blanches. Le salon littéraire regorge de livres, mille couleurs attirent mes yeux et la tentation de tous les acheter me gagne. Dans la bibliothèque de mon village, le choix est plus réduit. Nombreux sont les auteurs qui sont venus dédicacer leurs livres. On se bouscule, on échange avec les écrivains, on se procure des ouvrages. C'est beaucoup trop dur de prendre une décision ! On y trouve de bonnes affaires avec les éditions anciennes comme celles de Victor Hugo, Racine, Flaubert… Elles valent en effet moins cher que les best-sellers du moment, mis en évidence sur les présentoirs. Je fais une liste mentale dans ma tête parmi les BD, documentaires, thrillers et histoires d'amour que je voudrais acheter. Je sens que les cinquante euros que m'ont donnés mes parents vont vite s'envoler. Je vais devoir faire des concessions, donc soyons méthodiques. Je vais privilégier plutôt les romans, et ceux qui ne sont pas trop chers, qui ont un résumé accrocheur. Ce serait aussi dommage de repartir sans une dédicace alors je fais la queue au stand du nouvel auteur à succès : Chris Igène. Son roman *Le jour commence au bout de la nuit* est un thriller psychologique et fantastique. Je rêve de l'avoir depuis longtemps. Avec toute cette foule devant Chris, je dois me presser pour terminer mes achats. Je me retrouve finalement à la caisse avec cinq ouvrages sous les bras dont la moitié ne seront probablement pas lus avant l'année suivante par manque de temps. Madame Vesquez, ma professeure de sciences et notre accompagnatrice à cette visite du salon, me voit arriver avec tout cela et s'en décroche presque la mâchoire.

— Tu es bien chargée Rachel. Tu vois bien que tout ne rentre pas dans ton sac. C'est une sortie scolaire, pas des courses !

— Ce n'est pas grave, je vais tout porter, je réponds.

Ma prof soupire, mais je sais au fond qu'elle est contente que cette visite m'ait fait plaisir. Il est déjà l'heure de retourner au lycée. Dans le bus, je parle à mes enseignantes de Chris Igène, sans doute l'un des meilleurs auteurs français de cette décennie, selon moi. Elles préfèrent lire les enquêtes policières, mais elles ne semblent pas désintéressées par ce que je leur raconte.

Tout le monde est bien content de rentrer chez soi; or moi, je pars à mon entraînement de volley-ball. Je m'attache les cheveux et écoute les filles discuter dans le vestiaire. Sans être une excellente joueuse, je m'investis dans mon sport, je l'adore. Depuis deux ans que j'en fais, je ne me lasse pas d'y aller les soirs après les cours. J'en ressors épuisée, mais incroyablement fière de moi. C'est un peu ce qui pimente ma vie de lycéenne lambda. Ce soir cependant, j'ai du mal à me concentrer. J'ai tellement hâte de rentrer chez moi quand je pense à tous ces livres que j'ai entassés dans mon sac. Et pour une raison que j'ignore, je me sens légèrement plus triste au moment d'aller sur le terrain.

Je prends le métro, puis le bus pour retourner chez moi. Il n'y a pas d'école dans mon village, ce qui m'embête un peu vu qu'après le volley, j'aimerais bien rentrer le plus rapidement possible. Un groupe de garçons discutent d'un film ou d'un jeu vidéo avec des Elfes, des dragons et autres créatures. Je suis la seule dans ce monde à savoir qu'ils existent réellement. Bien sûr, je ne pourrais jamais le prouver, mais au fond il y a quelque chose de réjouissant à être l'unique personne à connaître un secret. Il concerne plus mes parents que moi. Quand on les regarde, on ne doute pas qu'ils soient des humains tout à fait ordinaires, élevant une fille banale. Toutefois, les apparences sont trompeuses et les gens sont loin de soupçonner la vérité. Dans les livres et les films, le personnage principal apprend à l'adolescence la nature même de sa famille. Pour ma part, j'ai toujours su ce qu'étaient mes parents, ils n'ont jamais voulu le cacher. J'avoue que cela enlève tout le piquant à mon histoire. Je ne pourrais jamais être l'héroïne d'un roman.

Mes parents sont nés dans une autre dimension, un monde qui s'appelle Mécénia. Ce continent comporte dix-huit pays, dont le plus important est Amélia, la terre où ils ont vécu. Quand j'étais petite, j'étais fascinée de savoir que les Fées, les Elfes, les Sorciers existaient vraiment. On m'a expliqué que là-bas, il y avait les Solis, les êtres qui pratiquent la magie et les Oldis, ceux qui n'en ont pas, comme les Nains, les Ogres… Mes parents sont tous les deux Magiciens, sauf qu'ils sont un peu particuliers : ils ne peuvent pas utiliser leurs pouvoirs. C'est une anomalie très rare qui n'a rien de génétique. On ne connaît pas vraiment la cause de cette bizarrerie. Ces personnes touchées s'appellent les Néants. Pourquoi ce terme ? Tout simplement parce qu'un Solis est rempli d'énergie magique, les Néants sont vidés de cette énergie. Mes parents ont quand même eu une enfance normale, car les pouvoirs ne se manifestent pas forcément jeunes. Seulement, ils ont perdu tout espoir de pratiquer la magie un jour. À Mécénia, les Néants ne sont pas toujours bien vus, ils peuvent avoir un travail, mais ils ne sont pas bien placés dans la hiérarchie sociale. Alors même si personne ne les a poussés à partir, ils ont préféré quitter Mécénia pour s'installer en France. Leur pays natal leur manque parfois cependant, ils sont très heureux sur Terre, une planète qu'ils jugent magnifique et plus mystérieuse. Je trouve cela incroyable que deux Néants se soient retrouvés mariés. Autrefois, je rêvais d'aller à Mécénia, de visiter tous ces pays merveilleux et ces habitants hors-normes. Le nombre de fois où j'ai tenté de m'entraîner à la télékinésie, j'étais complètement folle ! Malheureusement pour cette petite fille, je n'ai jamais réussi à invoquer un soupçon de magie. Quand on grandit et que l'on voit ses rêves brisés, on finit par passer à autre chose. C'est ce que j'ai fait. Aujourd'hui, je ne suis plus du tout triste d'être « normale ». J'ai des amis géniaux, le volley-ball, de bonnes notes à l'école. Je sors, je lis, je customise des objets pour égayer ma chambre. Certes, ma vie est loin d'être trépidante. Mais quoi qu'il en soit, je m'en fiche. Elle me convient.

À mon arrivée, une odeur de chocolat titille mes narines. Maman est encore en train de faire ses fameux fondants. J'en ai l'eau à la bouche. Quand je viens embrasser ma mère, elle capte tout de suite mon regard, dirigé vers sa préparation.

– C'est loin d'être prêt, gourmande ! Je viens juste d'arriver. Je pense qu'on va manger tard ce soir.

– Génial, comme ça j'ai le temps de faire mes devoirs.

Je pose mon sac sur le canapé et défais ma veste.

– Alors c'était comment ? me demande maman.

– C'était super ! J'ai acheté cinq livres.

– Tu me ruines à chaque fois ! Révise au lieu d'acheter des bouquins !

Je tente de plonger mon doigt dans le bol de chocolat fondu, mais elle me voit arriver et m'agresse à coups de torchon.

– Allez ouste ! Tu m'as dit que tu devais faire tes devoirs.

Je monte jusqu'à ma chambre, après avoir fait un détour dans celle de mon frère. Alan est parti depuis longtemps, alors la sienne me sert de bibliothèque. J'y entrepose mes trésors. Un calendrier accroché au mur m'indique la date de son retour. Il prendra un congé en juillet, comme tous les ans, pour venir nous voir. Alan est le seul membre de la famille à avoir des pouvoirs. Il est aussi le seul à vivre à Amélia. Il me manque tous les jours. Il est temps que je révise avant que maman ne se rende compte que je suis encore en train d'admirer mes nouveaux livres.

Au dîner, papa rentre à temps du travail. Sa barbe de trois jours me chatouille quand il vient m'embrasser. Comment peut-il être si grand alors que moi je suis si petite ? Je me plains tout le temps de mon 1m60 à mes parents, même si je sais que je ne suis pas si petite que ça. Maman et papa commencent à raconter leur journée. J'écoute à moitié, trop concentrée sur mes pommes de terre. Mon père fait toujours de grands gestes quand il parle, en cela, je lui ressemble beaucoup. J'aime ces soirées tranquilles. Depuis qu'ils ont remarqué mon désintérêt pour Mécénia et tout ce qui va avec, mes parents n'en ont plus jamais parlé. Sauf quand Alan est là bien sûr. Mon frère ne se prive jamais de raconter ses aventures. Je pense qu'il est plus malheureux que moi maintenant de savoir que je ne le rejoindrai jamais à Amélia. Je n'aurais pas de pouvoir et ce qu'il me raconte ne me procure pas autant de plaisir qu'avant. Pour lui, je suis toujours la petite fille curieuse et impatiente. On s'est disputé quelques fois à ce sujet, il disait que je bafouais notre héritage. C'est un peu vrai au fond, car je n'ai pas beaucoup de souvenirs de ce que nos parents nous ont raconté lorsqu'on était mômes. Cependant, je sais qu'Alan me comprend. Nos rêves sont simplement différents maintenant. Je pense peut-être devenir un jour architecte ou éditrice. Pourquoi me soucier d'un monde dont j'ignore tout ?

Pendant le dessert, maman apporte ses fondants au chocolat enfin terminés. Nous nous régalons. Papa se met à parler de politique. J'hésite à le faire taire. Un coup d'œil amusé de ma mère me fait comprendre qu'elle pense la même chose que moi. Soudain, un hologramme apparaît devant nous. Surprise, je manque de tomber de ma chaise. Je n'ai jamais vu cela de ma vie. La vision d'une femme mince et guindée s'offre à nous. Elle m'est étrangement familière. Mes parents semblent la connaître en tout cas, car ils ont à peine ciller face à cette intrusion. Elle nous regarde droit dans les yeux et annonce d'une voix solennelle, mais mélancolique :

— Monsieur et Madame Rident, j'ai le regret de vous informer que votre fils, Alan Rident, est décédé. Nous vous recontacterons pour vous fournir davantage d'informations.

L'image disparaît.

Chapitre 2

Je me lève doucement, le regard fixé sur l'endroit où est apparu l'hologramme. Maman fond immédiatement en larmes. Papa vient l'enlacer tendrement. Il cache son visage dans son cou pour ne pas montrer ses pleurs. Une profonde tristesse m'envahit. C'est comme si mon âme se brisait en mille éclats de verre. Mon frère est… mort. Ce n'est pas possible. On devait se voir dans seulement trois mois ! Mais cela n'arrivera pas. Quand est-ce qu'ils comptent nous dire comment est-il mort ?

— Rachel, dit papa en me tendant la main.
— J'ai besoin d'être seule dans ma chambre.

Je les laisse face à leur chagrin. Pour ma part, je me sens vide. Je monte les escaliers comme un robot. Je n'arrive plus à penser. Il n'y a que l'image de cette dame qui revient en boucle dans ma tête.

J'ai le regret de vous informer que votre fils, Alan Rident, est décédé.
Je m'affale de tout mon long sur mon lit. J'ai envie de crier et je plaque mon visage contre mon oreiller. Des bruits étouffés finissent par sortir malgré tout. Je maudis le monde entier, et surtout Amélia, pour me l'avoir enlevé. J'ai si peu profité de lui. Depuis des années qu'il est parti de la maison, je n'ai cessé de désirer sa présence. Je voulais retrouver son rire, son humour, sa chaleur. Ses yeux pétillants me remontaient toujours le moral. Je l'aimais tellement ! La terre pourrait bien m'engloutir, je m'en ficherais royalement ! Pourquoi sommes-nous si surpris ? Mes parents et moi nous doutions bien que cela risquait d'arriver un jour. Nous refusions simplement de l'admettre. On faisait comme si la vie allait continuer éternellement. Alan rentrerait chaque été, il se marierait et aurait des enfants. Cependant, la

réalité était bien plus effrayante. Si Alan était parti loin de la Terre, c'était pour devenir un soldat. Lui-même ne savait pas pourquoi cette vocation l'intéressait. Il pensait juste que c'était important et il était si généreux. Il voulait toujours protéger tout le monde, moi la première.

Je me remémore mon enfance avec lui.

Nous avions cinq ans d'écart et je ne me rappelle pas l'avoir déjà vu sans ses pouvoirs. C'était étrange pour toute la famille de savoir qu'Alan n'était pas un Néant. Mon frère était jeune, il détestait cacher ses dons. Il adorait tellement la magie, c'était donc frustrant de ne pas pouvoir la pratiquer en dehors de la maison. Heureusement pour lui, je ne l'en privai pas. Je lui demandais toujours des tours. Notre jeu préféré consistait à ce qu'il éteigne les lumières de nos chambres par la pensée, ou alors il faisait léviter une balle. On rigolait bien, on le faisait même la nuit en cachette. Quand je venais le voir après un cauchemar, il me montrait un nouveau sort. Les Magiciens sont les maîtres de la matière physique. Ils contrôlent la nature et les objets en général. Mais ils ne peuvent pas agir directement sur les êtres humains, donc pas de télépathie ni de métamorphose. Cependant, la télékinésie ne me semblait pas si mal, et Alan était très doué. Enfin pour moi, car je n'ai jamais vu de Magiciens de ma vie, à part mes parents, mais bien sûr, ils ne comptaient pas. À l'époque, j'attendais avec impatience que mes pouvoirs se révèlent. Je faisais des rêves où je voyais du feu entre mes mains. Je faisais pousser un arbre jusqu'au ciel pour observer au loin, j'attrapai la télécommande de la télévision sans avoir à bouger du canapé et je construisais ma propre piscine. Enfin, j'avais des tas d'idées en somme. Mais ils ne sont jamais apparus. Il n'y a rien de pire en termes de déception que celle d'une petite fille. J'étais une enfant très capricieuse parce que je pleurais presque tous les jours en espérant que je pourrais faire comme Alan. J'entends encore la voix rassurante de mon frère.

— *Tu auras peut-être des pouvoirs Rachel. Ne t'en fais pas.*

— *Mais ils ne sont toujours pas là !*

— *Tu sais, certains attendent très longtemps. Papa m'a dit qu'il y avait des personnes très rares qui les avaient à trente ans.*

— *C'est trop long !*

– *Il faut que tu sois patiente Rachel. Et je peux te promettre que, magie ou non, nous partirons tous les deux découvrir Mécénia.*
– *Tu crois qu'ils nous laisseront passer ?*

Il s'est mis à rire.

– *Les Néants ont le droit d'aller à Mécénia Rachel. Papa m'a dit que certains restaient, mais qu'ils acceptaient des jobs ingrats. Mais moi, je suis un Solis, et je deviendrai quelqu'un d'important.*

Mon cœur déçu s'en trouvait réjoui. Je voulais voir les Sirènes, les dragons, les Fées… Chaque année, j'embêtais mes parents pour qu'on aille tous ensemble à Mécénia. Ils disaient que c'était ici notre place.

Il y a des histoires restées secrètes, car j'étais trop jeune pour les entendre. Toutefois, Alan me les rapportait et je n'en étais que plus fascinée. Il me racontait des récits effrayants sur les Démons, les Gobelins et les Ogres. Je faisais celle qui n'avait pas peur, même si en réalité j'étais morte de trouille. Mais cela m'amusait aussi.

J'avais dix ans, Alan quinze, quand j'ai appris que mes parents avaient informé le gouvernement depuis longtemps des pouvoirs de leur fils. Pendant plusieurs années, on lui avait fait passer des tests et cette année, il en a repassé d'autres, encore plus importants. Je me souviens maintenant, c'est là que j'ai rencontré la dame qui nous a prévenue de sa mort. C'est elle qui est venue annoncer les résultats à Alan et que, s'il le désirait, il pouvait devenir garde royal. Il maîtrisait en effet assez bien la magie, et il avait de bonnes compétences physiques et intellectuelles. Elle a dit que ce travail serait parfait pour lui. Malgré les réticences de papa et maman, Alan a sauté de joie. Il rêvait depuis toujours de visiter ce monde magique qui était une part de nous-mêmes au fond. Il me le disait tout le temps :

Plus tard Rachel, nous irons à Mécénia et nous deviendrons de grands Magiciens !

Avant de protéger la famille royale d'Amélia, le plus puissant des royaumes, il devait parfaire une formation de trois ans. Alors il est parti. J'ai beaucoup pleuré ce jour-là, car j'étais vraiment très attachée à lui, limite pot de colle. Mais j'étais aussi très fière d'être sa petite sœur. À l'école, j'ai dû me mordre la langue plusieurs fois pour ne pas me vanter d'avoir un frère si incroyable. Il me manquait encore plus à cette époque. Puis, je suis entrée au collège et peu à peu, ma passion pour la magie s'est dissipée. Le fait de côtoyer la vie normale tous les jours m'a fait oublier Mécénia. J'ai fini par accepter l'idée que je n'aurais jamais de pouvoirs. Et cela ne m'a même pas rendu triste. Nous avions grandi mon frère et moi et nous étions devenus très différents. Il avait réussi à atteindre le poste de soldat. Voilà près de trois ans qu'il travaillait au palais. Oh, je savais que son métier était très dangereux, mais comme il passait ses journées à l'intérieur, je pensais qu'il y avait moins de risque. Je ne le voyais vraiment pas partir aussi jeune. Jamais je ne pourrais le revoir. Je voudrais que le lit m'engloutisse. Maintenant, les larmes abondent sur mon visage. Le monde est tellement injuste ! Je passe plusieurs heures à pleurer, à frapper mon oreiller et à envoyer promener mes parents. Je me remémore tous les moments heureux avec Alan. Chaque souvenir me fait encore plus mal que le précédent.

Je rêve d'Alan. Il est là, dans un halo de lumière blanche. Quand il tend ses bras vers moi, je cours dans sa direction. Il me crie :
— Rachel, attention !
Je vois le ciel marron comme la terre qui se fissure comme si c'était le plafond d'une maison précaire. Il forme plusieurs morceaux qui s'écroulent et prennent la forme de rochers. Je suis tétanisée, mais je veux rejoindre mon frère. Je hurle de toutes mes forces, terrorisée. Un dôme transparent me protège soudain et les rochers explosent. Le ciel ne peut plus me tomber sur la tête. Comment est-ce possible ? Mon visage ruisselle de larmes. Mon frère me regarde comme si la scène qui venait de se produire ne le surprenait pas. Est-ce lui qui m'a sauvée ? Ou bien une force bien plus mystérieuse ? J'esquisse un petit sourire en le voyant si confiant. Je le rejoins et il me dit.
— Tiens ta promesse Rachel. Et lorsque le moment sera venu, ouvre ton cœur.
Mon cœur ? Mais qu'est-ce qu'il me raconte ? Il m'embrasse sur le front. Je sombre dans l'inconscience.

Je me réveille péniblement. Ma tête me fait mal et mes joues sont endolories d'avoir trop pleuré. Je jurerais notamment que j'ai les yeux rougis. Je bâille fortement. Quelque chose ne va pas, je le sens, je le sais. Je balaie du regard toute la pièce et contemple le désastre. Tous mes livres sont éparpillés aux quatre coins de ma chambre, des feuilles jonchent le sol, mes crayons sont cassés… On dirait qu'un ouragan est passé cette nuit. Je pousse un cri sous l'effet de la surprise et de la frayeur. Maman m'entend et tente d'entrer dans ma chambre, en vain.

— Chérie, tu es réveillée ? Ouvre cette fichue porte !

Elle s'obstine contre la poignée. Je sors de mon lit en vitesse et vais lui ouvrir. Maman entre en trombe et me prend dans ses bras. Je n'y comprends rien. Y a-t-il vraiment eu une catastrophe naturelle pendant que je dormais ? Pourquoi n'ai-je rien entendu ? Maman m'explique :

— On se faisait du souci pour toi. Cette nuit, on a entendu beaucoup de bruits bizarres venant de ta chambre. Seulement, tu as fermé ta porte à clé et l'on n'a pas pu voir ce qui se passait, malgré le fait qu'on criait après toi.

— Mais je n'ai pas fermé ma porte à clé ! je proteste.

— Allons, ne te moque pas de nous ! s'énerve mon père. Tu nous as fait peur. On a veillé toute la nuit.

Ils ont en effet de gros cernes sous les yeux. Puis, papa observe les lieux et en reste bouche bée.

— Non, mais je rêve ! Qu'est-ce qui s'est passé ici ?

— Je n'en sais rien, je le jure ! Je me suis réveillée et tout était en désordre.

— Tu as fait un cauchemar cette nuit ? me demande maman.

— Oui, j'ai rêvé d'Alan et d'un dôme transparent qui me protégeait.

— Va te préparer et prendre ton petit-déjeuner. Ton père et moi devons discuter.

Je lui en veux de couper court la discussion, mais mieux vaut obéir. Je prends ma douche et enfile vite fait mes vêtements pour rejoindre mes parents. Ils parlent à voix basse. Qu'est-ce

qui leur arrive ? Ce n'est pas dans leur habitude de me faire des cachotteries. Maman m'aperçoit et se tourne vers moi.
- Tu es sûre qu'il ne t'était rien arrivé d'anormal avant ça ?
- Non, pourquoi ?
- Ta mère et moi pensons que tes pouvoirs se sont réveillés, déclare papa.

Et merde ! Il ne manquait plus que ça !
- J'ai seize ans et je n'ai jamais fait de magie jusqu'à ce jour !
- Cela ne veut rien dire. C'est totalement probable que tu puisses les avoir là.

Je ne voulais pas qu'une chose pareille m'arrive. Certainement pas maintenant en tout cas ! Et ma vie normale dans tout cela ?
- Ne t'inquiète pas, chérie, me rassure maman. Il y aura des tests obligatoires, mais si tes pouvoirs se révèlent peu puissants ou facilement contrôlables, tu pourras rester ici.
- Parce qu'en plus, on peut m'obliger à quitter la maison ! Je n'ai pas envie de passer ces tests !
- Il le faut. Tu pourrais blesser quelqu'un sinon. C'est pourquoi tu n'iras pas à l'école aujourd'hui.
- C'est déjà ça, dis-je avec ironie.

Ma mère me lance un regard sévère.
- Je plaisantais.

C'est alors qu'on frappe à la porte.

- Entrez, invite maman.

Une femme grande et mince s'avance vers nous. Elle est accompagnée de deux petits hommes bleus à trois doigts qui tiennent des blocs-notes. La dame a des cheveux noirs relevés en chignon, quelques rides aux coins des yeux et des lèvres pincées. Je la reconnais immédiatement. Je ne sais plus son nom, mais c'est la femme qui est allée chercher Alan et qui nous a fait part de sa mort.
- Mes sincères condoléances, dit-elle.
- Vous en savez plus sur la mort de notre fils ? demande

maman.
- Aucune information très détaillée, malheureusement. Mais nous connaissons la cause de la mort. C'est une véritable tragédie.

Nous nous asseyons dans le salon. Maman sert du thé à notre invitée. Elle boit lentement, ce qui agace mon père qui s'impatiente. Ses nerfs sont à vifs et ses jambes tremblent.
- Alors Madame Désidore, qu'avez-vous trouvé ? interroge-t-il, n'y tenant plus.
- Alan était l'un de nos meilleurs éléments. Il a été recruté pour une mission très spéciale. Voyez-vous, il y a des problèmes au palais. La famille royale a subi plusieurs tentatives d'assassinats. L'héritière est encore jeune et vulnérable. Alan avait été attribué à la garde personnelle de Son Altesse.
- Nous l'ignorions, s'étonne papa.
- Je suis sûre qu'il comptait vous le dire pendant sa visite annuelle. C'était plutôt récent. Enfin, il n'a pas profité beaucoup de sa promotion, puisque le personnel manquant, il se devait de protéger la famille royale ailleurs qu'au palais. On soupçonnait des Démons d'avoir organisé la dernière tentative d'attentat et une vingtaine de gardes ont été envoyés pour les arrêter. Ils ne sont jamais revenus. Mais nous avons retrouvé les corps dans un endroit où nous pensons qu'il y avait une maison auparavant. La demeure se serait volatilisée. Il se peut que les Démons poursuivis les aient conduits vers un ennemi plus coriace.
- Ils ont été assassinés ! blêmit maman.
- Oui.

Mes parents et moi essayons de digérer la nouvelle. Madame Désidore reprend :
- Nous allons organiser des obsèques nationales dans deux jours pour tous les soldats. Mais j'ai réfléchi à l'éventualité que vous vouliez peut-être enterrer votre fils ici, sur Terre.
- Je pense qu'Alan préférerait reposer aux côtés de ses

compagnons d'armes, pleure maman.
- Très bien, je vous retrouve dans deux jours alors. Je viendrai vous chercher. Je comptais moi aussi assister à l'enterrement.
- Nous voulions également vous parler d'autre chose. Nous pensons que Rachel a des pouvoirs.

Madame Désidore, qui jusqu'ici ne faisait pas du tout attention à moi, me dévisage soudainement. Je n'aime pas ses petits yeux qui me scrutent.
- Vraiment ? Vous en êtes sûrs ?
- Voyez sa chambre, déclare mon père. Elle l'a totalement mise sens dessus dessous pendant son sommeil.
- Quand Alan a passé ses tests la première fois, on en a fait quelques-uns sur Rachel. Elle n'avait aucune trace de magie. C'est étrange, non ?
- Elle était beaucoup trop jeune, fait remarquer maman.

Elle doit avoir raison, car je ne m'en souviens pas. Désidore rétorque :
- Les risques qu'elle développe ses pouvoirs étaient quand même quasiment nuls.
- Vous devriez revoir vos statistiques, s'énerve papa.

Je n'ai jamais vu mon père dans cet état. Il est si doux d'habitude, si cordial. Mais depuis que la dame est arrivée, il n'a pas arrêté de la regarder méchamment. Peut-être qu'il la rend responsable de la mort d'Alan. C'est elle qui l'a emmené après tout. Madame Désidore ne se démonte pas.
- Ce que je voulais dire monsieur, c'est que je ne m'y attendais pas. J'ai connu des tas de gens comme vous. La probabilité qu'un Néant engendre un Solis est en effet très forte. Mais quand deux Néants se mettent ensemble, on a pu remarquer que c'était l'effet inverse. C'est pourquoi je n'étais pas étonnée de savoir qu'il n'y avait qu'Alan qui montrait des signes de magie. Bien sûr, je ne doute pas forcément de votre sincérité.

Elle finit par aller voir les dégâts dans ma chambre. Elle observe tout scrupuleusement. Elle hume même l'air.
- Vous aviez raison. Il y a une énergie magique ici. Mais

peut-être qu'on s'est juste introduit chez vous. Je vais quand même faire passer des tests à Rachel. Voir si elle ne représente aucun danger. Mais si c'est bien elle qui est à l'origine de tout cela, je pense qu'il y a du potentiel. C'est arrivé pendant ton sommeil, c'est cela ?
- Oui, madame, je réponds.
- Te rappelles-tu quelque chose ?
- Seulement d'avoir rêvé de mon frère.
- Un traumatisme qui révèle les pouvoirs. C'est courant. Très bien, je vais te réserver une place au Centre du Comité d'intégration. Tu étais très jeune la dernière fois que l'on s'est vue, tu veux peut-être que je te rappelle tout ceci ?
- Oui, s'il vous plaît, je pense que cela m'aiderait beaucoup.
- Donc je suis Madame Désidore, et je suis responsable de l'intégration des jeunes Magiciens.
- Seulement des Magiciens ?
- Oui, enfin la majeure partie du temps. Comme je suis Magicienne, je me vois mal donner des conseils de magie à des Fées par exemple. Le Comité d'intégration sert à faire passer les épreuves et à aider les jeunes Solis qui ne se sentiraient pas à l'aise avec leurs pouvoirs ou qui seraient une menace pour la société et pour eux-mêmes. Je te préviendrai quand je t'aurai trouvé une place et je t'expliquerai tout, ne t'en fais pas. Sur ce, nous nous retrouverons à l'enterrement.

Alors elle nous salue. Les deux créatures qui la suivent n'ont pas arrêté de prendre des notes et continuent à écrire lorsque Madame Désidore quitte notre demeure.

Chapitre 3

Ma mère me prépare un copieux petit-déjeuner. On dirait que c'est pour tout un régiment tellement elle a vidé les placards.

— Maman, je ne vais pas avaler tout ça !
— Tu dois prendre beaucoup de forces pour utiliser au mieux ta magie.
— Elle va surtout vomir devant les Zwigs*, avertit mon père.
— Les quoi ? je demande.
— Les inspecteurs.
— Écoute bien tout ce que te dira Madame Désidore, me conseille maman. Tu auras différentes épreuves et un examen de santé. Tu ne dois pas t'inquiéter.
— Mais je ne m'inquiète pas. Après tout, on s'est peut-être trompé sur mes pouvoirs.
— Je ne pense pas, non. Finis ton petit-déjeuner. Tu ne dois pas être en retard.

J'obéis et après avoir dévoré quelques tartines, je fonce sous la douche. J'enfile une tenue de sport noire et je m'attache les cheveux. Maman est très nerveuse, sans doute plus que moi. J'ai menti quand j'ai dit que je n'avais pas peur. C'est totalement nouveau pour moi et je n'aime pas les tests en général, surtout lorsque ceux-ci ont lieu peu après une tragédie. Cela ne fait que quelques jours que l'on a enterré mon frère.

En milieu de matinée, un portail magique apparaît dans notre salon et Madame Désidore m'annonce :

— C'est l'heure.

J'embrasse mes parents. Je sais que je reviendrai ce soir, mais c'est un grand jour aujourd'hui. Là encore, je ne verrais pas grand-chose de Mécénia, puisque je resterais entre quatre murs. Il y a quelques jours, j'arrivais dans cet univers magique pour la première fois. J'aurais voulu que ce soit dans des circonstances plus joyeuses. La cérémonie a eu lieu dans le cimetière militaire de Vérion, la capitale d'Amélia. Beaucoup de monde se trouvait là, même si pratiquement personne ne connaissait mon frère. C'est juste que c'est normal de rendre hommage à des soldats morts pour la patrie. Certains venaient parler à mes parents, leur présenter leurs condoléances. Ils ont aussi reçu des messages de soutien, notamment de mes grands-parents qui n'ont pas pu venir. J'ai regardé avec tristesse le cercueil de mon frère et celui de ses compagnons. On les a tous brûlés, puis par la magie, le feu les a transformés en statue de pierre.

Mme Désidore, elle, arbore la même expression stricte, impassible, enterrement ou pas. Elle me fait signe qu'il est l'heure d'y aller. Je passe le portail avec la responsable de l'intégration. La dernière fois, elle était venue me chercher avec mes parents. Je pensais qu'avec ce moyen de téléportation, on arriverait en deux secondes, mais le voyage m'avait paru bien plus long en vérité, à moins que ce soit parce qu'on traversait deux mondes totalement différents. Je ne voyais personne autour de moi, juste des cercles et des spirales noirs et blancs. J'avais cette étrange impression que tous mes organes remontaient. Au moment où je commençais à sentir une pression sur ma gorge, mes pieds sont retombés sur une surface dure et j'ai ressenti pleinement la joie de la gravité.

– Comment te sens-tu ? m'a demandé Désidore.

– Bizarre.

– Si tu n'es pas tombée dans les pommes, c'est que tu es bien une Solis.

– J'en apprends tous les jours.

Mes parents m'ont serré la main et nous avons continué notre chemin vers la cérémonie d'enterrement. Je me souviens à quel point l'air m'avait titillé les narines. J'avais envie d'éternuer toutes les deux minutes et j'avais mal rien qu'en respirant. Maman m'a rassuré en me disant que je m'y habituerais.

Des frissons me viennent en refaisant ce voyage à travers le portail. Mon impatience grandit de plus en plus. Je n'aime pas ce moyen de transport décidément. Puis, le soleil de Mécénia apparaît devant mes yeux. Il me paraît plus gros que celui de la Terre. Je n'ai pas le temps de contempler le paysage qu'on m'entraîne immédiatement à l'intérieur du Centre d'intégration. La responsable m'emmène dans une grande salle bleu azur. Elle m'ordonne de me positionner au centre. J'obéis sans discuter. Tout se déroule si vite que j'ai du mal à réaliser ce qui se passe. Trois hommes et deux femmes sont placés en arc de cercle devant moi et m'observent.

– Ne t'en fais pas, me rassure Désidore, c'est juste l'examen de santé. Puis, un Visior* va venir sonder ton esprit pour déterminer ton état mental.

Le Visior est une créature naturellement télépathe. D'après mes parents, ils sont très rares. En tout cas, c'est rassurant de savoir qu'on va entrer dans ma tête !

– Il y a trois sortes de tests que tu vas passer : des épreuves physiques, intellectuelles et magiques. Mes collègues t'expliqueront bien mieux que moi tout ce que tu devras faire. Je t'assure qu'il n'y a aucun risque.

Pourquoi ? Il devrait y en avoir ? Je me tais. Désidore sort. L'un des hommes, un grand type chauve, tape dans ses mains et des cercles de lumière s'élèvent autour de moi, sûrement pour me sonder. Puis, ils vérifient ma tension, ma température, me prélèvent un peu de sang. Jusqu'ici tout va bien, rien de très anormal.

– Attends là, me dit une femme, le Visior va arriver.

Ils s'en vont tous, me laissant seule dans cet immense espace vide. Un étrange individu entre alors. Il a la peau bleue, les yeux rouges et des cheveux noir coupé courts. Son regard curieux me transperce.

– Rachel Rident ? dit-il avec un accent inconnu.

Je hoche la tête. Il me sourit en tendant ses grandes mains.

– Papor.

Je ne comprends rien et je recule, me demandant ce qui va m'arriver. Il parle un peu plus fort.

– Papor, papor !

Après un instant de réflexion, je pense qu'il veut dire : « pas peur ». Je me détends donc et le laisse me toucher le crâne. Son contact est froid. Des images reviennent à ma mémoire sans que je le souhaite. Des moments tristes et heureux, les voit-il lui aussi ?

— Brave, dit-il avec l'accent anglais cette fois.

Je ne sais pas s'il est au courant que je suis française. Je m'efforce de sourire. Cette situation est assez gênante. Désidore vient me chercher à ce moment-là, timing parfait pour retourner dans les longs couloirs.

— Ton premier test sera pour vérifier ton QI. Mais comme tu ne connais rien à Mécénia, tu auras des questions typiquement humaines. Cela va durer une heure. Tu réponds le plus vite possible. Les thèmes seront surtout sur la génétique, l'histoire, la géographie, la physique, les mathématiques et les œuvres littéraires. Ce sont des domaines plus ou moins vastes et certains sujets sont très complexes.

Elle me fait entrer dans une salle de classe avec une bonne cinquantaine d'élèves. Je m'installe à ma place réservée. Un homme distribue les feuilles et fait apparaître une immense horloge avec sa magie. Je me concentre. Les premières questions sont faciles, même un enfant de primaire pourrait y répondre. Bien sûr, elles deviennent de plus en plus compliquées. C'est surtout dans les mathématiques et les sciences que je galère. Certaines formules me sont totalement inconnues. Je suis meilleure dans les autres matières, mais là, on me demande des choses très précises, comme les dates des règnes des rois de France. Qui retient ce genre de truc ?

Ensuite, je me retrouve à la cafétéria. Tous les jeunes ont entre six et vingt-cinq ans, je dirais. J'observe les aliments du self. Ils sont étranges et colorés pour la plupart. Il y a des moments où je me fais avoir. Je mange du sucré alors que je pensais prendre du salé. Je trouve deux petites saucisses collées entre elles qui ont en réalité un goût de féculent. Mais sinon, la viande de porchet s'apparente bien à du porc, comme quoi certains noms se ressemblent. Et je reconnais certains aliments comme les yaourts nature. Le sucre est remplacé par de la canessa*, ici. Je mange seule. Je n'ose pas aller vers les autres. Tout m'est inconnu. Je suis bien rassasiée cependant, assez pour être en forme à mon épreuve de magie. Une dame me demande de soulever un objet devant moi, de le faire briller, de changer sa couleur, son aspect, puis de le détruire. Je me concentre de toutes mes forces. Il me faut plusieurs minutes avant d'activer mes pouvoirs. Ils sont invisibles à l'œil nu, mais je les sens en moi, c'est comme si je portais quelque chose sur mon dos et en même temps, tout mon corps s'échauffe. J'ai l'impression que mon sang circule plus vite. Je parviens à réaliser les consignes. On me présente plusieurs objets plus ou moins gros. J'ai toujours du mal à les détruire à la fin, toutefois je trouve que je m'en sors bien. Ensuite, on place des électrodes sur mon cerveau et je dois alors faire évaporer de l'eau, allumer un feu, agir sur la croissance d'une plante et créer ce qu'on me montre à travers des images. J'avoue que je ne me sens pas très puissante, je suppose que c'est normal. Désidore réapparaît en milieu d'après-midi.

- C'est l'heure de l'épreuve d'endurance. Tu vas avoir de rapides cours d'escrime, puis il y aura une course de sauts, de la cardio, de la musculation et un tas d'autres choses.
- Pourquoi mettre cette épreuve en fin de journée ? Je suis déjà épuisée moralement.
- Justement, c'est mieux d'évaluer tes aptitudes physiques si tu n'es pas en pleine possession de tes capacités.

Génial, mais je garde mes réflexions pour moi. Désidore est beaucoup trop rapide pour moi. Je la vois sortir sans même m'attendre. Je cours la rejoindre, sentant encore ma magie onduler en moi.

Chapitre 4

La leçon d'escrime se déroule vite, en effet. Après avoir manié une épée en bois, on me passe un long bâton, sûrement pour représenter une lance, sauf que ce n'est pas pointu. J'apprends les manœuvres de base et principalement de la défense. Je fais tournoyer mon bâton au-dessus de ma tête. J'essaie d'être rapide et d'exécuter des mouvements fluides. Le maître d'armes crie comme un sergent-major, ce que je n'apprécie pas forcément. Ce qui me donne envie par contre, ce sont les parcours. La salle de sport est immense avec tout le matériel de gymnastique, des sauts d'obstacles, des pistes de course, des haltères… Les sportifs doivent être au paradis ici. J'avoue qu'à part le volley, je ne fais pas vraiment d'exercice tous les jours, mais mieux vaut tard que jamais. Je suis un peu costaude, seulement j'ai une certaine endurance et un minimum de muscles. Je m'inquiète plus pour l'escalade, car je me rends compte que personne n'est attaché par une corde. Un assureur est par conséquent inutile. Soit un filet magique est là en cas de chute, soit les Magiciens sont trop confiants en leurs pouvoirs. Mais je remarque aussi des Oldis, comme des Loups-Garous et des Vampires, donc c'est sûrement un système de protection. Je grimpe avec agilité et souplesse. Je suis également surprise de ma rapidité. J'ai l'impression de redécouvrir mon corps. Est-ce que la magie a un effet physique ? Au lycée, je ne suis pas aussi douée. Pendant mes échauffements, j'aperçois un Zwig appeler les jeunes, un par un. Encore un test ? Je ne vois plus Madame Désidore. Elle adore disparaître, celle-là ! Le maître d'armes continue de crier :

— Nous aurons un dernier exercice à dix-huit heures !

Surtout, n'oubliez pas votre arme !
C'est vrai, où ai-je mis ma fausse lance, moi ?
- Rachel Rident, m'appelle un Zwig.
- Oui ?
- Venez s'il vous plaît.

Je le suis jusque dans la salle d'à côté. Tiens, Désidore est là. Elle est accompagnée d'un monsieur petit avec une grosse moustache et des tâches de rousseur sur sa peau légèrement bronzée.
- *Seï Solis* ? demande l'homme.
- *Chi, marikreni*, affirme la responsable. Rachel, voici le forgeron Jo Masse.
- Qu'est-ce que vous disiez ?
- Il me demandait si tu étais une Solis en amélien, la langue la plus parlée de notre monde. Je lui ai répondu que tu étais une Magicienne.
- D'accord, et donc, qu'est-ce que je fais là ?
- Jo fabrique des armes enchantées. Ses créations peuvent se connecter avec les créatures qui le méritent réellement. Pour ta dernière épreuve, tu peux choisir l'arme que tu veux.
- Vraiment ?
- Oui, mais fais vite.

Toute excitée, je me précipite pour voir les armes et Jo m'arrête.
- Doucement demoiselle.
- Mais... vous parlez ma langue !
- Un poco... un peu, dit-il en se reprenant.

Il me présente une épée et un coutelas, une arme plus petite et courbée qui ne tranche que d'un côté. Il me les décrit dans sa langue et Désidore traduit.
- Elles ont été forgées avec du feu de dragon.

J'observe tout scrupuleusement. J'ignore pourquoi j'ai une fascination subite pour les motifs gravés sur les manches. Je me promène dans la boutique de M. Masse, parce que cela ressemble bien à un magasin, et regarde les armes forgées pendant que la responsable discute avec le forgeron. Certaines créations ne sont pas encore terminées. Les formes sont plus ou moins régulières. Il fait chaud ici, mais j'apprécie l'atmosphère de cette pièce. Elle renferme la technique d'un homme, dont on devine qu'il aime ce qu'il fait. J'aperçois des lances allongées sur un étal. J'entends soudain une sorte de petite mélodie dans ma tête. Un moment, je me demande si c'est un instrument, mais il n'y a rien aux alentours hormis les armes. Mon attention se reporte sur une lance, composée d'un long bâton en bois sombre et à la pointe métallique d'un gris profond. De légers motifs blancs ornent l'objet. Je les effleure délicatement. Un courant électrique me fait aussitôt retirer ma main. Le bâton se met à briller. Intriguée, je décide de prendre l'arme et de la soulever. Une fois que je la tiens bien dans ma paume, elle scintille alors encore plus et sa lumière m'aveugle. Madame Désidore et Jo Masse entrent à cet instant.

— Qu'est-ce qui se passe à la fin ? s'enquiert la responsable.
— L'arme a réagi à son contact, explique Jo.

Il chuchote quelque chose à l'oreille de Désidore. Cette dernière écoute attentivement, en plissant les yeux. Puis, après un hochement de tête, elle sort un petit appareil et le lui tend. Jo commence à parler et je me rends compte que le boîtier traduit ses paroles.

— Voilà, je pourrais mieux t'expliquer les choses ainsi.
— Monsieur, pourquoi brille-t-elle ?
— C'est la connexion qui s'est établie. Les armes peuvent reconnaître ceux qui ont un cœur vaillant. C'est pour cela qu'elles scintillent. Ceux qui sont voués à combattre peuvent ne faire qu'un avec leurs armes. Après un long entraînement, cela va sans dire. Quand votre frère était ici, il s'est passé exactement la même chose. Je me souviens encore de son sourire lorsqu'il a découvert la lumière de son épée. C'est comme ça qu'il a su qu'il ferait un excellent soldat.
— Vous voulez dire que…
— Jo pense que tu es destinée à devenir une guerrière. Et une grande combattante, vu comment la lance s'est

illuminée.
- Mais ce n'est pas possible ! C'était Alan le courageux de la famille. Il était né pour cela, il s'est battu de toutes ses forces et il est mort. Je ne pourrais pas faire mieux que lui.
- Écoute ma petite, me répond le forgeron. J'ai connu des tas de gens qui ignoraient leur vocation. Les armes n'ont jamais été une passion très bien vue, elles sont liées à la guerre, à la mort. Mais elles révèlent aussi la force de quelqu'un face à l'adversité. Nous entrons dans une période bien sombre malheureusement.
- Jo ! Rachel n'est pas obligée de savoir ça !
- Si, elle doit comprendre pour faire le choix de rester sur Terre ou non.
- De quoi ? je demande.
- Nous commençons à connaître des crises. Il y a eu des conflits entre certains pays. Je ne suis pas le mieux placé pour t'expliquer tout cela, mais sache que tes pouvoirs n'ont pas choisi la meilleure période pour se manifester. Je sens que c'est le commencement d'une guerre.
- La guerre est seulement au nord ! glapit Désidore. Rachel n'a rien à voir avec ce qui se passe dans ces pays.
- Enfin, Alan, lui, avait confiance en son destin. Ses yeux brillaient quand il parlait de sauver le monde. Et toi, Rachel, je parie que c'est ton amour pour ton frère qui a révélé ta vraie nature. Ne te sous-estime pas. Cette arme, ta première arme, a reconnu que ton cœur était pur et vaillant. Cela faisait des lustres que je n'avais pas vu une de mes lances briller de cette façon, même pour Alan elle n'avait pas scintillé autant !
- Maintenant, va retrouver le maître d'armes, me presse Désidore, agacée par cette discussion.

J'obéis, toutefois Jo Masse a le temps de me glisser un « bonne chance ». Je retourne dans la salle de combat. Au bout de quelques minutes, on nous demande de tous nous aligner. Tout le monde a soit une lance, soit une épée. Nous reprenons les mouvements de base et apprenons de nouvelles postures. Je sens mon arme vibrer entre mes mains. Une énergie nouvelle me submerge. Je suis une autre personne à présent. Nous terminons par une sorte de parade militaire. Malgré les paroles de M. Masse, mes doutes persistent. Je suis persuadée que je ne vaux pas mon frère, pour lui cela semblait être un talent inné, évident. Et je sais que ce n'est pas la vie que je voulais, me mélanger avec les humains me convenait très bien ! Le lycée, les amies, les sorties, tout cela ne peut pas s'envoler du jour au lendemain. Et comment réagiront mes parents, eux qui viennent de perdre leur fils ? Pourtant, pour la première fois depuis la mort d'Alan, je me sens vivante.

Chapitre 5

En attendant les résultats, j'ai repris le cours normal de ma vie. Je sais que je suis sous étroite surveillance à cause de mes pouvoirs, mais heureusement, les Mécéniens se font plutôt discrets. Les vacances de Pâques se terminent lorsqu'un jour, Mme Désidore débarque sans prévenir dans notre salon. C'est la première fois que je la vois sourire. Après quelques salutations, elle nous annonce :

— Mademoiselle Rachel Rident est en parfaite santé. Ses sens sont normalement développés et elle ne souffre d'aucune pathologie terrienne ou mécénienne. De ce fait, ses épreuves physiques sont satisfaisantes. C'est là où elle a eu les meilleurs résultats, viennent ensuite le test de QI, tout juste au-dessus de la moyenne nationale et enfin la magie, active à quarante pour cent.

— C'est-à-dire ? je demande, perplexe.

— Que tes pouvoirs se développent encore et c'est une bonne chose ! Les Solis ont remarqué que la magie évoluait au fil des années, et en mesure du psychisme de son propriétaire. Tous tes pouvoirs sont présents dans ton cerveau seulement, il n'y en a qu'une petite parcelle qui refait surface.

— Et alors, je ne suis pas dangereuse ?

— Non, même si tu ne les contrôles pas forcément, tu as l'air assez maîtresse de tes émotions. Et en ce qui relève de tes aptitudes physiques, Jo Masse avait raison. En tant que guerrière, il y a du potentiel.

— Vous voulez l'embaucher comme soldate ? s'inquiète

papa.
- Je sais que c'est une situation délicate pour vous. Mais en vérité, oui, je verrais bien Rachel rejoindre notre élite militaire à Amélia.
- Vous êtes sérieuse ? je demeure incrédule.
- Évidemment, et puis on manque de soldats donc je tiens à te prévenir que si tu acceptais ma proposition, ta formation ne se ferait pas en trois ans, mais en six mois.
- Six mois ! suffoquent mes parents.

Nous n'en revenons pas tous les trois. C'est si peu de temps pour apprendre tant de choses, surtout que j'ignore toutes les coutumes de ce monde. Désidore continue :
- La décision t'appartient, Rachel. Je dois savoir aujourd'hui si tu es prête à t'engager dans de dangereuses missions. Si tu es prête à risquer ta vie pour celle des autres. Je sais que tu ne connais rien de Mécénia et de ses royaumes. Mais sache que tu seras bien encadrée dans ta formation. Beaucoup de personnes ont besoin d'être protégées, mais le cursus a beau être raccourci, nous ne te lâcherons pas dans la nature sans être sûrs que tu es prête. Il y aura des examens à la fin pour évaluer ton niveau. Et tu iras aussi dans une école d'Amélia pour apprendre la langue du pays, la magie et d'autres choses. Tu pourras toujours arrêter, si vraiment tu ne t'en sens pas capable, tu n'auras qu'à me contacter. J'aurais voulu te laisser plus de temps de réflexion, seulement j'ai beaucoup à faire. Alors, qu'en dis-tu ?

Comment prendre une décision aussi importante en quelques minutes ? Je me tourne vers mes parents. Maman me regarde, les larmes aux yeux.
- On ne peut pas t'empêcher d'accomplir ton destin Rachel. Ton père et moi savons qu'avec la magie, il y a toujours des risques. Si cela ne tenait qu'à nous, tu resterais ici, loin de tout danger et nous vivrions en paix tous les trois. Mais Mme Désidore a raison. C'est ton choix, comme Alan l'a fait il y a six ans. Si tu crois que

c'est mieux pour toi, nous serons heureux de t'encourager. Nous serons toujours fiers de toi.

- Je préférerais quand même que tu restes, intervient mon père. Six mois, c'est bien trop court et l'on a plus que toi au monde. La vie sur Terre n'est peut-être pas très trépidante, mais celle sur Mécénia n'est pas plus attrayante, crois-moi. Cependant, ta mère a raison, je… nous serons toujours derrière toi.

J'ai presque envie de pleurer moi aussi. Je regarde les photos posées un peu partout dans le salon ; que de bons souvenirs, tellement de moments joyeux passés dans cette maison et sur cette planète ! La France est et restera mon pays. J'aimerais grandir dans le calme, la sérénité, aller à la fac, mener une vie d'étudiante normale. Avoir un métier stable, des enfants, rencontrer l'amour, sans avoir peur de ce qui pourrait m'arriver demain. Ma raison me pousse à rester chez mes parents. Pourtant, quand je ferme les yeux, c'est le visage d'Alan que je vois et je ressens encore la sensation de plaisir qui m'a submergé lorsque je tenais ma lance. J'ai eu beau essayer, je n'ai pas pu m'enlever de la tête toutes ces figures de combat que j'ai apprises. Je me tourne vers Désidore.

- Je ne crois pas être destinée à quoi que ce soit. Je suis juste une adolescente banale. Je ne suis même pas sûre que je serais une grande combattante. Mais je vais quand même le faire… pour Alan. Je veux qu'il soit fier de moi et accomplir ce qu'il n'a pas réussi à terminer.

Mes parents me serrent dans leurs bras. Je laisse mes larmes couler. Je sais que j'ai pris la bonne décision au moment où je repense aux paroles de mon frère.

Nous irons à Mécénia et nous deviendrons de grands Magiciens.

Alan, j'aimerais tant que tu sois avec moi ! Je vais tenir la promesse qu'on s'est faite.

- Bien, je vais m'occuper des formalités, conclut Désidore. Je reviendrai te chercher fin mai, je pense. Je t'enverrai des documents pour te préparer, ainsi qu'un dictionnaire pour mémoriser l'amélien. Tu iras à l'internat de l'institut Belingrad : l'école militaire. Et je pense que je vais t'inscrire à Vetlana pour apprendre la

magie, c'est l'établissement le plus proche.
- Merci pour tout, je réponds.
- Non, merci à toi de te porter volontaire de la sorte. Être une guerrière est une grande responsabilité.

Un torrent d'émotions me submerge. Est-ce de la peur, de la joie ? Au moins, mon rêve de petite fille va se réaliser. Je vais devenir une Magicienne et découvrir le pays d'origine de mes parents. On a eu beau me prévenir du danger, il faut que j'essaie, sinon je le regretterais toute ma vie. Et puis, j'ai besoin de savoir qui a tué mon frère.

Les jours qui suivent, je tente d'apprendre l'amélien et d'en savoir le plus possible sur le monde magique de Mécénia. J'ai vraiment l'impression de redevenir une petite fille en posant tout un tas de questions à mes parents. Papa ne peut s'empêcher de s'inquiéter. Et plus il espère me voir réintégrer la maison au bout de ces six mois, plus mon impatience grandit. Certes, je n'aurais sûrement pas l'occasion de voir grand chose, du moins au début, vu que je vais rester enfermer entre quatre murs, cependant je m'imagine déjà rencontrer des Fées, des Vampires, des Elfes et autres créatures féeriques.

Le jour J est arrivé. Ma valise est fin prête. Maman me fait mille recommandations. Je ne dois pas oublier d'aller au bureau de change, pour obtenir de la monnaie amélienne, puis je devrais m'acheter d'autres vêtements pour ne pas faire trop terrienne. Après, tout dépendra de mes disponibilités. Mme Désidore me salue brièvement et vérifie ses notes auprès de ses assistants.
- Avant que j'oublie, me dit-elle, tiens Rachel, c'est un traducteur. Tu devras le porter tant que tu ne maîtriseras pas complètement l'amélien.

Elle me tend ce qui ressemble fort à un appareil auditif. Je la remercie poliment et fais mes adieux à mes parents.
- Ne sors pas de la structure scolaire, m'avertit papa. Je ne veux pas qu'une Fée ou un Sorcier t'amène dans des ruelles sombres pour te faire avaler une potion !
- Tout ira bien papa.
- Ne provoque jamais un Loup-Garou, un Ogre ou un

Farfadet. Si on te propose un jeu de magie, tu refuses.
- Oui papa, j'ai compris.
- Tout ira bien, M. Rident, répète Désidore. Rachel sera beaucoup trop occupée de toute manière.

Maman me donne mon sandwich et m'enlace tendrement.
- Tu n'oublieras pas de nous écrire. Tu devras envoyer tes lettres d'abord à Mme Désidore pour qu'elle puisse nous les transmettre. On ne pourra pas se voir avant six mois. Tu vas terriblement nous manquer.
- Vous aussi.

Je pense à mes amies que je laisse derrière moi. Je leur ai dit que je déménageais, mais comment leur expliquer que je ne pourrai plus les contacter ?
- Il est temps d'y aller, m'informe Désidore. J'ai horreur d'être en retard.

Je prends ma grosse valise et la suis. En quelques secondes, le portail apparaît et à nouveau, le voyage me donne des hauts-le-cœur. Cependant, nous arrivons bientôt devant une bâtisse surélevée. Il faut gravir de nombreuses marches pour atteindre une cascade d'eau qui semble avoir remplacé la porte. L'air me semble à nouveau différent. C'est une odeur sucrée qui me chatouille les narines. Quand je respire par la bouche, j'ai l'impression d'avaler des fleurs. Je tousse.
- Bienvenue à Vérion, capitale d'Amélia. Voyons voir si tu as révisé : qui gouverne le royaume ?
- Le roi Richard et la reine Adrie Vauclase, ils sont au pouvoir depuis dix ans, je crois. Mes parents disent que le frère de la reine, David, gouvernait autrefois. Il était un bon roi, mais il a été assassiné.
- C'est exact, depuis sa mort, le royaume a un peu perdu de sa splendeur et de sa tranquillité. Es-tu sûre qu'il n'y a qu'eux qui dirigent ?
- Ils ont un Premier ministre, ainsi qu'un conseil, composé de dix membres pour gérer la capitale et de quatre-vingts membres pour le pays tout entier.
- Bien, une dernière question et j'arrête de t'embêter. Quels sont le symbole et la monnaie du royaume ?

- Un soleil avec un œil bleu. La monnaie internationale est le piecing* de bronze, d'argent et d'or.
- Parfait, il est temps de t'installer dans ta chambre.

Monter les marches se révèle épuisant. Je n'ai pas envie d'être trempée par la cascade, toutefois, je suis obligée de suivre le mouvement. À ma grande surprise, elle n'est pas du tout liquide, mais solide. Je ressens un léger poids sur mon corps lorsque je la traverse. Une fois à l'intérieur, je ne remarque aucun changement sur mon corps.

- On aurait dit de l'eau ! je m'exclame.
- Je sais, c'est une bulba, l'équivalent de vos portes terriennes, m'explique la responsable. Elles ont le plus souvent la forme de grands ovales bleu vert, mais ici, c'est une grande bulba. Parfois, elles t'amènent directement dans un autre étage.

Une voix dans un haut-parleur (ou qui parle fort grâce à la magie, je ne sais pas) commence à scander :

- Filles ! Bulba numéro 2 !
- Il nous indique où se trouve ton dortoir, me dit Désidore.

Je remarque qu'il y a quand même quelques escaliers malgré les bulbas qui te téléportent d'un bout à l'autre du bâtiment. Nous traversons un dédale de couloirs avant d'arriver dans une grande pièce où trois jeunes filles sont en train de discuter avec une femme plus âgée. Cette dernière coupe court à la conversation en nous voyant.

- Nous en reparlerons plus tard mesdemoiselles, pour l'instant j'ai d'autres affaires en cours.

Elle s'avance vers nous. Je me rends enfin compte de son physique assez particulier. Sa tête ressemble à un ballon de rugby avec une peau brunie, quelques poils blancs sur le menton, deux dents qui dépassent et des yeux kaki. La femme est petite et ses bonnes grosses joues s'affaissent un peu. Ses cheveux blancs ne semblent pas connaître les lois de la gravité, car ils s'élèvent vers le haut.

- Bonjour, Marceline, salue Mme Désidore, je vous envoie la terrienne. Rachel, voici Marceline, la Farfadet du foyer des filles et responsable de l'internat.

Maman m'a prévenue que les Farfadets aiment bien s'occuper des maisons. Mais il ne faut surtout pas les contrarier sous peine de représailles. Marceline a l'air si inoffensive pourtant.

- Bonjour, Rachel, me sourit-elle. Je peux t'expliquer l'organisation de l'internat, mais tu devras aller à l'école Vetlana pour ton emploi du temps. Tu pourras demander à quelqu'un de t'y emmener.
- Marceline va s'occuper de toi. C'est ici qu'on se quitte Rachel, dit Désidore. Sache que s'il y a un problème avec tes pouvoirs tu en parles d'abord à un responsable, puis à moi. Bonne continuation.
- À vous aussi.

Elle sort avec ses assistants. Marceline me donne un plan du dortoir.

- Là c'est la cantine. Les horaires de repas sont sept heures, treize heures et vingt heures. Tu auras six heures de sport par jour, plus les six heures de cours à Vetlana. Le matin c'est toujours athlétisme, course, avant d'aller à l'école. Puis, le midi tu auras de la musculation. L'après-midi c'est variable, mais on y trouve les sports de combat, l'escalade, la natation. L'équitation n'est cependant pas prévue dans les horaires de cours, ce qui est idiot, car un bon guerrier se doit de savoir monter à cheval. Je te laisse lire la brochure de l'école militaire et de l'internat. Il y a le règlement et tout ce qu'il y a à savoir. Si tu as des questions, mon bureau est à l'autre bout du couloir. Tu es dans la bulba 2. 411.

Apparemment, bulba peut aussi désigner la pièce. Je remercie Marceline et continue mon chemin. Heureusement, le plan est très lisible. Il zoome tout seul et il m'indique la direction avec une flèche. On dirait un GPS ultra-développé. J'arrive jusqu'à ma chambre. Je ne vois ni porte ni bulba. Je suppose que je dois traverser le mur ou quelque chose dans ce genre-là. Comment être sûre de ne pas atterrir dans la chambre d'à côté ? J'entre dans le mur comme dans du beurre. C'est petit, mais confortable. J'ai un lit, un bureau, une armoire, une bibliothèque et un gros pouf qui vole. La pièce est dans des tons bleu-blanc. Et l'odeur sucrée agressive de dehors n'est plus là, je peux à nouveau respirer normalement. Je déballe mes affaires et lis un petit peu avant le dîner. Soudain, j'entends un petit bruit dans un coin de ma chambre. J'avance prudemment. Cela ne peut pas être un insecte terrien. En fait, à quoi ressemblent les insectes ici ? Cette pensée me donne des sueurs froides. Je brandis mon livre, juste au cas où. C'est alors que je découvre une espèce de hérisson qui au lieu d'être couvert d'épines, possède une laine de mouton. Il est tout rouge, sauf sa tête qui tend plus vers le rose pâle. L'animal lève sa bouille vers moi et je ne peux m'empêcher de le trouver trop mignon.

— Coucou toi, qu'est-ce que tu fais là ?

Je tends la main et il se laisse caresser sans broncher. Alors je le prends dans mes bras. Peut-être qu'il appartient à quelqu'un. Les animaux sont-ils acceptés ici ? Il me semble avoir vu une espèce de lapin tout à l'heure. Je parcours le long couloir, sans trop savoir quoi faire. Je finis par croiser une jeune fille qui doit avoir à peu près mon âge.

— Salut, excuse-moi, mais j'ai trouvé cet animal dans ma chambre. Est-ce que tu sais d'où il vient ?

Elle me fixe un moment de ses grands yeux marrons avant de sourire.

— Tu as trouvé notre chef de groupe.

— Pardon ?

— Chaque nouvelle promotion de soldats doit avoir un nom, celui d'un animal introduit peu avant la rentrée dans l'établissement par les responsables. C'est un jeu entre les nouveaux élèves de savoir qui trouvera en premier notre chef de groupe. Apparemment, il préférait ta chambre.

C'est une mascotte alors. La petite créature se frotte contre moi.

— Et comment ça s'appelle ? Excuse-moi, c'est juste que je viens de la Terre, je ne connais rien à ce monde.

— Oh, on nous avait prévenu qu'il y aurait une terrienne. Je suis contente de faire ta connaissance, moi c'est Sanda. Et pour répondre à ta question, c'est un maladoui. Mais fais attention, il est un peu collant et il mange beaucoup. Viens avec moi, c'est bientôt l'heure de déjeuner et il faut présenter notre chef de groupe à tout le monde. Comment tu t'appelles au fait ?

— Rachel.

Nous entrons dans la cantine et Sanda m'amène vers Marceline qui surveille la salle. Quand elle m'aperçoit avec le petit animal, elle sourit.

— Oh ! Tu as trouvé Tidi à ce que je vois !

Le maladoui saute dans les bras de la Farfadet. Marceline demande le silence.

— Bien, bonsoir à tous, en ces temps troublés, nous devons entraîner de nombreux soldats. C'est pour quoi, au lieu d'accueillir une nouvelle promotion tous les ans, nous avons de jeunes recrues en milieu d'année. À partir du premier orée*, nous enrôlerons tous les mois. Enfin, cette promotion du mois d'orée 5278 a pour emblème et pour nom le maladoui. C'est Rachel Rident, fraîchement débarquée, qui a déniché votre chef de groupe Tidi. On dit que nos animaux portent chance à ceux qu'ils ont choisis, car détrompe-toi Rachel, ce n'est pas toi qui l'as trouvé, c'est lui qui t'a cherchée. J'espère alors que Tidi te portera vraiment chance et que tu auras l'occasion de nous surprendre.

Sur ses paroles, la salle entière applaudit. Je m'assois donc avec les gens de mon groupe. Certains me félicitent, même s'ils sont un peu dégoûtés parce que cela fait plusieurs jours, depuis leur arrivée, qu'ils recherchent notre mascotte. Je ne cesse de rougir face à ces marques d'attention. Je n'imaginais pas faire une entrée aussi remarquée. Et quand Tidi apparaît sur la table pour venir manger dans ma main, je ne peux m'empêcher de repenser aux mots de Marceline. Oui, je pense que ma formation commence plutôt bien.

Chapitre 6

Trop de noms compliqués se retrouvent dans les brochures de l'internat et de l'école militaire. Je suis obligée de pratiquement tout traduire. Cela me prend un temps fou Si seulement je connaissais un sort pour que tout aille plus vite ! Au moins suis-je arrivée à l'heure au petit-déjeuner. Dans quelques jours, je commencerai les cours. Une voix résonne dans le réfectoire pour rappeler aux Maladouis qu'ils ont leur réunion de prérentrée. J'ai intérêt à aller vite fait à l'école Vetlana pour récupérer mon emploi du temps. Je demande à Sanda de bien vouloir m'y emmener. Elle accepte.

— Moi aussi je dois y aller justement.

Nous nous donnons rendez-vous à neuf heures devant l'établissement. Elle est accompagnée de quelques autres élèves.

— Il y a une voiture qui doit arriver dans peu de temps, me prévient-elle.

La voiture en question ressemble plus à un carrosse tiré par deux pégases blancs. Le véhicule s'étend en longueur pour accueillir le plus de monde et je me demande comment les chevaux peuvent supporter tout ce poids. Je m'assois sur un siège vert et moelleux. Nous nous élevons rapidement dans les airs. J'ai un peu les mêmes sensations que dans un avion, mais diminuées. De loin, je peux apercevoir le palais royal d'un blanc immaculé. Quinze minutes plus tard, le cortège s'arrête devant l'école Vetlana. Sanda m'explique que l'année scolaire reprend toujours après le Nouvel An qui se déroule le 1er décembre ici. J'angoisse à l'idée que les élèves ont eu la rentrée six mois avant moi. J'arrive en plein milieu de l'année, ce qui va m'aider ni à m'adapter ni à comprendre ce qui m'entoure, surtout que je suis deux formations en même temps : celle de Magicienne et celle d'apprentie guerrière. Je suis Sanda à l'intérieur de l'établissement. Il est plus décoré et plus grand que l'institution militaire. Les murs sont très colorés : le bleu, l'orange, le rose, le mauve, le vert se séparent et se mélangent en fonction des endroits. Des statues de dragon ornent les allées. Je remarque tout de suite plusieurs fées qui volent partout, de taille plus ou moins grande. Des sphères multicolores indiquent des directions. Je demande à Sanda de tout me traduire, car mon appareil auditif ne peut pas retranscrire ce qui est écrit.

— Secrétariat, bureau du directeur. On doit aller dans cette direction.

Nous nous frayons un passage dans la foule de plus en plus dense. J'espère qu'on ne va pas se perdre. J'observe les étudiants qui parlent des cours comme n'importe quel adolescent terrien. J'aperçois des hommes verts gigantesques qui passent. Ce doit être des Ogres, ils sont encore plus intimidants en vrai. Les sphères nous font changer de direction en permanence. Sanda me fait traverser plusieurs bulbas. J'aperçois un Vampire, quelques Elfes, mais les autres semblent tout à fait ordinaires. Nous nous retrouvons soudain dans un couloir à peu près désert. Ma compagne de route ressort le plan de l'école.

— On doit bientôt arriver au secrétariat. Viens, suis-moi.

Je ne fais pas trois pas qu'une ombre jaillit sur moi et me plaque au sol. Je sens des mains, ou plutôt des griffes, serrer ma gorge. Ma chute en arrière m'a coupé le souffle. Je hurle en voyant un énorme dard juste à quelques centimètres de mon front. J'entends aussi Sanda, qui paraît plus crier sous l'effet de la surprise que de la peur. Une tête affreuse s'approche de mon visage, elle est entourée d'une crinière de lion dorée. De minuscules yeux noirs me transpercent. Je suis tétanisée.

— Qu'êtes-vous venue faire ici ? Que voulez-vous à Leurs Majestés ?

Je pousse un tout petit cri, puis ma gorge se bloque. Mes yeux s'écarquillent sous l'effet de l'incompréhension. Cela ne fait que l'agacer davantage.

— Réponds, misérable !

Je vois alors sa crinière s'enflammer et là c'est carrément un hurlement qui sort de ma bouche.

— Leiante, laisse-la !

C'est une voix d'homme qui retentit. Il semble furieux. L'ignoble créature qui me tient réplique :

— Falion ! Tel est mon nom.

— Très bien, ô noble Falion ! Auriez-vous l'amabilité, s'il vous plaît, de libérer cette jeune fille ?

La créature me lâche, mais reste tout près de moi pour se justifier.

— C'est une intruse. Son sang a une odeur différente !

— Si tout le monde avait la même odeur, il y aurait un problème, répond l'homme. Si ça se trouve, elle vient juste d'une terre étrangère.

Je me relève malgré le regard malveillant du monstre. En l'observant un peu plus, mes jambes flageolent et je manque de tomber à nouveau. Et pour cause, je comprends à présent pourquoi il me fait si peur, sans compter sa crinière de feu. La moitié de son corps est celle d'un serpent ! Sa queue couverte d'écailles se termine par un imposant dard noir et menaçant, et je suis bien contente qu'il ne m'ait pas piquée avec cela. Sinon son torse et toute sa figure sont couleur fauve, et il a deux pattes avant munies de doigts longs et d'ongles crochus (et non pas de griffes comme je l'ai cru). Ses dents sont pointues et son nez inexistant, ce qui le rend encore plus laid. Je détache mon regard de cette chose pour observer mon sauveur. En réalité, ils sont deux, mais celui qui vient de parler a des yeux verts pétillants. Il me paraît tout de suite sympathique.

— Oui, je m'appelle Rachel Rident et je viens de la Terre.

— Tu vois Leiante… heu Falion, tout va bien.

— Vous êtes sûr que les Rident ne sont pas des complotistes ? demande le monstre.

— Cessez avec cela ! ordonne l'autre homme, bien plus grand et musclé que le premier. Ce n'est qu'une jeune fille et vous l'effrayez avec vos théories du complot !

— Elle fait bien d'avoir peur. Les temps sont sombres et le sang coule à flots.

Je remarque que mes cris ont amené une troupe d'élèves. Ils

semblent terrorisés par les paroles du lion-serpent. Celui-ci s'énerve.

- Qu'est-ce que vous avez tous à me regarder ? Soyez maudits, tous ceux qui conspirent à nous nuire !

Sa crinière s'enflamme à nouveau et son corps ondule à une vitesse surprenante, loin de nous. D'accord, il est complètement fou. Ce n'est qu'après son départ que j'ai l'impression de pouvoir enfin respirer.

- Ça va, Rachel ? demande Sanda.
- Non pas vraiment, j'ai très peur des serpents.
- Des quoi ?
- Laisse tomber.

Mes deux sauveurs me lancent un sourire rassurant. Puis, le plus grand des deux, qui porte par ailleurs un uniforme, souligne d'un air amusé à son compagnon :

- Il y a des jours où Leiante est plus drôle.
- Au moins, il ne vient pas dans ton école, dit l'homme aux yeux verts. Moi, il fouille toujours dans mon bureau, sous prétexte que c'est la reine qui le lui a ordonné.
- Il est vraiment sans gêne !
- C'était quoi ? j'ose enfin demander.
- Un Falion, me répond celui au regard pétillant, mais comme son espèce est rare, il aime bien qu'on l'appelle LE Falion. C'est le Premier ministre et l'être le plus paranoïaque et méfiant que je connaisse. Il ne t'a pas fait mal, j'espère ?
- Non, ça va, j'ai cru qu'il allait me dévorer ou me planter son dard sur le front !
- Il en aurait été capable ! rit son compagnon plus grand. Je m'appelle George Belingrad et je suis ton Kodin, Rachel.

Mon traducteur n'interprète pas « kodin », mais il me semble avoir croisé ce mot dans les brochures. Il doit sans doute s'agir de mon commandant et du directeur de l'institut militaire, vu que l'établissement porte son nom.

- Enchantée Monsieur.

– Je suis ravi aussi. N'aies pas peur de Leiante surtout, tu en rencontreras des plus coriaces que lui. On se reverra cet après-midi pour la réunion de prérentrée. Je te laisse avec Maurice, le directeur de Vetlana.

Il désigne son ami aux yeux brillants, puis se retire. J'ai un peu honte d'avoir montré ma frayeur devant mon commandant. Il va croire que je suis une froussarde. Toutefois, le Falion n'avait pas à m'attaquer de cette manière, en public ! Le directeur me fait signe de rentrer dans son bureau.

– Je t'en prie Rachel, j'ai à te parler.

Je traverse la bulba. Je me retrouve dans une salle qui regorge de livres et d'objets en tout genre. Je ne pourrais pas nommer la moitié de ce qui s'y trouve. Le bureau est imposant, bien rangé. Je m'installe en face du directeur. Un écriteau m'indique son nom : M. Jouvence.

– Alors, Rachel Rident, tes parents sont des Néants, n'est-ce pas ?
– Oui.
– J'ai ton dossier envoyé par Mme Désidore. Tes pouvoirs sont développés à quarante pour cent. As-tu déjà utilisé ta magie en dehors des tests et quels genres de sorts ?
– Quand je me suis réveillée un matin, ma chambre était sens dessus dessous, depuis, plus rien.
– Je vois. Tu ne connais donc pas ton talent ?
– C'est-à-dire ?
– Ton pouvoir spécial, celui que tu maîtrises le plus.
– Non vu que je ne contrôle pas du tout ma magie.
– Oui, il va te falloir du temps, mais de toute façon, tout le monde n'a pas forcément de talent. On t'a expliqué un peu ce qu'était un Magicien Rachel ?
– Bien sûr, c'est un être qui manipule la matière, la nature, mais sa magie ne peut pas impacter les êtres vivants.
– Exactement, en cela ils s'éloignent des Sorciers qui eux, peuvent utiliser la télépathie ou la métamorphose, sauf qu'ils sont obligés de recourir à des potions, des baguettes magiques. Les Magiciens sont une des seules

espèces à ne pas avoir besoin d'instruments pour user de leurs sortilèges. Est-ce que tu pourrais deviner ce que je suis ?

Je réfléchis. Il ressemble à un humain, comme moi.

- Non, monsieur.
- Je suis un Sorcier de l'Aube. J'utilise la magie blanche, qui ne représente pas le bien comme les humains aiment le croire. Elle tire son énergie du soleil, du lever du jour, contrairement aux Sorciers de la Nuit dont les pouvoirs sont plus puissants…
- La nuit, j'imagine.
- Tu apprends vite, dit-il d'un air amusé. Tu as bien seize ans, dis-moi ?
- Oui.

Il sort d'un dossier mon emploi du temps et m'explique :

- Tu seras donc en niveau B avancé, c'est-à-dire en deuxième année de ce qui pourrait s'apparenter au lycée terrien. Le système scolaire des Magiciens est très différent de celui des autres Solis et Oldis. Pour les cours de magie par contre, tu seras mélangée avec tous ceux qui ont débloqué leurs pouvoirs à quarante pour cent. Pour l'instant, ta magie est ce qu'on appelle « bloquée »*, cela signifie qu'elle est encore en grande partie refoulée en toi. Tu dois la libérer pour mieux apprendre les sorts et devenir une véritable Magicienne. Je sais que ça va être difficile, car tu ne connais rien de nos cours d'histoire, de géopolitique ou de biologie. Je compte sur toi pour rattraper un maximum.
- Ne vous en faites pas. Je vais travailler.
- Je n'en doute pas. Passe me voir quand tu veux. J'ai été ravi de faire ta connaissance Rachel.

Il me tend mon emploi du temps et je prends congé. Je sors et j'attends Sanda. Celle-ci revient du secrétariat. Apparemment, le fait que je vienne de la Terre m'a donné droit à un entretien privé avec le directeur. Nous comparons nos horaires de cours.

- Nous sommes dans la même classe ! s'écrie-t-elle.
- Tu es une Magicienne alors ?

- Oui.
- C'est quoi ton pouvoir spécial ?
- Je dirais que je maîtrise plutôt bien l'eau, mais c'est assez basique.
- Comment trouve-t-on son talent ?
- Quand ta magie est libérée à cent pour cent. Il faut te relâcher complètement, ne pas la retenir. Au moment où tu la contrôleras entièrement, tu auras plus de chances de l'utiliser au maximum de ses capacités.

Je repense au rêve que j'ai fait le jour où mes pouvoirs sont apparus. Ma douleur s'était déversée tel un torrent.

- Ne t'en fais pas, une fois que tu te seras totalement lâchée, ton don surgira bien plus vite. Mon cousin a eu ses pouvoirs à vingt-neuf ans et son talent spécial est arrivé quinze jours après.
- Mon frère Alan maîtrisait la télékinésie. J'adorais le voir faire.
- Pourquoi tu parles de lui au passé, il est…
- Mort, oui.
- Je suis désolée.
- C'est un don puissant ?
- Oui, les télékinésistes sont assez appréciés.

Un long silence s'installe tandis que nous reprenons le chemin de l'institut Belingrad.

Il est quatorze heures quand nous nous rendons à la grande salle qui accueille toute la promotion des Maladouis. Je m'assois à côté de Sanda. Il faut plusieurs minutes à M. Belingrad pour attendre le silence et commencer son discours.

- Bienvenue à tous, promotion du mois d'orée 5278, je suis votre Kodin, Georges Belingrad et j'assurerai également vos cours d'escrime. Je sais que c'est un grand moment aujourd'hui. Pour la première fois depuis cinquante ans, l'armée royale d'Amélia est en code rouge et l'institut se voit forcer de faire des formations accélérées de six mois au lieu de trois ans. Je ne vous cache pas que cela va être dur. Même vos professeurs sont inquiets sur comment ils vont organiser leurs cours. Mais si vous êtes ici, c'est que vous avez les capacités de réussir. Alors travaillez, il n'y a que de cette façon-là que vous deviendrez un soldat.

Une main se lève dans la foule.

- Kodin, savez-vous pourquoi on est en code rouge ? Après tout, la guerre est plus au nord, non ?

Des murmures se font entendre dans la salle. M. Belingrad invoque le silence.

- Les Diabolis et les Gobelins se révoltent un peu partout dans Mécénia de manière étrange. Nous pensons que cela vient du fait que beaucoup de Démons supérieurs doivent certainement être en liberté. Ils ne pourront pas nous défier trop longtemps, mais ils ont tout de même de noirs projets. Ainsi, la famille royale d'Amélia a subi plusieurs attaques. Récemment, un groupe de soldats avait été envoyé pour suivre les traces des Diabolis. Malheureusement pour eux, ils se sont retrouvés dans le manoir du Maître des Enfers. Ces jeunes gens courageux se sont tous fait massacrer, mais au moins grâce à eux, nous savons que le plus puissant des Démons est sorti. Le roi et la reine pensent qu'il représente une assez grande menace pour augmenter le nombre de soldats, surtout qu'avec tous ces attentats, nos effectifs sont en baisse.

Le groupe envoyé au manoir, était-il celui où se trouvait mon frère ? Serait-il possible qu'Alan ait été tué par le Maître des Enfers ?

- Mais peu d'entre vous seront envoyés sur le champ de bataille, aider les pays voisins qui se font attaquer. Nous avons surtout besoin de soldats pour protéger le palais.

Notre Kodin évite désormais d'évoquer le sujet et nous parle plutôt du déroulement de notre formation. J'ai du mal à l'écouter cependant. J'ai envie de sortir, chercher des réponses. Une haine vivace s'empare de moi.

- Enfin, n'oubliez pas que vous pouvez faire des activités le week-end. La fiche sera affichée dans le hall. Je vous conseille surtout les cours d'équitation et les aides humanitaires, mais il y a d'autres sports et des pratiques artistiques sympathiques aussi.

Les apprentis soldats sortent de la salle. Je bondis de mon siège vers M. Belingrad, seulement il y a trop de personnes qui se pressent pour lui parler. Je sors donc avec Sanda.

— Je ne comprends rien à cette histoire, Sanda. C'est quoi des Diabolis ? C'est qui le Maître des Enfers ?

— Viens, je vais t'expliquer.

Elle m'entraîne dans un coin tranquille et commence à me raconter :

— Il y a une hiérarchie chez les Démons. Il y a d'abord les Spectres. Avec eux, tu es tranquille, ils ne peuvent pas sortir des Enfers. Ensuite, on trouve les Diabolis ou Démons inférieurs. Ils ne parlent pas, ou presque. Ils peuvent te rendre fou ou mauvais, boire ton sang et te dévorer. Ils sont pires que les Gobelins qui ont pourtant la réputation d'être stupides et vils. Enfin, tu trouves les Démons supérieurs qu'on préfère appeler Maîtres des Enfers ou Maestros. Ils sont dix, ce sont les créatures les plus puissantes qui existent, mais je pense que M. Belingrad voulait parler du plus fort : le seigneur de la mort et de la destruction.

— Le groupe qui s'est fait tuer par le Maître des Enfers, cela pourrait être la troupe de mon frère Alan. Il a été assassiné dans une maison qui a disparu ensuite.

— Les Maestros peuvent avoir des résidences mobiles oui.

— Quel est le nom de ce Démon ?

— Z.

— Z ? C'est vraiment son nom ou c'est un pseudonyme ?

— On ne prononce pas les noms des Maestros. On dit que si on le déclare plusieurs fois à voix haute, alors le Démon peut entrer dans tes cauchemars.

— Tu pourrais me l'écrire ou me l'épeler ?

Elle finit par trouver un papier et un stylo sur elle et commence à griffonner un nom : Zrygolafk.

— C'est étrange. Tu es sûre que c'est prononçable ?

— Oui, mais un conseil Rachel : oublie ce nom. Je te le donne à titre d'information et pour la mémoire de ton frère. Toutefois, les gens qui s'intéressent aux Démons finissent toujours mal.

Un son étrange me réveille brusquement. On dirait qu'on sonne du cor. C'est la rentrée. Il est cinq heures du matin et une nouvelle aventure commence pour moi. Je m'habille en vitesse afin de ne pas arriver en retard. J'ai eu le temps pendant ces quinze derniers jours d'acheter des vêtements neufs. La mode à Amélia est légèrement différente. Je ne pourrai pas décrire leurs textiles qui ont un toucher étrange. Les habits sont souvent moulants, mais jamais vulgaires. Les motifs sont plus ou moins voyants et ils bougent sur le tissu. Ma tenue de sport a ainsi des lignes fluorescentes. Une sonnerie retentit, c'est l'heure d'aller en cours. Un autre Kodin en combinaison marine nous donne des leçons d'athlétisme et d'endurance. Nous nous échauffons avec dix tours de terrain. Je n'en peux déjà plus malgré le fait que je me sois entraînée ces dernières semaines pour me préparer physiquement. C'était peine perdue ! Étirements, sauts, course relais, deux heures plus tard, je suis au bord de l'évanouissement. Quelle idée de faire du sport à jeun ! Je bois beaucoup pour compenser cela. J'ai l'impression que je cours depuis une éternité quand notre Kodin nous envoie à la douche. Mon corps me fait mal de partout, même si l'eau chaude m'apaise. J'ai plus la sensation d'avoir enduré une séance de torture. Au réfectoire, je dévore tout un régiment.

— Fais attention ! s'écrie Sanda. Tu vas faire une indigestion dès le premier jour !

En plus, je commence par un cours de magie. Je ne sais pas du tout comment vont réagir mes pouvoirs en classe, surtout avec un corps endolori et une envie de vomir. J'ai le ventre noué dans la voiture qui nous conduit à Vetlana.

Chapitre 7

Notre professeur, M. Oulka, établit un champ de protection pour éviter que nos pouvoirs ne causent de dégâts. Chaque élève se place au centre et tour à tour, il montre son talent. Le but est de faire pousser des plantes à partir de graines éparpillées sur le sol. Certains font des jardins luxuriants, d'autres des potagers. Un garçon s'amuse à donner des formes masculines ou féminines à des arbres, mais l'enseignant n'a pas le même sens de l'humour. L'élève reprend sa place à côté de moi, c'est donc sans grande surprise que j'entends :

– Rachel Rident, c'est ton tour.

Je n'ai vraiment pas envie d'y aller. C'est pire qu'un oral ! Tout le monde me dévisage. J'aimerais que Sanda soit là pour m'épauler, mais « magie » est le seul cours qu'elle n'a pas en commun avec moi. Elle est bien plus douée. Je me place au centre du cercle et me concentre de toutes mes forces.

– Lâche prise ! s'écrie le professeur. Ne réfléchis pas.

Je fais alors le vide dans ma tête. Des plantes poussent, mais se dessèchent instantanément. Les fleurs fanent et tombent en poussière.

– Tes pensées sont trop négatives, dit l'instituteur. Tu veux réessayer ?

C'est là qu'une jeune fille entre dans la salle sans y avoir été invitée.

– Permettez que je dérange votre petit cours. J'ai quelque chose pour vous, professeur.

Elle lui remet une grande enveloppe jaune. Il incline la tête en signe de respect. Il attend qu'elle s'en aille, mais il n'en est rien.

– Alors c'est vrai ce qu'on dit ?
– Quoi donc, Mademoiselle Vauclase ?
– Que vous accueillez les terriennes maintenant.
– C'est exact, mais comment êtes-vous au courant ?
– Je me renseigne, il le faut bien. Je voulais voir à quoi ressemble un humain.

Elle est au courant que je suis une Magicienne ? Les élèves reportent leur attention sur moi, ce qui n'échappe pas à la jeune fille.

– C'est toi alors ?
– Rachel Rident, répond le professeur à ma place, comme s'il craignait que je ne réponde pas correctement.

L'adolescente plisse son petit nez en trompette qui lui donne un air hautain. Elle observe les plantes fanées. Elle sourit.

– On voit bien que tu n'es pas à la hauteur. Quelle est la puissance de ces apprentis Magiciens ?
– Quarante pour cent Mademoiselle.
– Je vois. Permettez que je leur fasse une démonstration. Ce n'est pas pour me vanter, mais mes pouvoirs étaient déjà au maximum de leurs capacités avant même que je n'entre à l'école.

Un peu prétentieuse la miss. M. Oulka cache son agacement du mieux qu'il le peut et acquiesce. Je me demande pourquoi il ne lui tient pas tête, c'est quand même lui l'adulte. La fille doit être à peine plus jeune que moi. Elle passe ses doigts dans sa tignasse de boucles brunes et lève les mains dans un geste théâtral. La végétation s'étend en dehors du champ de protection. De l'herbe pousse sous les pieds des élèves, des branches s'élèvent jusqu'au plafond. Il y a des fruits et des fleurs partout.

– Voilà, essaie de faire…

Or elle n'a pas le temps de finir sa phrase que tout ce qu'elle a créé se voûte et décrépit. Je me rends compte que mes mains picotent, comme si un courant électrique les avait traversées.

– C'est de ta faute ! rugit la fille.
– Moi je trouve que c'est un grand tour de magie,

plaisante le prof. Rachel semble très douée pour détruire les choses.

— Ce n'est pas ce que j'avais demandé !

Je sens qu'elle ne va pas me lâcher celle-là ! Pitié, que quelqu'un me sorte de ce pétrin ! Un souffle d'air chaud se fait ressentir. Il frappe de plein fouet le champ de protection. Si la protection n'avait pas été là, la fille aurait sûrement volé à travers la pièce.

— En plus elle essaie de m'attaquer !
— Rachel, allez vous calmer dans le bureau du directeur.
— Mais… je n'ai rien fait !
— Tout de suite, avant que vous perdiez le contrôle de vos pouvoirs !
— Je l'accompagne monsieur, sinon elle va se perdre, propose le garçon qui faisait des arbres humanoïdes.
— Si vous voulez Myrio.

Comme si j'allais me perdre ! Le professeur est en train de calmer la fille colérique tandis que nous sortons. Je soupire.

— C'est mon premier jour d'école et je suis déjà convoquée chez le directeur !
— Quoi ? Mais non, t'inquiètes. Il a l'habitude. C'est plus pour te protéger, car on ne peut pas s'en prendre à Mademoiselle Angela ! Si tu l'avais attaquée, tu aurais eu de graves problèmes.
— Pourquoi ? C'est qui cette Angela ?
— C'est la princesse, la fille du roi Richard et de la reine Adrie.
— Une princesse ? Mais elle est…
— Capricieuse ? Oui, sauf qu'elle n'a que quatorze ans alors on peut espérer qu'elle va se calmer avec le temps.
— Mon frère travaillait vraiment pour une peste !
— Attends, ton frère était un garde royal ?
— Oui, il était chargé de surveiller la princesse.
— Dur, j'espère qu'on aura un meilleur job.
— Toi aussi, tu veux devenir soldat ?
— Oui, je t'ai remarqué ce matin en sport.

– Je parais si différente des autres ?
– Un peu. Tu as une drôle d'odeur, pas désagréable, mais spéciale. Et ta façon d'utiliser la magie n'est pas commune. On voit que tu débutes.
– Ah bon ?
– J'aurais du mal à te l'expliquer. En fait, moi c'est Myrio.
– Rachel.

Nous arrivons devant le bureau de Maurice Jouvence. Malheureusement, quand je tente de traverser la bulba, je n'y parviens pas.

– Le bureau est fermé, m'indique une voix près de moi.

Je me tourne vers une jeune fille dont le regard me frappe tout de suite. Ses yeux sont d'un rose très vif. Ses cheveux noirs et sa frange encadrent un visage cerné de taches de rousseur qui se remarque beaucoup sur ce teint clair. Elle a un drôle de tee-shirt mauve au décolleté en v et porte un pantalon sombre.

– Tu sais quand est-ce que le directeur revient ? je demande.
– Oh, je pense qu'il ne devrait plus tarder.
– Je n'en ai pas fini avec toi, sale étrangère ! rugit une voix.

Je me retourne, pour découvrir qu'Angela m'a suivie. Ses yeux me lancent des éclairs. Pourquoi me harcèle-t-elle ? Je ne lui ai rien fait !

– Essaie d'arrêter ça !

Une boule d'énergie transparente s'échappe de ses mains et elle l'envoie dans ma direction. Aussitôt, la fille aux yeux roses sort une baguette magique de sa manche et murmure une incantation incompréhensible. Un bouclier de protection nous entoure, elle, Myrio et moi. Le sort d'Angela percute le bouclier et fait des étincelles avant de disparaître complètement.

– Pour qui te prends-tu ? enrage la princesse face à la Sorcière (car je suis sûre que c'est une Sorcière, sinon pourquoi aurait-elle besoin de baguette magique ?).
– Calmez-vous Votre Altesse, je vous rappelle que vous n'avez pas le droit d'user de vos pouvoirs magiques sur quelqu'un d'autre, surtout sur une innocente. Voulez-vous que j'en informe à nouveau le directeur ?

- Rapporteuse ! Tu te crois protégée, mais mes parents te feront renvoyer, voire pire !
- Leurs Majestés savent bien que je ne fais que nous défendre. En revanche, ils n'apprécient pas trop quand leur fille se fait remarquer.

Angela, furieuse, tourne les talons, sans rien dire de plus. J'en reste bouche bée. Ainsi, il y a quelqu'un qui peut clouer le bec à la princesse !

- Merci, dis-je à ma sauveuse, c'est bizarre, tu n'as pas peur d'elle.
- C'est un peu mon rôle de veiller à ce qu'elle ne tyrannise pas tous les élèves de cette école. Ce n'est pas la première fois qu'on se prend la tête toutes les deux.
- Super sort, la félicite Myrio.
- Merci, c'est gentil. Je vais vous laisser, un cours m'attend.
- Je m'appelle Rachel, peut-être qu'on se reverra.
- J'espère bien. Moi c'est Alexanne.
- Myrio, se présente mon camarade, à la prochaine alors.
- Au revoir, que l'aube se lève pour vous.

Elle range sa baguette et s'en va. Je demande à Myrio :

- C'était quoi ? Une expression d'ici ?
- Un dicton des Sorciers de l'Aube.

Finalement, le directeur ne vient pas. Myrio et moi nous dirigeons donc vers notre prochain cours.

La première semaine est passée et l'on peut dire qu'elle était... intense ! J'écris à mes parents, mais le temps que la lettre arrive sur Terre et que je reçoive leur réponse, j'aurais déjà fini ma formation ! Malgré mes difficultés en cours, tout va plutôt bien. Je n'ai pas croisé Angela depuis lundi et je m'intègre de mieux en mieux grâce à Myrio et Sanda. Le vendredi soir, je rentre dans ma chambre épuisée. Un moment, une voix retentit pour m'annoncer la venue de quelqu'un derrière ma porte.

- Alexanne demande à entrer.
- J'accepte.

Sitôt que j'ai prononcé ce mot, la jeune Sorcière traverse le mur de ma chambre.
- Salut.
- Salut, me répond-elle, tu ne voudrais pas faire du bénévolat avec moi demain ? Normalement, cela ne peut qu'améliorer ton dossier.
- Je n'ai pas eu le temps de voir toutes les œuvres caritatives. C'est du bénévolat pour quoi ?
- Il y a des réfugiés politiques dans un campement près d'ici. Nous leur servons de la nourriture. Leur pays est en guerre contre les habitants de Zelgo, territoire largement peuplé de Gobelins. Ils ont dû fuir jusqu'ici.
- Je croyais que tout le continent de Mécénia était attaqué ?
- Un peu oui, mais à petites doses. Dans le nord-est, c'est un calvaire ce qu'ils vivent.
- Je viendrai avec toi demain.

Alexanne n'a pas le droit de rester trop longtemps à l'institut, mais elle prend le temps de m'expliquer quelques petites choses sur Mécénia. Elle me conseille d'acheter un ovoz dès que je pourrai. Le z se prononce souvent s ici. C'est le téléphone portable des jeunes Mécéniens. Une sorte de grand bracelet, style manchette, qui peut créer des hologrammes, prendre des photos et envoyer des messages. Elle me montre aussi le calendrier mécénien sur son appareil. Dans ce monde, chaque mois correspond à une saison. Les mois durent donc soixante-et-un jours, sauf le mois hivernal qui correspond à décembre et janvier chez nous. Nous sommes en juin donc en début du mois ou de la saison de l'orée qui s'appelle comme ça parce que dans beaucoup de pays, le soleil brille ou le ciel prend une teinte dorée. Un instant, je me remémore de quelque chose qui me fait tiquer.
- Excuse-moi Alexanne, pardonne-moi si je te pose une question indiscrète. Mais tes yeux… il me semble que c'est une caractéristique physique d'un Solis en particulier.
- Tu as raison. Les Fées ont souvent les yeux roses, mais

pas toujours.
- Donc tu es à moitié Fée, à moitié Sorcière ?
- C'est ça, et toi tu es une Magicienne, je parie. Et tu viens de la Terre.
- Oui, comment tu le sais ?
- C'est mon père qui me l'a dit.

Elle n'en dit pas plus, car voilà déjà l'heure pour elle d'y aller. Elle me salue et se dirige vers la sortie.

Le lendemain, comme promis, nous nous retrouvons dans la grande cour de l'école Vetlana. Les bénévoles préparent le repas du midi pour les réfugiés. Alexanne et moi portons des caisses de légumes, puis nous les épluchons.
- Pourquoi n'utilise-t-on pas nos pouvoirs ?
- Les manipuler c'est un peu comme un sport. Tu ne te dépenses pas à longueur de journée ? Et puis ce serait agaçant pour les Oldis de voir de la magie à longueur de temps.
- C'est vrai, dis-je en repensant à mes cours, je me suis rendu compte à quel point c'est épuisant.
- Ma mère me dit que la magie doit toujours être utilisée pour de bonnes raisons.
- Elle a l'air sage.
- J'ose espérer qu'elle l'est.

Nous terminons d'aider pour la préparation du repas. On dirait une espèce de ratatouille, sauf qu'on rajoute un peu de viande hachée. Je demande le nom du plat à Alexanne qui me répond que c'est de la salvedania*, traditionnellement servie aux pauvres. D'étranges racines remplacent le pain terrien et j'ai eu le temps de me souvenir que cela s'appelle de l'âpe*. Bientôt, de nombreuses personnes viennent faire la queue pour manger. Elles sont escortées de soldats. Leur nom et le nombre de membres dans la famille sont inscrits sur leur poignet. C'est pour montrer qu'ils font bien partie du camp et qu'ils ne repartent pas avec trop de portions. Nous leur servons un grand bol de salvedania. En même temps, Alexanne me parle tout bas.

— Zelgo est dirigé par un dictateur. Il s'est clairement rangé du côté des Démons. Les Diabolis et les Gobelins ont dévasté le pays de Queler qui appartient aux Nains et Levon aux Vampires.

J'aperçois en effet majoritairement ce genre de créatures fantastiques. Les Nains sont très barbus et avec de longs cheveux pour les filles, à moins que ce ne soit parce qu'ils n'ont pas pu se les couper depuis longtemps. Les Vampires ressemblent à des humains, mis à part leur teint blafard, mais je les reconnais, car ils demandent du sang à la place du plat. Ce qui m'étonne c'est que les Vampires et les Loups-Garous sont considérés comme des Oldis alors qu'ils peuvent se transformer en créatures de la nuit (des oiseaux nocturnes pour les Vampires et pour les Loups-Garous, et bien c'est évident). J'observe cependant qu'il y a aussi des Gobelins, comme quoi, tout le monde n'est pas d'accord avec le dictateur de Zelgo. Ils sont laids avec leur peau verte ou jaune, leur nez et leurs oreilles pointus, leurs yeux rouges et leurs ongles griffus. Toutefois, voir leur regard affolé, les mères serrer leurs petits, me fend le cœur.

— Les pauvres, dit Alexanne, ils n'ont plus rien à cause de Z.

— Le Maître des Enfers ?

— Tu es au courant ?

— Je suis à peu près sûre que c'est lui qui a tué mon frère, Alan. C'était un soldat et il a eu le malheur d'entrer dans son manoir.

— Bien sûr, les soldats de la princesse massacrés. Oh! Rachel, je suis désolée.

— Ne le sois pas, je compte bien le venger.

— Tu ne peux rien contre Z.

— Ne me fais pas croire qu'il est invincible.

— Les filles, dépêchez-vous de servir ! nous sermonne une bénévole.

Elle s'empare elle-même d'une louche et d'une grosse marmite pour prendre la commande suivante. La réfugiée est une femme d'environ une trentaine d'années, amaigrie.

— Trois portions s'il vous plaît. J'ai deux enfants au camp.

Elle tend son poignet et la serveuse plisse les yeux pour lire. La surprise se traduit sur son visage.

— Qui vous a autorisé à entrer ?
— J'ai la permission de Leurs Majestés.
— Balivernes !

La réfugiée semble presque s'excuser d'être là. Ses traits sont tirés, ses cheveux sont sales. La joie paraît avoir définitivement quitté son être. Elle tapote son poignet et le remonte à la serveuse pour lui révéler quelque chose. Cette dernière en laisse tomber sa louche.

— Ce n'est pas possible ! Allez-vous-en !
— Vous devez servir tout le monde ici ! s'écrie le Falion qui vient d'apparaître.

Il tend son dard menaçant vers la bénévole, puis se retourne pour renifler la jeune femme débraillée. Il montre un air de dégoût.

— Maudite graine…

Il se tient droit sur son horrible queue de serpent et nous pointe du doigt Alexanne et moi.

— Elles n'ont qu'à la servir. Je ne dirais rien pour cette fois à Leurs Majestés, mais que cela ne se reproduise pas ! Quand on est bénévole, on ne regarde pas qui l'on sert.

La serveuse se confond en excuses, mais le Falion a déjà filé à la vitesse de l'éclair. La réfugiée prend un air désolé et s'avance vers nous. Alexanne lui fait ses trois portions que je lui tends.

— Merci beaucoup, tente de sourire la dame.

Elle s'éloigne et tout le monde s'écarte sur son passage.

— Pourquoi les gens en ont après elle ? je demande à Alexanne.
— Je crois savoir. Mon père m'a parlé de nouveaux réfugiés, trois pour être plus précis. Je pensais que ce n'était que des rumeurs, mais à voir l'attitude des autres, c'est sûrement vrai.
— Qu'est-ce qui est vrai ?
— Cette femme… c'est l'épouse de Z.

J'en reste sans voix. Alexanne ne m'en dit pas plus tant que nous n'avons pas servi tous les réfugiés. Puis nous trouvons un coin tranquille pour discuter. Je suppose que je ne devrais pas être surprise. Les Démons doivent avoir le droit de se marier après tout. Mais qu'est-ce qu'elle fait ici ? Alexanne me répond avant même que j'aie pu poser mes questions.

- Personne n'était au courant, mais apparemment, la dernière fois que Z est venu à Mécénia, il y a à peu près quinze ans, il aurait pris une femme. Les gens ne l'ont découvert que lorsqu'il est sorti des Enfers le mois dernier. On les a vus à Zelgo auprès du dictateur. Ils ont eu deux enfants ensemble. On ne sait pas d'où sort cette femme, la seule information qu'on a sur elle, c'est qu'elle serait une Sorcière de la Nuit. Si l'on n'a pas entendu parler d'elle, c'est qu'elle a vécu quinze ans dans les Enfers avec le Maestro. Peu de temps après le massacre de la garde royale, elle aurait réussi à s'enfuir avec ses enfants. Elle a témoigné devant le roi et la reine d'Amélia de son calvaire. Elle a supplié leur clémence, disant qu'elle préférait mourir ici plutôt que de retourner avec Z. Les souverains lui ont accordé la grâce en échange d'informations sur son Démon de mari.
- Et toi, qu'en penses-tu ? Tu crois que ce n'est qu'une victime ?
- Je ne sais pas. J'aurais tendance à croire qu'elle dit vrai. La magie noire n'est pas maléfique chez nous, je ne peux donc pas la juger parce que c'est une Sorcière de la Nuit. Mais on ignore complètement ce que Z lui a fait subir.
- Tu as dit qu'elle avait témoigné.
- Devant le roi et la reine oui, seulement, elle cache peut-être des traumatismes. Et puis il reste son mari, le père de ses enfants. Je ne suis pas sûre qu'elle souhaite vraiment sa mort.
- Elle avait l'air… brisée.
- C'est vrai, mais je t'interdis d'aller lui demander des informations sur Z.

– Pourquoi ? Elle pourrait peut-être m'aider.
– Laisse cela aux professionnels Rachel.
– Comment tue-t-on un Démon en fait ?
– Tu parles d'un Maestro ? Je l'ignore. Normalement, on ne les tue pas. On attend qu'ils aillent en Enfer.
– En Enfer ? Comment ça marche ?
– Un Démon ne peut pas demeurer en permanence sur la terre. Ils sont tous forcés de rester prisonniers du monde souterrain, dans un laps de temps plus ou moins court. Comme je te l'ai dit, Z était prisonnier depuis quinze ans.
– Quand est-ce qu'il sera enfermé à nouveau ?
– Je crois que même lui ne peut pas le savoir. C'est pour ça que les Démons ne prennent pas le pouvoir. Ils ont conscience que leur règne ne serait qu'éphémère. Mais s'ils nous attaquent quand même, on a des moyens pour les retenir. Un Démon tout seul ne cause pas trop de dégâts. Toutefois, si plusieurs Maestros sont de sortie, cela commence à compliquer les choses.

Les dix Maestros, j'ai fait mes petites recherches. Apparemment, ils ont tous frères et sœurs et possèdent un pouvoir de destruction dévastateur en plus de leur propre don particulier*. Combien d'entre eux sont dehors ? Il y a trop d'informations dans ma tête en même temps. Je ressens néanmoins le besoin de poser une dernière question.

– Comment s'appellent cette femme et ses enfants ?
– Z a eu des jumeaux, il me semble qu'ils se nomment Godric et Sarah. Quant à leur mère, un Visior a eu beau sonder son esprit, rien n'y fait. Personne n'a réussi à lui faire avouer son nom. Elle dit l'avoir oublié. Elle se fait appeler Furie, apparemment pour se rappeler toute la haine qu'elle ressent pour son mari.

Que lui a-t-il fait subir pour qu'elle choisisse un nom pareil ? Nous rangeons tout le matériel. J'aperçois du coin de l'œil le Falion qui nous épie de son regard perçant. Il me fait toujours aussi peur. Il ne cesse de marmonner quelque chose que je ne comprends pas très bien. Je crois qu'il est en train de répéter en

boucle :
Maudite graine.

Chapitre 8

Les jours défilent, mais avec une lenteur incroyable. Je passe soixante heures par semaine à faire mes cours de sport et à aller à Vetlana. Autant dire que je suis lessivée ! J'ai des courbatures partout et je suis forcée de prendre un médicament pour soulager mes muscles, sinon je raterais des tas de leçons. Seules les mathématiques se rapprochent de ce que j'avais sur Terre, toutefois ce n'était pas non plus une de mes meilleures matières. Je suis nostalgique du français, de mes livres, du volley, de mes amies et de mes parents. Mécénia est un univers très dépaysant et cela a beau être très distrayant, je ne me sens pas chez moi. Tout le monde sait à présent que je suis une terrienne et que mes parents sont Néants. Si l'on ajoute à cela mes mauvais résultats et un Falion qui m'espionne à longueur de temps, on peut être sûr que je suis au bord de la déprime. Quant à ma magie, elle stagne en permanence. J'ai remarqué que mes pouvoirs sont plus doués pour détruire la matière que pour la créer. Je sais que je suis trop exigeante avec moi-même. Je débute ici, je ne peux pas espérer tout comprendre en un mois. Toutefois, c'est dur, surtout à l'institut Belingrad. Mon corps est poussé à bout. Je passe des heures à grimper, courir, sauter, utiliser mes muscles. En escrime et dans les arts martiaux, je me fais toujours battre. Je pense que je vais finir par mourir d'épuisement ou d'une crise cardiaque. Myrio et Sanda m'encouragent, mais je vois bien que je ne suis pas à la hauteur. Chaque séance de sport est une torture et c'est un soulagement quand cela se termine. Cela ne me dérangerait pas si je ne me posais pas autant de questions sur mon avenir. J'ignore quoi faire. Je pensais que je pourrais suivre les traces de mon frère, mais il devait être un surhomme pour pouvoir effectuer ce programme de dingue !

Un jour, je décide d'en parler à Maurice Jouvence, le directeur de Vetlana. Il pourra au moins m'aider pour mes cours théoriques, car il n'est pas concerné par ma formation de guerrière. M. Jouvence m'écoute attentivement. Je me sens tout de suite bien avec lui. Il devrait penser à se reconvertir en psy, je suis sûre que les patients s'ouvriraient facilement devant son air aimable. Je lui explique le fait que je détruis tout ce que je touche avec ma magie. Il prend finalement la parole :

- Tu sais Rachel, je pense qu'il y a beaucoup de colère et de tristesse en toi, à cause de ton frère. Tu n'es pas encore prête à libérer toute la magie qui est en toi.
- Vous croyez que je ne suis pas une bonne Magicienne, sincèrement ?
- Non, au contraire ! Je crois que tu es aussi douée que l'était Alan. Mais il faut que tu fasses ton deuil. Sans cela, ta magie continuera d'être un poison.
- Tout ce que je veux, c'est intégrer la garde royale. Je ne veux pas que sa mort ait été vaine, je veux prouver ma valeur.
- Non, Rachel, tu dois devenir une guerrière parce que tu en as envie, pas parce que tu te sens obligée de le faire. Six mois c'est très court, il faut que tu sois au maximum de ta motivation.
- Mais comment savoir si je suis faite pour ça ?
- Tu le sauras.

Il me regarde d'un air compatissant. Je sens qu'il croit en moi.

- Merci, monsieur, je vais réfléchir à tout cela.

Une chose est sûre : je ne peux pas abandonner au bout d'un mois. Je dois m'entraîner encore plus dur. Je décide donc de prendre des cours supplémentaires le week-end, en escrime et en arts martiaux, au risque d'être davantage surmenée. M. Belingrad semble moins sévère lors de ses séances. Il m'encourage plus, sûrement parce qu'il sait que je veux bien faire.

À l'institut, nous terminons la semaine en faisant une simulation d'examen. Les sports principaux, escrime et arts martiaux, sont respectivement notés sur 30 et 20 points. Les autres sont sur 10. L'équitation apporte 20 points bonus, ce qui peut nous donner une note maximale de 120 au lieu de 100. J'ai essayé dernièrement de monter sur une licorne. Cela se passe bien, c'est comme un cheval, mais avec des crins en fils d'or. Je n'ai pour l'instant pas été notée dessus. La simulation terminée, nous avons les résultats retranscrits sur le mur. J'ai obtenu *52/100*. Je suis dans les dernières, ce n'est pas encore suffisant. En comparaison, Sanda est loin devant moi. Il faut au moins avoir 80, sans compter les points bonus. Seuls ceux qui décrocheront les meilleurs résultats feront partie de l'élite militaire d'Amélia. Myrio me rassure.

— J'ai eu 60, mais on n'est pas encore au milieu de la formation. On va monter comme des flèches.

Mes amis et moi nous dirigeons vers notre cours d'équitation du week-end. Je me sens déjà plus à l'aise en selle et je passe un agréable moment.

— Je pense que j'ai trouvé le sport qui me correspond le plus ici, dis-je à Sanda.
— Je te trouve meilleure en escrime.
— Tu parles ! Je n'ai eu que la moyenne.
— Mais tu as du potentiel. Si tu le voulais, ton épée et toi, vous ne feriez qu'une.

Je repense à la lance dans l'atelier de Jo Masse. Même si j'avoue que j'aime toujours autant tenir une arme dans mes mains, la sensation n'est plus la même que la première fois où j'en ai tenu une. Après le cours, nous rangeons tout le matériel à la sellerie. J'aperçois de l'agitation dans la cour et curieuse, j'incite mes amis à me suivre. Je remarque alors plusieurs pégases alignés dans la cour. Leurs ailes sont repliées, mais elles doivent être immenses compte tenu de la taille de ces animaux.

— Pourquoi on ne monte pas de pégases ? je demande.
— Apprends à courir avant de voler, me répond Sanda amusée.
— Les débutants doivent d'abord chevaucher des licornes,

c'est dans le règlement, ajoute une voix.
Je me retourne et découvre Alexanne. Je suis contente de la voir. Elle est accompagnée d'un jeune garçon à l'épaisse chevelure noire et aux yeux verts flamboyants.
- Salut, comment tu vas ?
- Très bien, me répond-elle, je te présente mon frère Hugo.
- Bonjour, salue ce dernier, Alex, tu m'avais dit qu'ils prenaient les inscriptions pour le concours.
- Va voir Mme Gwendoline, elle ne doit pas être loin. Et ne m'appelle pas Alex !

Hugo se précipite vers les pégases. Je demande :
- C'est quoi cette histoire de concours ?
- C'est une course de pégases, explique Alexanne.

Je lui présente mes amis de l'institut et nous nous approchons tous les quatre de ces animaux splendides. Hugo nous rejoint en bougonnant.
- Les enfants de douze-quatorze ans sont ensemble. Ce n'est pas juste ! C'est Angela qui va gagner !
- Tu peux quand même y participer, l'encourage sa sœur.
- Non, je vais me ridiculiser. Même Carla Arès va faire la course avec son propre équipement payé par son père !

Il dirige son regard vers Angela, présente dans la cour. Elle parle avec une jeune fille d'à peu près l'âge de Hugo, c'est-à-dire onze-douze ans. J'en conclus que c'est elle Carla.
- On peut prendre son propre pégase ? s'étonne Sanda.
- Oui, et les riches dépensent beaucoup pour ce genre de concours, ajoute Hugo, juste pour voir leurs enfants gagner. Si seulement j'avais le droit aux amulettes de maman !
- Pas de magie pendant les courses, c'est la règle, rappelle Alexanne.

J'aperçois enfin le stand des inscriptions tenu par Mme Gwendoline. C'est une Farfadet. Elle utilise un porte-voix pour se faire entendre.
- Venez vous inscrire à la course de pégases qui se

déroulera à la fin de l'été. Places limitées ! Pour les douze-quatorze ans, la récompense est d'accompagner les grands faire la visite de la capitale, Vérion. Pour les plus âgés, le gagnant aura la chance unique d'avoir un entretien privé avec Son Altesse Royale, l'héritière du trône d'Amélia.

- Je ne comprends pas, j'interroge mes amis. Ce n'est pas Angela la princesse ? Pourquoi on aurait besoin d'un entretien privé avec elle alors qu'on la voit tous les jours ?
- Angela est la cousine de l'héritière du trône, m'explique Alexanne. Tu ne savais pas que le défunt roi David avait eu une fille ? C'est la princesse Ella Am'Venia.
- Je ne me rappelle plus avoir lu son nom. Elle n'est pas à l'école ?
- Non, une héritière ne sort pas comme ça, surtout avec tous ces Démons en liberté en ce moment. Elle a toujours vécu enfermée au palais.
- La pauvre, elle doit bien s'ennuyer.
- Je la plains plutôt d'avoir Angela dans sa famille. La princesse Ella a quinze ans, soit un an de moins que nous.

Mon frère travaillait sans doute pour Ella et non pour Angela. Cette pensée me rassure. Sanda me tapote le bras pour savoir si je veux participer à la course. Sachant que je n'ai jamais monté de pégase de ma vie, je ne pense pas être prête.

- Le concours est dans plusieurs semaines, me rétorque-t-elle. On aura le temps de s'entraîner.

Soudain, j'entends la voix d'un soldat qui répète :

- Laissez passer !

Angela qui parlait à voix haute et d'un air enjoué jusque là se tait immédiatement. Il faut dire que les nouveaux venus sont conduits comme des prisonniers par les gardes, mis à part le fait qu'ils n'ont pas de chaînes. Un garçon et une fille s'avancent dans la cour. Ils se ressemblent énormément, je parie qu'ils sont jumeaux. Cependant, le visage de la fille est bien plus fin et son expression plus arrogante. Le garçon lui, semble se moquer de tout et de tout le monde avec son air espiègle. Je déteste immédiatement son sourire narquois. Les deux ont vraiment une allure de gothiques : tenue en cuir noire, cheveux couleur corbeau, regard d'encre qui contrastent avec leur peau très blanche. Tout le monde s'écarte sur leur passage, comme s'ils avaient peur d'attraper la peste. La jeune fille s'avance vers Mme Gwendoline.

- Ne cherchez plus, vous avez les meilleurs participants pour votre course de pégases. Mon frère et moi souhaitons nous inscrire.
- Seuls les élèves de l'école Vetlana le peuvent ! rétorque l'organisatrice.
- Le roi et la reine ont dit qu'ils seraient heureux de nous voir nous intégrer un peu plus.
- Il n'est pas bon pour eux de rester enfermer, intervient l'un des gardes. Leurs Majestés croient bon de les faire se dépenser avant qu'ils ne causent plus de dégâts au campement.
- Enfin, je ne voudrais pas qu'il y ait des problèmes entre eux et les élèves.
- Pas de soucis, le psychologue du campement a aussi appuyé cette mesure.
- Merci, mais on peut se défendre seuls mon frère et moi ! dit la jeune fille d'un ton nettement désagréable.

L'adolescente fixe Mme Gwendoline. Cette dernière semble mal à l'aise et lui tend une feuille. La jeune fille sourit et signe le papier, bientôt imitée par son frère. Ils se font ensuite reconduire par les soldats prudents.

- Qui c'étaient ? je demande.
- Sarah et Godric Terror, je suppose, m'annonce Alexanne. Sinon, pourquoi des réfugiés seraient-ils autant surveillés ?
- Il ne me reste plus qu'une place pour les quinze, dix-huit ans ! s'écrie Mme Gwendoline.

Sans réfléchir, je m'élance vers le stand, talonnée par mes amis, surpris par mon comportement. Je regarde la fiche. Oui, Alexanne a raison, ce sont bien les enfants de Z. Mon cœur

commence à battre plus vite, sans que je sache pourquoi.
- Je veux bien m'inscrire, dis-je. Enfin, s'il ne reste qu'une place, peut-être que l'un de vous devrait concourir à ma place.
- Non, vas-y Rachel, m'incite Sanda. Tu aimes plus chevaucher que moi. Je sais que tu peux gagner.

J'inscris alors mon nom. Pourquoi cela me tient tant à cœur ? Est-ce que je pense pouvoir me venger du père en gagnant contre ses enfants ? Ils n'ont peut-être rien à voir avec leur géniteur. Mais ils semblent tellement… dérangés. Je voudrais être sûre que c'est bien Zrygolafk qui a tué mon frère.

Le campement est un amas de personnes entassées les unes sur les autres. La magie permet aux minuscules habitations d'être au moins propres. Je me faufile entre les passants pour atteindre le portail qui garde l'entrée. Les soldats me laissent passer uniquement grâce à mon statut de bénévole. Alexanne me tuerait si elle me voyait, mais je ne pouvais plus me retenir. Il faut que j'obtienne des réponses. Je cherche des yeux Furie. Cela se révèle moins compliqué que prévu, car sa « micro-maison » est mise à l'écart des autres. Pourquoi suis-je là ? Que vais-je bien pouvoir lui dire ? J'attends plusieurs secondes comme une potiche. Finalement, la sorcière sort avec un sac poubelle. La magie est interdite sur le camp, elle est donc forcée de faire ses tâches ménagères tel un humain. Je m'approche d'elle. Elle lève ses yeux marron vers moi. Elle semble assez surprise, même si elle le cache plutôt bien. Les Démons n'ont pas l'habitude d'aimer, alors je me demande bien ce qui lui a plu chez elle. Pourquoi Zrygolafk l'a-t-il prise pour femme ? Elle paraît si fade. Ses cheveux filasse sont relevés en chignon, son nez légèrement épaté est grand autant que ses lèvres sont fines. Son visage est le même que lors de notre première rencontre : terne, tiré, effacé. J'ai soudain de la pitié pour cette femme.
- Oui ? me ramène-t-elle à la réalité.
- Bonjour, madame, excusez-moi, je m'appelle Rachel Rident. Je… désolée de vous déranger, mais j'ai besoin de réponses.
- De réponses ?

— Pouvons-nous discuter ?

Elle hésite quelques instants avant de poser son sac.

- Vous ne pouvez pas entrer dans la maison à cause de sorts, mais nous pouvons discuter ici.
- Très bien.
- Vous êtes élève à Vetlana ? Je me souviens de vous, vous m'avez donné de la salvedonia.
- Oui, je suis aussi apprentie guerrière à l'institut Belingrad. Mon frère Alan en était un. C'est à propos de lui que je voudrais qu'on discute. Voyez-vous, je me suis renseignée. Il a fait partie d'une opération qui traquait des Diabolis. Il s'est retrouvé face à Z, qui l'a tué.
- Oh !

Avec toutes les injures, la méfiance à son égard, je pensais qu'elle se braquerait tout de suite. Moi non plus je n'aimerais pas me confronter aux familles que mon mari a fait souffrir. Cependant, elle ne bronche pas.

- Comme vous avez vécu avec lui, je me demandais si vous connaissiez certaines de ses faiblesses ou si vous aviez une petite idée de l'endroit où il est.
- Non, et puis j'ai déjà tout dit à la garde royale.
- Je n'ai pas accès à ces informations. S'il vous plaît, si vraiment vous avez tout fait pour fuir votre mari, vous devez m'aider à comprendre. Pourquoi il fait tout cela ?
- C'est un Démon. Il tue c'est dans sa nature.
- Vous l'avez vu tuer mon frère ? Il était dans une expédition, il y a environ trois mois de cela, enfin pour vous cela fait un mois plutôt. C'était vers le vingt aurore.
- Non, j'en ai profité pour m'enfuir. Rien n'est plus important que la sécurité de mes enfants. Nous essayons tous de nous en remettre.

Je repense au soldat qui a mentionné le psy.

- Comment pourrais-je être sûre que vous n'avez pas participé à son meurtre ?
- Parce que je n'avais pas le droit d'utiliser ma magie avec lui ! Pas plus que je ne peux le faire ici, tandis que tout le

monde me surveille. Mon *mari* est un monstre ma petite. Alors un conseil, vous feriez mieux de l'éviter.

Dans le manoir, scène 1...

Sur une étendue de sable noir déserte, une ombre immense surplombe les arbres morts. C'est un manoir qui se dresse, effrayant et lugubre. Il est en parfait état, mis à part les deux tours au toit abîmé. À l'intérieur, tout est sombre. Des rideaux et des tapis rouges amènent un aspect sanglant aux pièces. Des animaux empaillés côtoient les portraits de personnages illustres. Si l'on oublie l'atmosphère horrifique de la demeure, on se rend compte de tout ce luxe qui attire le regard. Alors que certains meubles commencent à prendre la poussière, la servante, ombre silencieuse et maussade, étend le linge. Dans le grand bureau, une silhouette fine et ténébreuse écrit des lettres. Sa plume d'or parcourt le papier. Elle continue de le faire, même quand la main de son propriétaire la lâche lorsqu'on traverse le mur brusquement. Godric apparaît tout joyeux, escorté de sa mère et de sa sœur.

- Père, nous allons participer à la course de pégases ! s'enchante l'adolescent. Nous pourrions faire venir en douce nos meilleurs chevaux, qu'en dîtes-vous ?
- Vous n'avez pas été suivis j'espère, répond-il en ignorant la demande de son fils.
- Nous avons fait très attention, déclare Furie. On a environ une heure devant nous avant que l'on ne remarque notre absence.
- Père, la course va nous permettre de rencontrer la princesse héritière, se réjouit Sarah.
- Bien, j'espère que vous garderez en tête qu'il nous faut la princesse. Rapprochez-vous d'elle. Ne laissez pas

l'ivresse du jeu vous détournez de votre objectif. Cela vaut surtout pour toi Titan, lance-t-il à l'adresse de son fils.
- Quoi moi ? Bien sûr que je vais gagner ! Après tout, je suis à moitié Démon.
- Ce qui ne t'empêche pas de faire des bêtises.
- Aie confiance en nos enfants, rassure Furie. Ils sont prêts de toute façon à apprendre de leurs erreurs.
- Je ne fais *jamais* d'erreur ! se braque instantanément sa fille.
- Je n'ai pas dit cela, mais tout le monde finit par se tromper un jour.
- Tu te sens bien concernée ! Je ne suis pas comme toi !
- Pourquoi es-tu toujours aussi désagréable Sarah ? Je suis de ton côté.
- C'est faux ! Tu ne penses qu'à toi ! Ne fais pas comme si tu étais une mère parfaite. Tu sais quoi, retourne en Enfer !

Sarah s'en va, furieuse. C'est une habitude en ce moment. Depuis que la famille est revenue à Amélia, les disputes entre la mère et la fille sont de plus en plus fréquentes.
- J'en ai assez, avoue Furie à son mari. Elle me déteste !
- Tous les ados détestent leurs parents.
- Non, toi elle te vénère !
- Et moi, je vous aime tous les deux, intervient Godric.
- Va dans ta chambre, fils, nous discutons entre adultes, ordonne son père.

Godric repart grognon. C'est toujours la même chose. On ne cesse de le prendre pour un gamin tandis qu'on loue constamment la force et l'intelligence de sa sœur ! Une fois le fils parti, le Démon reprend :
- Cela s'arrangera, tu verras.
- Mais quand ? Je n'ai que mes enfants au monde ! Sans son amour, j'ai l'impression que mon cœur a été arraché. Parle-lui, je t'en supplie !
- J'ai autre chose à faire que de me mêler de vos

querelles !
– Tes petites ambitions ne valent rien face à l'harmonie de notre famille !

Le Maestro soupire. Il en a assez que sa femme ne pense qu'à leurs enfants.

– Si la famille est si importante pour toi, pourquoi l'as-tu enlevée, *elle* ?
– Cela n'a rien à voir !
– Tu crois ?
– Elle est directement impliquée dans mon malheur. Je pensais que tu me soutiendrais.
– Nos intérêts sont malheureusement divergents, ma chère. Mais passons, on n'a pas beaucoup de temps ; du nouveau au palais ?
– Pas grand-chose, je ne vois pas pourquoi tu nous forces à rester au campement. Nos enfants n'arrêtent pas de se faire remarquer et il ne se passe jamais rien. À part un soir où j'ai eu une visite intéressante. Une jeune fille dont tu as tué le frère est venue me voir.
– Tiens donc ! Elle a essayé de te faire du mal ?
– Même pas, je pense qu'elle croie à mon innocence. Elle est assez gentille, mais bien naïve. Quel dommage qu'elle veuille devenir soldat, on aura bientôt besoin de la tuer.
– Ces nouveaux apprentis n'ont que six mois de formation. Ils n'auront aucune chance face à nous. Je dois terminer quelque chose, on se reparle après. Je te souhaite de te réconcilier avec notre fille.

Furie sort de la pièce. Elle monte les grands escaliers, traverse les murs et arrive dans une salle sans éclairage. La Sorcière forme un halo de lumière grâce à sa baguette magique. Une forme se cache dans l'ombre. Furie sourit. Mais c'est un sourire sans joie, un rictus cruel.

– Comment ça va ? Je t'ai manquée ?

Pas de réponse, elle en a l'habitude. Elle prononce une formule en chuchotant. Un bol contenant une espèce de bouillie peu ragoutante atterrit à ses pieds.

— Mange. Tu n'auras rien d'autre avant plusieurs jours.
Sans même attendre que la personne lui obéisse, elle sort. Furie se sent mieux. Maintenant, c'est elle qui est cause le malheur de sa prisonnière.

Chapitre 9

Il fait très chaud cet après-midi. Le climat à Amélia est à peu près le même qu'en France. J'ai fini de manger plus tôt que prévu, ce qui me laisse du temps avant mon prochain cours. Sanda et Myrio sont partis régler je ne sais quelle affaire. Quant à Alexanne, elle est introuvable. Sans doute a-t-elle déjeuné bien avant moi. Je marche dans la cour et j'en profite pour aller voir dans le jardin. Je sais que dans ce pays, ils adorent les espaces verts très vastes et fleuris. Celui-ci est d'ailleurs une petite copie de celui du palais. Les allées sont parsemées de buissons bien taillés et alignés. La plupart ont des feuilles violettes. Je trouve des fleurs encore plus grandes que moi. J'ai fini par m'habituer à respirer l'air d'ici, mais toutes ces odeurs qui s'offrent à moi sont de nouvelles informations sensorielles. Le jardin accueille quelques animaux qui se baladent en liberté. L'entretien des plantes et des bêtes est ouvert aux bénévoles. Pour ma part, je n'ai jamais pensé à faire ce genre de travail. Cela demande une attention particulière et d'être minutieux. J'aperçois soudain un gros trou dans la terre qui fait un peu tache dans le paysage. On dirait l'entrée d'un énorme terrier. Quelle taille font leurs lapins ici ? Je m'approche, intriguée. Je n'entends ni ne vois rien. Pourtant, une gueule béante manque subitement de m'arracher la tête. Des yeux jaunes me scrutent tandis que je crie et que je tombe à la renverse. Je suis paralysée. La créature est un énorme serpent avec une crête épineuse et de longs poils sous le menton. Son corps bleu-gris est couvert de taches rouges. Le bout de sa queue n'est pas visible, mais le reste me terrorise bien assez. La bête me montre ses dents longues et extrêmement pointues. Je me remets à crier.

– Ne bouge surtout pas !

Surgi de nulle part, un garçon se précipite vers moi et tend ses mains en direction du reptile. Il le rassure :

– Du calme mon vieux, ce n'est rien.

Il lui fait signe de reculer. Le serpent hésite et montre sa langue mauve. Mais il finit par obtempérer. Le jeune homme se retourne vers moi et me lance un regard de reproche.

– Tu lui as fait peur !
– Moi, peur ? je m'écrie hébétée en me relevant. C'est lui qui m'a fait peur ! J'ai la phobie des serpents !
– Des quoi ?
– Ben des serpents, de ces bestioles quoi ! Sur Terre, ils sont beaucoup plus petits, mais ils y ressemblent.

Il semble se radoucir.

– Tu es la terrienne, c'est ça ?
– Oui, je m'appelle Rachel.
– Et moi Lucas. Sache cependant que ce n'est pas un serpent, c'est un siffloteur. On est ami lui et moi.
– Quelle idée de faire ami-ami avec cette chose !
– Il est apprivoisé, tu ne risques rien.
– Il a failli me bouffer ! Et puis j'ai quand même peur, inoffensif ou pas.
– Dans ce cas, je suis désolé qu'il t'ait effrayé. Tu n'es pas blessée ?
– Non, merci, excuse-moi d'être aussi hystérique.

Déjà que je me fais tout le temps remarquer avec mon ignorance de terrienne, mais alors si en plus je crie sur les gens, on va trouver que je suis folle ! Je reprends mes esprits et demande à Lucas :

– Pourquoi as-tu ton propre siffloteur à l'école ?
– Il n'est pas à moi. C'est juste que je m'occupe de lui. Certains animaux d'ici viennent du palais. Je crois que le siffloteur a été offert à la princesse Ella.

Il met une main dans ses cheveux blonds. Je me rends compte qu'il est très beau, mais pas non plus d'une beauté à tomber par terre. Il a un charme simple, naturel. Ses yeux bleus ciel sont

très étranges, je ne saurais dire pourquoi.
- Tu es un Sorcier ? Un Magicien ?
- Non, je suis un Ange gardien, enfin apprenti.
- Oh oui, je me rappelle ce que c'est. Vous n'êtes pas les maîtres de la lumière et de la protection ?
- Si, mais contrairement aux croyances terriennes, je n'ai pas d'ailes. Tu connais les légendes qui circulent sur les Solis ? Autrefois, c'étaient les Géants qui vivaient sur ce monde. Les scientifiques pensent qu'ils ont disparu bien avant notre apparition sur Mécénia, mais il y a des gens qui racontent certaines histoires. Trois Géants se seraient accouplés : l'un avec une Elfe, l'autre avec une Démone et le dernier avec une Fée. Cela aurait donné naissance respectivement aux Sorciers de l'Aube, de la Nuit et aux Magiciens. Mais pour les Anges, c'est encore autre chose. On pense que c'est une Magicienne qui arracha son âme pour sauver son bien-aimé. Cette âme devint un double protecteur, qui enfanta à lui seul tous les Anges gardiens. Et toi, tu es quoi à part humaine ?
- Je ne suis pas à moitié humaine, j'ai juste grandi sur Terre parce que mes parents sont Néants. Je suis une Magicienne.
- C'est rare d'avoir des élèves comme toi. Remarque, comme moi aussi. Les Anges gardiens n'aiment pas trop se mélanger aux autres quand ils poursuivent leur formation. Il y a trop de distractions, de tentations et nous devons nous concentrer sur notre mission : protéger les populations. Nous avons donc l'habitude de nous entraîner dans notre pays natal.
- Qu'est-ce qui t'amène à Amélia, alors ?
- J'ai fait jurer à mon père qu'il me laisserait étudier où je veux à partir de mes treize ans. C'est ma première année scolaire. Il n'y a pas beaucoup d'Anges comme moi ici, heureusement, on est solidaires entre nous.
- Je suis désolée... je vais devoir y aller.
- Non t'inquiètes, moi aussi. Peut-être qu'on se reverra.
- À la prochaine alors.

Nous partons chacun de notre côté. Je suis heureuse de m'éloigner du siffloteur, mais j'aurais bien continué à parler avec Lucas. Il m'a raconté des choses très intéressantes. Je me mets à courir pour ne pas arriver en retard en cours.

M. Oulka est plus exigeant que d'habitude pendant cette leçon de magie. Mais comme il le dit lui-même, seul le travail acharné permettra à nos pouvoirs de se débloquer complètement. Myrio se débrouille plutôt bien. Quant à moi, mon niveau a dû monter un petit peu.

— Bien, détendez les muscles, on va faire un nouvel exercice. Faites d'abord le vide dans votre esprit, comme avant chaque sort, nous ordonne notre professeur.

La magie est tout un travail de réflexion. Il faut se décharger de toute pensée parasite. Se concentrer. En ce moment, ce sont mes cours d'équitation qui me trottent dans la tête. Je ne croyais pas réussir à monter sur une selle très différente. L'équipement des pégases est en effet adapté à leur morphologie, car leurs ailes prennent beaucoup de place. Pour le concours, on m'en a prêté un qui s'appelle Tenky, soit « hurle au vent » ou « vif » en amélien. C'est donc avec lui que je m'entraîne. J'avoue qu'il est très beau. Il fait plus de deux mètres au garrot (il faut que j'utilise un escabeau pour monter dessus!), sa crinière est blanche et sa robe est la plus étrange que je n'ai jamais vue : c'est un mélange de bleu, de gris et d'argenté. Seuls ses sabots et ses yeux sont sombres. Franchement, ce n'est pas facile de chevaucher un pégase, encore moins quand tu ne le connais pas. Néanmoins, Tenky est docile. Ce n'est pas le plus rapide, mais il est doux, attentif et plein de bonnes volontés. Alexanne m'avait fait une remarque en rigolant :

— Un pégase prend le tempérament de son maître. Il est déterminé, comme toi.

J'espère seulement que nos séances d'entraînement suffiront à battre Sarah et Godric. Je ne sais pas si je peux faire confiance à Furie, mais je n'aime pas du tout ses enfants. Ils se sont montrés odieux avec les autres à chaque fois que je les ai croisés. Ils n'ont pas l'air de malheureux ayant fui leur père. Je ne peux pas permettre qu'ils s'approchent de la princesse. C'est mon devoir après tout de la protéger. Je ne vois pas pourquoi on laisse ces deux demi-Démons participer à la course.

— Rachel, on se réveille ! Le but n'était pas de s'endormir !
— Pardon monsieur.
— Tout le monde est en train de créer un bouclier autour de vous.
— Il y a quelque chose que je ne comprends pas. Jusqu'ici on travaillait à partir de quelque chose. Je croyais que les Magiciens créaient à partir de la matière, de la nature. Comment puis-je créer un bouclier à partir de rien ?
— Pourquoi vous ne m'avez pas posé la question plus tôt ? Ceci est un sort un peu particulier Rachel, je vous l'accorde. Mais il ne se crée pas à partir de rien. Rien n'apparaît comme ça. Les Sorciers ont par exemple des baguettes et des potions, les Fées des artefacts. Rappelez-vous, l'énergie est notre matériau de base. Elle peut venir de n'importe où. Seule l'énergie des êtres pensants nous est inaccessible. Nous sommes les seuls Solis dont le matériau de base se trouve à l'intérieur de nous-mêmes. Ce sont vos mains, votre tête, votre cœur qui transforment ce qui vous entoure.

Et c'est seulement maintenant qu'on me dit ça ! J'observe mes camarades. La magie est transparente, mais si l'on regarde bien, on peut apercevoir son mouvement. Ils tiennent tous entre les mains leur sort de protection : un demi-dôme invisible pas très régulier puisqu'il s'agite sous leurs doigts. Certains écartent leurs mains pour l'agrandir, ce qui rend un meilleur arrondi. Leur sort protège ainsi tout leur corps. Celui de Myrio à mon grand étonnement fait beaucoup de bruit, signe qu'il a du mal à le maintenir. Je me concentre cette fois. Je respire à fond. Je visualise ce même bouclier dans mes mains. Je veux sentir le mouvement, entendre le crépitement des étincelles qui surgissent pour former le sortilège. Je serre d'abord mes mains de toutes mes forces pour accumuler l'énergie. Il n'y a plus rien, ni Alan, ni course de pégases, juste moi. Lentement, je détache mes paumes. Mon cœur fait un bond dans ma poitrine. Je ne comprends pas pourquoi, car je ne ressens rien.

— C'est bien Rachel, tenez-le.

J'ouvre les yeux et découvre que j'ai réussi. Il est là ce bouclier et je ne l'avais pas remarqué. Ce ne sont pas des décharges électriques que je sens sur le bout de mes doigts. On dirait plutôt l'effleurement d'une plume. Mon bouclier n'est pas encore arrondi, il est lisse, sans défaut.

— Agrandissez-le maintenant Rachel, m'intime M. Oulka.

J'obéis. Mes muscles se tendent instantanément. Ma tête me fait mal. J'agrandis mon bouclier, il reflète de plus en plus la lumière, à moins que cette lueur éblouissante ne provienne directement du sort. Je suis fascinée et en même temps terrifiée. J'ai soudain l'impression qu'il va m'exploser au visage et je lâche la tension. Le bouclier disparaît.

— Dommage, tu étais bien partie. Il ne faut pas être effrayée, me dit mon professeur.

Il passe dans les rangs, voir les différents élèves, puis change d'exercice. À la sortie du cours, je suis essoufflée comme si je venais de faire du sport.

À la fin de la semaine, j'obtiens l'autorisation de M. Oulka de changer de groupe en magie. Myrio et moi nous retrouvons avec ceux qui ont leurs pouvoirs débloqués à soixante-dix pour cent. Cela va faire trois mois que je suis là et j'ai quand même eu une bonne progression. Mes professeurs sont ravis et moi, je reprends un peu espoir. Ma nouvelle enseignante en magie est sympathique, mais encore plus exigeante. Je sens que je n'ai pas fini de travailler. Entre les cours à Vetlana et ceux à l'institut, je ne sais pas comment je fais pour tenir. La fatigue se fait ressentir de plus en plus, au point que je m'endors en classe et qu'au coucher du soleil, je ne suis plus motivée à rien faire. Le pire c'est que malgré mon épuisement, j'ai encore des insomnies dues à mes cauchemars. Un soir, alors que j'ai terminé de nager, Alexanne vient me voir à la sortie des vestiaires de l'institut Belingrad. Surprise, je lui demande :

— Comment as-tu réussi à entrer ici ?

— J'ai dit que j'avais un truc urgent à te donner et que je n'en avais pas pour longtemps alors on m'a laissée entrer. En vérité, ce n'est pas si urgent que ça, mais je me suis dit que cela pourrait t'aider.

Elle sort un collier avec une pierre verte qui dégage une forte odeur parfumée.

- Tiens, c'est un artefact de Fée. C'est ma mère qui l'a fabriqué. Cela aide à bien dormir et à être reposé, quel que soit le moment de la journée.
- Toi tu as remarqué que j'étais chaos ! Merci, mais tu es sûre que les objets magiques ne sont pas interdits à l'école ?
- Cet artefact n'est pas dangereux. En plus, ma mère est infirmière donc c'est comme une ordonnance.

Elle me dit qu'elle doit rentrer alors je la raccompagne gentiment à l'extérieur. Nous discutons tranquillement quand nous entendons un énorme vacarme. Une voix retentit.

- Alerte ! Les Farfadets ont été contrariés. Veuillez retourner dans vos chambres et fermez bien votre bulba.

Le message se répète en boucle. Il n'y a que deux Farfadets dans l'établissement : Marcelline et le responsable du dortoir des garçons.

- Je vais voir, décide Alexanne, je ne suis pas d'ici de toute façon.
- Attends, je viens avec toi, dis-je sur un coup de tête.

Nous nous précipitons vers le bruit. Plusieurs Kodins sont déjà dans la cuisine où doivent être les Farfadets. Je jette un regard à la pièce. Maman avait raison, ils ne se mettent pas en colère qu'à moitié. La cuisine est un vrai capharnaüm, même la tapisserie du mur a été arrachée. Je vois de grosses traces de griffes un peu partout. M. Belingrad s'écrie :

- Apportez la norchida* !

Mes professeurs de sport fouillent dans un placard et tentent d'en extirper quelqu'un. Les Farfadets peuvent rétrécir, surtout quand ils se sentent menacés. J'aperçois tout à coup, une petite forme verte sortir brusquement du placard et tourner en rond dans la cuisine à toute allure pour échapper aux mains qui essaient de l'attraper. Des jets de magie fusent, mais il les esquive parfaitement. Un instant, il s'arrête pour mordre une casserole. Ses dents cassent le métal avec une facilité déconcertante. Je reconnais le responsable du dortoir des garçons. Bon, sa peau est devenue verte, ses dents énormes et son visage est déformé par la rage. En se rendant compte de notre présence, il porte ses minuscules yeux rouges vers nous, Alexanne prend peur et d'un coup de baguette, l'expédie à l'autre bout de la pièce. Des adultes accourent avec une seringue. L'un attrape la petite créature pendant que ses collègues s'emparent de Marcelline restée cachée dans le placard. On leur administre le produit. Alors les deux Farfadets reprennent des couleurs. Leurs longues griffes se replient et leurs yeux redeviennent normaux. Seule leur taille demeure inchangée. Ils respirent bruyamment, ils commencent à se calmer. M. Belingrad demande :

— Que s'est-il passé ? Pourquoi étiez-vous en colère ?
— Nous sommes profondément désolés, s'excuse Marcelline honteuse. On ne voulait pas…
— On a senti une intrusion, déclare son collègue. Deux individus se sont introduits ici de façon outrageante. Ils n'ont pas arrêté de nous faire des farces ! Marcelline était stressée et moi j'étais juste en colère, car je sentais leurs pouvoirs. Ils étaient maléfiques.
— Comment a-t-on pu s'introduire ici sans que les systèmes d'alarme se déclenchent ? s'étonne le directeur.
— Je l'ignore. C'est peut-être un élève qui les a fait rentrer, à moins qu'ils ne soient tout simplement trop malins.

Un instant, M. Belingrad se retourne vers moi.

— Vous ne devriez pas être confinée dans votre chambre, vous ?

Je décide de prendre le large en entraînant Alexanne avec moi. Nous laissons les Farfadets se remettre de leurs émotions. En raccompagnant mon amie devant la porte d'entrée, je m'exclame :

— Ouah, alors là c'était une grosse crise ! Les Farfadets s'énervent souvent comme ça ?
— Uniquement si tu les contraries, mais ils n'ont pas la même patience. Ceux qui vivent en communauté

comme dans cet institut doivent avoir l'habitude de gérer le comportement parfois infernal des adolescents. C'est vraiment le fait qu'il y ait eu des intrus qui a mis leurs nerfs à vifs.

— J'espère que ces inconnus ne reviendront pas.

Alexanne et moi nous disons au revoir. Je me demande bien qui peut vouloir s'amuser à effrayer et agacer des Farfadets pendant la nuit. Est-ce les jumeaux de Z ? Heureusement que maintenant j'ai un artefact de Fée, car je ne pourrais pas dormir tranquillement en sachant que les enfants de mon ennemi sont dans le coin.

Chapitre 10

Je ne pensais pas que la course allait être un si grand événement. On ne m'avait pas prévenu que la moitié de l'école serait présente, avec le fusionnement de l'établissement militaire et de celui de la magie. Je crois que les compétitions sur des pégases sont très appréciées. Maurice Jouvence, le directeur, gère les derniers préparatifs avec Mme Gwendoline. Des obstacles lévitent dans les airs pour former un parcours. Pour rendre le jeu plus trépidant, on trouve des cerceaux, des rochers, des jets de flammes. Est-ce que tout ceci ne serait pas un peu dangereux ? Ces animaux splendides sont sur le sol, alignés, bien brossés et propres. J'aperçois Tenky, mon pégase. Je m'approche pour lui donner une sucrerie. Je l'encourage doucement à l'oreille et c'est là qu'Alexanne vient à ma rencontre.

— Bonne chance Rachel. Tu t'es super bien entraînée alors je sais que tu peux le faire.
— Merci.
— Ouais, tu vas assurer ! s'écrie Hugo.

Le petit frère de mon amie nous rejoint. Il se goinfre de ce qui ressemble à du pop-corn mou, à moins que ce ne soit des marshmallows avec une texture bizarre.

— Hugo, je t'ai dit de ne pas t'acheter à manger tout de suite ! se plaint Alexanne. Tu as déjà dépensé tout ce que papa t'a donné !
— C'est pas vrai. Et puis, laisse-moi faire ce que je veux !

Mon amie lève les yeux au ciel. Nous nous baladons entre les stands positionnés. Il y en a pour la nourriture, pour les jeux et aussi un pour les paris. Je remarque grâce à certaines affiches que les souverains ont participé un peu financièrement à l'organisation de cette course. Le Falion est d'ailleurs justement en train de vérifier que tout se passe bien, ou plutôt, d'espionner tout le monde en reniflant à droite à gauche. M. Belingrad observe les pégases, tout comme Lucas qui me fait un signe de la main. Certaines personnes prennent tout en photo avec leur ovoz. Je croise notamment Sanda et Myrio qui sont à un stand qui ressemble à un jeu de chamboultout avec des cibles qui se téléportent. Hugo entraîne sa sœur et moi-même vers les paris.

– Je vais parier mes derniers piecings sur toi Rachel.
– Hugo…, soupire Alexanne.
– Quoi ? Si elle gagne, tu seras bien contente que je remporte la mise.
– C'est gentil Hugo, mais tu devrais plutôt garder ton argent, dis-je.

C'est vrai, après tout il ignore mes capacités. Il fait la sourde oreille et donne quelques sous au Nain qui tient le stand. Je me rends compte soudain de la présence d'Angela à côté de moi. Elle est accompagnée de son amie Carla et d'un couple qui fait très bourgeois. Je n'y connais rien à la mode mécénienne, mais je vois bien que leurs vêtements sont coûteux. L'homme est très grand et porte une queue de cheval noire. Il tient le bras de celle qui semble être sa femme. Cette dernière a une splendide chevelure argentée et des yeux bleus très clairs. Elle est magnifique, malgré son air implacable. On dirait une reine de glace. L'homme vient de miser une importante somme d'argent étant donné la taille de la bourse qu'il fait tomber sur la table.

– La moitié est pariée sur Sarah Terror, l'autre sur Godric. Cela vous convient-il les filles ?
– Tu devrais miser encore plus sur Sarah, lui conseille sa femme. Elle a l'étoffe d'une championne, c'est évident.
– Qu'en dîtes-vous princesse ?
– Prenez mon argent si vous voulez miser un peu plus sur la demi-Démone. Je suis d'humeur généreuse. Mais j'espère bien qu'elle perdra, je ne veux pas de ces deux

monstres au palais. Je ne dormirais plus tranquille après. Viens Carla, je vais nous acheter à manger.

Ses yeux croisent les miens et j'y lis un profond mépris.

— Tiens, tu participes, toi ? Que sais-tu des pégases, terrienne ?

— Suffisamment pour gagner cette course en tout cas.

J'ignore pourquoi j'ai dit cela. C'est super prétentieux ! Mais j'avais besoin de répliquer face à cette peste. Angela s'esclaffe.

— Toi ? Gagner contre Sarah et Godric ? Tu ne sais pas à qui tu as affaire. N'est-ce pas M. Arès ?

— Oh oui, répond l'homme plein de prestance, Sarah et Godric ont des qualités exceptionnelles. Après tout, leur père n'est pas n'importe qui.

— Et cela ne vous dérange pas ? je demande.

Il porte son attention sur moi. Je n'aime pas son petit air supérieur. Il me dit d'un ton condescendant.

— Z est un monstre, c'est un fait, mais on ne peut nier qu'il est très puissant. Je ne parie pas sur ses enfants parce que je les apprécie, je ne les connais pas, mais seulement parce que je sais qu'ils ont plus de pouvoirs qu'une fille de Néants.

Ainsi, Angela leur a parlé de moi. Sa femme ne fait même pas attention à mes amis et moi, ce qui est pire en somme. Soudain, on entend de l'agitation près des pégases. Deux nouveaux animaux viennent d'entrer dans la cour, tenus par Sarah et Godric. Je suis clouée sur place. Leurs pégases sont magnifiques. Comment est-ce possible ? Ils n'ont pas d'argent, ce sont des réfugiés. Or, le détail qui me perturbe le plus c'est qu'on dirait que ces chevaux sortent tout droit des Enfers ! Leur robe est noir charbon, leurs yeux rouges comme le sang. Leur crinière et leur queue ressemblent à des flammes et ondulent avec dangerosité. Ils sont gigantesques, encore plus grands que les autres pégases, déjà plus imposants que des chevaux terriens. Je n'aimerais pas me retrouver sous un de leur sabot qui doit pratiquement faire la taille de ma tête. Ils raclent le sol, ils semblent énervés et prêts à en découdre. Beaucoup prennent peur et même Angela tressaille. Les demi-Démons attellent leur monture. Ils ont des vêtements de qualité. M. Arès voit notre étonnement à moi et à Alexanne, car il lance une remarque :

— Apparemment, il y en a qui ont eu des dons généreux.

Comment ça des dons ? Et comment il sait tout cela lui ? Je n'ai pas le temps de réfléchir plus longtemps que les jumeaux s'avancent dans notre direction. Ils s'inclinent devant Angela.

— Bonjour, Votre Altesse, salue Sarah, c'est un honneur d'être ainsi en votre présence. J'espère que nous pourrons devenir amies.

Angela esquisse un sourire d'hypocrite.

— Bien entendu, les gens dans le besoin sont mes amis. Je vois que vous avez reçu des dons, sinon comment auriez-vous pu trouver des tenues pareilles ?

— Ah ça, c'est un secret Votre Altesse.

Sarah prend la princesse par le bras. Si Angela est surprise, elle n'en laisse rien paraître. Or, je me doute bien que le contact d'une demi-Démone ne doit pas lui faire plaisir. Alors que d'habitude, c'est elle qui dirige, voilà que c'est Sarah qui prend les initiatives en disant :

— Vous nous présentez vos camarades ? Mon frère et moi ne connaissons personne ici et l'on n'a pas encore eu l'occasion de se faire des amis.

Le sourire de Sarah est aussi faux que celui d'Angela. Elles sont vraiment de piètres comédiennes.

— Les amis, annonce la princesse à l'adresse des jumeaux, je vous présente mon amie Carla Arès et ses parents Étienne et Tatianna. Eux, ce sont Alexanne et Hugo Jouvence, les enfants du directeur de Vetlana et elle c'est la terrienne qui va combattre contre vous. Tu t'appelles comment déjà ?

— Rachel Rident.

— Ah oui, c'est ça ! Ses parents sont des Néants et elle est nouvelle cette année.

Je croise le regard d'Alexanne. Ai-je bien entendu ? La fille du directeur ? Je n'en crois pas mes oreilles.

— Enchanté, salue Godric, fanfaronnant.

— Oui et que le meilleur gagne Rachel Rident, ajoute

Sarah.

— Bonne chance alors, dis-je.

Après un ultime sourire narquois, Sarah s'éloigne avec son frère, Angela et Carla. Les parents de cette dernière discutent avec plusieurs personnes. On voit qu'ils sont appréciés et respectés, car les gens boivent leurs paroles. Ils ont tout de la famille riche et puissante. Leur air hautain me dégoûte. Je reporte mon attention sur Alexanne.

— Ton père est Maurice Jouvence, le directeur de Vetlana ! Pourquoi tu ne me l'as pas dit ?

— Tu ne me l'as jamais demandé. Mais oui, mon père est le directeur et ma mère est l'infirmière personnelle du prince Lio.

— Encore un membre de la famille royale ! je soupire.

— Ils ne sont pas si nombreux que ça.

— C'est le frère d'Angela, explique Hugo, lui aussi on ne le voit jamais. Tout le monde dit qu'il est malade.

— C'est bizarre, d'habitude les personnes qui ont un membre de leur famille malade sont généralement plus compatissantes, je remarque. Ce n'est pas le cas d'Angela.

— Elle n'a jamais parlé de lui, ça, c'est clair, affirme Alexanne. Papa avait tellement peur que la princesse ne s'en prenne à des élèves qu'il m'a demandé de la surveiller. Et il avait raison, cela n'a pas manqué. En tant que fille du directeur, j'étais plus protégée que les autres. Le roi et la reine n'ont jamais reproché à mon père de me laisser recadrer leur fille.

— Je pense qu'ils savent comment elle est, sourit Hugo.

Je comprends mieux les circonstances de notre première rencontre à présent, sa capacité à tenir tête à cette pimbêche. Soudain, la voix de Mme Gwendoline retentit à travers son porte-voix.

— Les participants doivent se préparer. La compétition va commencer dans quelques minutes. Tout d'abord, laissons place au douze, quatorze ans sur la ligne de départ.

Angela et Carla trépignent d'impatience. Elles aussi ont leur propre pégase. Comment peut-on accepter ce genre de favoritisme ? Tout cela parce que l'une est une princesse et que l'autre est riche. Pour éviter les torticolis des spectateurs qui regardent vers le ciel, on a placé des écrans pour voir les temps forts de la compétition. C'est mieux pour observer les détails, mais sinon, il y a notamment des gradins en hauteur, bien protégés. C'est là-haut que s'installe le couple Arès. Alexanne m'apprend qu'Étienne Arès, le père de Carla, est un proche ami du roi et que c'est pour cela qu'Angela traîne en permanence avec eux. En tout cas, ils se sont bien trouvés tous. La compétition commence. Mme Gwendoline est aux côtés d'un commentateur pour donner le départ et l'annonce des résultats. Sans surprise, Angela remporte le concours haut la main, secondée par Carla. La foule applaudit sa princesse et le présentateur ne peut s'empêcher d'en faire des tonnes.

— Et félicitations à notre grande gagnante, Son Altesse Royale, la princesse Angela Am'Venia Vauclase d'Amélia ! Quelle prouesse ! Quel prodige ! Elle est tout simplement IN-CRO-YABLE !

Angela salue fièrement la foule. Je suis contente de voir que mes amis et Lucas n'applaudissent pas. L'Ange gardien se dirige par ailleurs vers moi.

— Tu participes aussi si j'en crois ta tenue.
— Oui.
— Bonne chance alors.

Je le présente à Alexanne, Hugo, ainsi qu'à Sanda et Myrio qui viennent également m'apporter du courage. Je regarde l'heure et vois qu'il est bientôt temps pour moi d'y aller. Je lance à mes camarades :

— Vous pourrez faire connaissance quand je serai en plein vol.
— Ce sera difficile, on aura les yeux rivés sur toi, me répond Lucas.

Je prends Tenky et me rends compte que j'ai les mains qui tremblent. Non, personne, et surtout pas Sarah et Godric, ne doit voir mon angoisse. Je respire. La ligne de départ est sur le sol et il va falloir vite prendre son envol pour ne pas dépasser la limite fixée pour le décollage. Je tiens à ne pas être éliminée dès le début. Nous sommes vingt candidats. Étant la dernière à m'être inscrite, je suis la plus éloignée de la ligne de départ. Et oui, les pégases ça occupe beaucoup de place, il faut bien les espacer. Les chevaux des demi-Démons contrastent avec les autres, du fait de leur corpulence. Même leurs cavaliers semblent plus frêles à côté. Au signal, nous nous hissons en selle. Nous enfilons un masque spécial pour nous protéger du vent et des insectes indésirables qui parcourent le ciel. Je crains au départ de tomber directement et de me ridiculiser, mais malgré les ailes encombrantes, c'est comme monter un étalon terrien. C'est ce que je me répète en boucle dans ma tête pour me rassurer. Godric siffle, pour désarçonner l'adversaire ou par excès de confiance ? Nul ne le sait.

— À vos marques…, commence Mme Gwendoline.
Je serre les rênes. Je dois me concentrer sur ma course, pas sur ces jumeaux maléfiques.

— Prêts…
Je regarde droit devant moi. Je peux le faire. Je me suis entraînée.

— Partez !
Je donne un coup de talons et Tenky déploie ses ailes. Ses plumes semblent se gonfler avec l'air. Nous démarrons vite sur un petit galop, puis il bondit. En quelques secondes, je suis dans le ciel. Le vent me fouette le visage. Dès le départ, j'ai déjà dépassé quelques concurrents. Une fois bien en hauteur, je peux commencer à accélérer. J'ai l'impression que mon pégase file comme une flèche. J'arrive au niveau de cerceaux. Ils sont trois, placés à des niveaux différents, trop étroits pour y passer sans replier les ailes. Le pégase ne doit pas avoir une seule seconde d'hésitation, au risque de se blesser. Gauche, droite, en haut, en bas, Tenky s'adapte à merveille à tous les obstacles et à tous les virages. Il esquive les gros rochers volants avec une fluidité et une rapidité incroyables. Je rentre tout à coup dans une espèce de tunnel mauve qui restreint mes déplacements. Je suis donc forcée de faire un looping, suivant la courbe du tunnel pour pouvoir rejoindre la sortie. J'évite les jets de flammes et je n'ai

même pas le temps de dire « ouf » que j'ai déjà fini mon premier tour. Il y a de plus en plus de monde autour de moi qui me force à faire des écarts. Je dois à tout prix éviter de me retrouver hors piste. Un pégase rouge me colle un peu trop par l'arrière. Je fais en sorte que Tenky s'abaisse et repasse ensuite au-dessus de mon adversaire pour le dépasser. Je n'ai jamais autant senti la puissance de mon cheval. J'ai l'impression que je peux lui parler mentalement et qu'il me comprend. J'entends la foule, mais je suis trop concentrée pour lui prêter attention. Alan, as-tu déjà eu la chance de monter un pégase ? Oui, sûrement. Je fonce. Le parcours, la ligne d'arrivée sont devenus ma seule obsession. Après un virage extrêmement serré, j'entame mon troisième et dernier tour. C'est là que j'aperçois Godric et Sarah. La sœur chevauche en tête, mais les deux mettent leurs adversaires en difficulté. Ils les poussent, quelqu'un manque de tomber de son cheval. Ces demi-Démons sont vraiment des ordures ! Je m'approche de plus en plus près de Godric. C'est la première fois que je ne le vois pas sourire, il serre les dents dans sa détermination à gagner. Cependant, il me remarque. Son regard mauvais semble me dire :

Tu ne devrais pas faire ça.

Et son pégase tente de mordre le mien. Tenky hennit, terrifié. Surprise, j'essaie de m'écarter un peu, mais Godric s'élève au-dessus de moi et je reçois un bon coup de sabot. Par chance, mon masque m'a sauvé d'une grave blessure. J'aurais sûrement une grosse bosse. Je reste cependant assez sonnée. Ma vision se trouble et Tenky est trop horrifié pour prendre de la vitesse. Mince, je perds du terrain !

— Fonce Tenky ! Fonce ! je l'implore.

Je passe le tunnel avant ceux qui sont parvenus à me dépasser pendant mon petit moment d'hébétude. À la sortie, je repère Godric et la rage bouillonne en moi. Son cheval est peut-être rapide, mais je ne m'avoue pas vaincue si facilement. Nous sommes à nouveau côte à côte. Il semble surpris de me voir. La seconde d'après, il se met à me pousser. Non, mais il a fini de m'embêter ! Je m'accroche à ma selle tout en le repoussant d'un bras. Cet idiot est tellement focalisé sur le fait de me faire tomber qu'il ne regarde même plus la route. J'accélère et évite un rocher. Godric le voit trop tard. Il a le temps d'esquiver, mais les pattes de son pégase percutent quand même l'obstacle. C'est à son cheval maintenant de hennir. Le fils de Z est toujours dans la course, mais j'ai pris de l'avance sur lui à présent. Il ne reste plus que Sarah devant. Cette dernière jette un coup d'œil par-dessus son épaule et m'aperçoit. Elle accélère l'allure, ce qui ne m'arrange pas. Je n'arrive pas à la rattraper, encore moins à la talonner. Comment combler ces quelques mètres de distance ? Je regarde vers le haut et j'ai soudain une idée.

– Monte Tenky.

Cela va sûrement me faire perdre du temps et ne pas marcher, mais il faut que j'essaie. Je connais un moyen de prendre de la vitesse. C'est dur pour un pégase de se diriger vers le soleil, c'est comme quand on monte une pente à vélo. Et le vent qui nous pousse en arrière ne nous aide pas. Tenky dépense beaucoup d'énergie, il fait moins de battements d'ailes par minute, toutefois ils sont plus vigoureux. Le soleil m'éblouit. Il n'y a pas de limites à la hauteur du terrain donc j'en conclus que je n'enfreins aucune règle. Une fois que j'estime que je suis suffisamment haute, je fais prendre de l'élan à Tenky puis je descends en piquée, en diagonale. Je vais tellement vite que je ne vois plus rien de ce qu'il y a autour. Toutefois, le sol se rapproche dangereusement. Alors je redresse mon pégase et je croise une forme noire, puis j'aperçois la ligne d'arrivée. Je la franchis au moment même où je sens que la présence derrière moi est sur mes talons. Je ralentis brusquement pour éviter de percuter les gradins et rejoins la terre ferme.

– C'est incroyable ! Contre toute attente, Rachel Rident remporte la course de pégases !

La foule crie et me congratule. Je me retourne surprise. Sarah a en effet atterri juste derrière moi. Et sur les écrans, je vois les images au ralenti de ma fulgurante descente. On dirait que j'ai fait les montagnes russes. Je suis passée comme un boulet de canon près de Sarah, à deux mètres de l'arrivée. J'ai failli loupé la victoire d'un cheveu, mais j'ai réussi ! Godric, malgré son cheval blessé, parvient à être troisième. Je descends de la selle et mes amis m'entourent.

— Bravo, Rachel, tu as été incroyable ! s'exclame Alexanne.
— J'ai gagné mon pari ! se réjouit Hugo.

En félicitant Tenky pour son aide précieuse (c'est quand même lui qui a fait le plus gros du boulot !), je jette un coup d'œil vers mes adversaires. Sarah est bien entendu furieuse. Son regard est rempli de haine et je sais qu'elle est déçue. Godric, lui, m'observe comme si c'était la première fois qu'il me voyait. Je monte sur une estrade auprès de Mme Gwendoline et de Maurice Jouvence. L'organisatrice me félicite.

— Rachel Rident, en tant que grande gagnante de cette compétition, vous aurez la chance de passer un après-midi avec la princesse Ella Am'Venia d'Amélia. Félicitations !

Nouvelle salve d'applaudissements, puis tous les participants reçoivent un diplôme ou un trophée pour ceux qui sont sur le podium. Je suis si heureuse à cet instant. Je crois que c'est le plus beau moment depuis que je suis ici. Après toutes ces embrassades, il est l'heure de se restaurer aux stands de nourriture. Tenky a bien mérité de nouvelles friandises. Hugo est parti récupérer une sacrée somme d'argent, ce qui prouve que pratiquement personne ne misait sur moi au départ.

— C'est étrange qu'il ait le droit de parier à douze ans, je fais remarquer.
— Oh, ce n'est pas non plus un grand pari, dit Alexanne.

Son père vient me féliciter lui aussi.

— Je suis content que tu te sois bien intégrée Rachel.

Comme je meurs de soif, je vais me chercher un verre. Une main tapote alors mon épaule. Je me retrouve face à Godric.

— Heu… salut, je voulais te dire que… c'était impressionnant ce que tu as fait… Je t'ai vu foncer vers la ligne d'arrivée. Ouais, c'était brillant.
— Merci, dis-je, hésitante.

Bizarre, il n'a pas la même réaction que sa sœur. Je pourrais croire qu'il est plus gentil que sa jumelle, mais je n'oublie pas les bousculades et le coup de sabot. Je m'éloigne de lui au plus vite. Mes amis et moi discutons encore longtemps de la course.

Autant dire que ce soir-là, je suis épuisée. Je m'affale sur mon lit et souris en imaginant la tête qu'ont dû faire Angela et les Arès lorsque j'ai gagné. Ils devaient être écœurés. Quelque chose me pousse à ne pas faire confiance à ce couple. Contrairement aux autres, les Arès n'ont affiché ni peur ni dégoût face aux demi-Démons, et je ne suis pas sûre que ce soit par empathie ou tolérance. Quand je les entendais parler, j'avais presque l'impression qu'ils les connaissaient.

Dans le manoir, scène 2...

Le vieillard est ligoté à une chaise. Sa demeure si petite est devenue une cage dont il ne voit pas l'issue. La peur rend sa bouche sèche et son front est trempé de sueur. Une forme noire s'avance vers lui.
- Vous savez ce que je veux.

Le Démon fait face au Gnome prisonnier.
- Je ne sais rien de plus que ce que je vous ai déjà dit.
- Il y a forcément un moyen de mettre la main dessus.

Le Maestro a un regard de glace qui terrorise sa proie. Des volutes de fumée viennent s'enrouler autour des membres du Gnome. Il se sent alors oppressé. Sa respiration se fait plus sifflante.
- Allons, allons, susurre Zrygolafk, ne soyez pas stupide. Vous savez bien que ma patience a ses limites. Je ne vous demande qu'une seule chose. Où est-elle ?

La magie démoniaque cesse de torturer le pauvre homme qui parvient à parler.
- Le passé reste obscur, même pour nous les Gnomes. Nous avons perdu sa trace depuis longtemps. La clé qui vous permettra de la retrouver n'est pas visible à l'œil nu. J'ignore bien qui est la personne qui saura vous en dire plus.
- En définitive, vous ne me servez à rien, conclut le Maestro.

Les volutes de fumée noire tordent le cou du prisonnier. Dans un dernier bruit d'étranglement, l'homme ne bouge plus. Ses yeux grands ouverts font froid dans le dos. Cependant, le Démon n'éprouve rien à la vue de ce minuscule vieillard. Une femme entre dans la maison. Elle jette un bref regard sur le cadavre, puis demande à Zrygolafk :
- Maître, vous a-t-il dit quelque chose ?
- Celui-là est vraiment un mauvais devin. J'ai bien peur qu'il nous

faille torturer beaucoup de Gnomes, Judith.
La servante hoche simplement la tête. Elle laisse passer le Démon devant. Ils sortent dans la ruelle. Les deux silhouettes sombres déambulent, l'une soucieuse pour son maître et l'autre frustrée. Il finira par trouver ce qu'il cherche, peu importe le nombre de victimes qu'il devra anéantir. Il sait qu'elle existe et elle sera sienne.

Le salon composé de fauteuils moelleux et de longs rideaux blancs accueille les membres de la famille Terror. Zrygolafk se sert un verre. Il prend une légère gorgée. Il réfléchit. Il semble contrarié.

– Ainsi donc, dit-il à ses enfants, vous vous êtes fait battre par une fillette.

– Fillette ? Elle est plus âgée que nous ! se défend Godric.

Son père et sa sœur lui lancent un regard noir.

– Comment sais-tu son âge ? demande Sarah.

– Et bien, je me suis informé.

– Qu'importe, s'agace le Démon, vous me décevez les enfants. Ce n'était pas la récompense le plus important, j'ai d'autres plans en réserve, mais il fallait surtout que vous montriez à tous qui étaient les plus forts.

– Elle n'est pas plus forte que nous ! s'insurge Sarah.

– Vraiment ? Pourrais-je au moins savoir le nom de celle qui vous a écrasé ?

– Rachel Rident, dit Godric, sans cacher son admiration.

Sa jumelle esquisse une grimace dégoûtée.

– Qui est cette fille ? demande le Démon.

– La fille qui est venue me parler de son frère mort, répond Furie, elle s'entraîne pour intégrer la garde royale, tu te souviens ?

– Ses parents sont des Néants et son frère Alan Rident a intégré la garde personnelle de la princesse Ella, avant que papa ne le tue dans ce manoir, explique Godric.

– Les membres de sa famille le regardent d'un œil soupçonneux.

– Ta sœur a raison, dit Zrygolafk, tu en sais des choses sur

cette fille.
- Normal, cela fait des jours qu'il n'arrête pas de la suivre ! déclare Sarah agacée.
- Pourquoi ? demande Furie.
- Eh bien quoi ? se défend Godric. Elle nous a battus, elle est très douée. Vous l'auriez vu sur son pégase, c'était impressionnant. Et depuis quand c'est un crime de surveiller l'ennemi ?
- Ce qui est bizarre c'est que tu ne t'intéresses qu'à elle, signale sa sœur. Mais après tout, pourquoi cela me surprend ? Tu es toujours obnubilé par des trucs sans intérêts. La première chose que tu as faite en arrivant à Mécénia c'est ramasser et observer un caillou.
- Parce que t'as déjà vu des cailloux dans les Enfers, toi ?

Furie sourit face à la curiosité de son fils. Zrygolafk, lui, n'est pas d'humeur.

- Pour en revenir à cette jeune fille, quelle est sa nature ?
- C'est une Magicienne, répond Godric. Elle est nouvelle à Amélia, elle a vécu toute son enfance sur Terre.

Sarah voudrait frapper son frère pour l'empêcher de dire un mot de plus. Leur père fronce les sourcils.

- Mais tu as dit que ses parents étaient des Néants. Vous êtes en train de me dire que vous vous êtes fait écraser par une novice en magie, une personne qui n'avait jamais monté de pégase avant, alors que vous vous êtes entraînés. Pourrais-je savoir ce que vous avez *foutu* pendant cette course ?
- Il est possible… qu'on ne se soit pas assez entraîné, avoue Godric.

Cette fois, sa sœur lui donne un violent coup de coude.

- Aïe ! Mais en même temps, on n'en avait pas besoin, on est tellement fort d'habitude.
- C'est bien ce que je craignais, soupire Z, vous n'avez pensé qu'à vous amuser.
- C'est faux ! proteste Sarah.
- Silence ! Je ne veux plus vous entendre !

Les enfants se taisent, n'osant plus bouger le petit doigt. Furie tente de dévier le sujet pour apaiser les tensions.

- La petite Rachel… elle va rencontrer la princesse. Elle pourrait nous servir d'intermédiaire. Si Godric se rapproche d'elle, on pourra peut-être obtenir des informations.
- Des informations, je peux en avoir.
- Personne ne peut savoir ce qui se passe dans la tête d'une jeune fille, à part peut-être quelqu'un qui a à peu près son âge.
- L'arrivée de cette apprentie guerrière ne me plaît pas, mais tu as raison. Elle pourrait nous aider à atteindre la princesse.
- Alors, je fais quoi ? demande Godric.
- Tu continues à l'espionner pour savoir si elle serait plus une alliée ou une gêne pour nous. Essaie de t'en faire une amie.
- Ah, et comment je fais ça ?
- En étant gentil, poli, en t'intéressant à elle, lui explique Furie.
- Quelle horreur ! J'ai autre chose à faire que de voir mon frère collé à cette garce, déclare Sarah.
- Mais n'oublie pas Titan, avertit Zrygolafk, tu ne dois pas te rapprocher trop de cette fille. Tes sentiments ne doivent pas contrecarrer notre plan.
- Alors ça c'est la meilleure ! s'exclame Furie. Tu es assez mal placé pour dire cela. Toi-même tu n'agis que par rapport à ce que ton cœur te dicte.
- C'est différent. Nous n'étions pas en guerre. Nous devons tous nous concentrer sur notre objectif, c'est sans doute pour cela que je suis plus dur avec vous et que nous ne pouvons pas nous voir en permanence. Vous comprenez ?
- Oui, dit Sarah.
- Si nous suivons le plan, bientôt tous les pays de Mécénia ploieront le genou. Ils verront enfin que nous ne

sommes pas que de simples ordures qu'on méprise et qu'on rejette. Maintenant, écoutez-moi. Vous allez retourner à Vérion et faire quelque chose pour moi.

Chapitre 11

Mon rendez-vous avec la princesse est fixé à la semaine prochaine. Mon invitation me dit que des gardes viendront me chercher pour aller au palais, mais rien n'est spécifié sur comment il faut s'habiller. Le jour J, j'enfile une robe, me mets un peu de gloss et me coiffe normalement. Je tente un look à la fois élégant et naturel. J'espère faire bonne impression. Après tout, en tant qu'héritière, elle est ma future employeuse. Quand mon escorte débarque dans ma chambre, personne ne fait aucune remarque sur ma tenue.

— Il est l'heure, Mlle Rident, la princesse Ella Am'Venia vous attend.

Je sors donc de l'institut et monte dans un carrosse. Les pégases attelés nous élèvent dans les airs et je profite de la vue. Je ne peux m'empêcher d'être un peu stressée, ce qui m'a valu quelques rires de Myrio par ailleurs. Il m'a assuré que la princesse me dirait sûrement des politesses comme « félicitations à la gagnante de la course », « d'où venez-vous ? »… Tout ce que j'avais à faire c'était répondre poliment en glissant du « votre Altesse » de temps en temps, et de garder une certaine distance entre nous, selon les ordres qu'elle me donnera. Tout cela m'a l'air quand même très officiel et pompeux. Vérion, la capitale d'Amélia est vraiment très grande. Mes deux écoles sont dans un quartier éloigné du centre-ville, mais en carrosse, on arrive rapidement au palais. Plusieurs tours se dressent bien hautes vers le ciel. Le soleil vient éclairer les toits bleus. Une bulba gigantesque ressemblant à une cascade d'eau sert de porte d'entrée. Les fenêtres sont tout aussi grandes et relativement nombreuses. Je suis émerveillée par tout ce que je vois. Je suis mon escorte à l'intérieur. Avec toutes ces bulbas qui nous téléportent, je ne sais plus à quel étage nous sommes. Les tapis semblent frétiller sous mes pieds, comme s'ils avaient une existence propre. Nous montons encore et encore. À chaque couloir, les coloris changent : jaune citron, taupe, vert sapin, rouge framboise, gris souris… Les tableaux accrochés aux murs représentent des plaines avec des animaux qui prennent vie ou alors de personnages qui ont l'air importants. Avant ce grand jour, j'ai essayé de me renseigner sur la princesse, ses goûts, ses passe-temps. Mais personne ne la connaît, il n'y a pas de presse people ici pour surveiller tous ses faits et gestes. Même du temps où le roi David régnait, sa présence restait discrète. J'ai néanmoins trouvé des portraits de la famille royale lorsque Ella avait cinq ans. Elle en a quinze aujourd'hui. Sur cette peinture, la dernière avant la mort de son père, j'ai vu une fillette toute menue aux boucles claires et aux yeux bleus. Elle était trop mignonne. Enfin, on change en dix ans. Je l'ai comparée au physique de ses parents défunts et je pense qu'elle est très belle. Sur le portrait, il y a aussi Angela qui fait la tête. Sa mère lui maintient la main. La reine Adrie qui a succédé à son frère, ressemble à sa fille, mais son visage est plus fin, ses traits plus princiers. Le roi Richard, richement vêtu, cheveux noirs tirés vers l'arrière, tient dans ses bras un nourrisson, sûrement Lio. En repensant à cette belle petite famille qui prend la pose, mon cœur se serre. J'ai pitié de la princesse qui n'a plus ses parents. Est-ce que cela l'a rendue amère, aigrie ? Vit-elle très bien son deuil ou est-elle rongée par le désespoir ? Les gardes et moi arrivons enfin dans l'aile réservée à l'héritière. Il y a des statues en cristal représentant des animaux, un peu partout, la plupart sont des miniatures de pégases ou de siffloteurs. Les murs sont bleu pâle et il en sort de véritables petites fleurs violettes. Les rideaux roses et blancs finissent de décorer le couloir. Deux autres soldats se tiennent devant une pièce. L'un d'eux pose sa main sur une bulba et déclare :

— Rachel Rident, invitée de Son Altesse Royale.

Puis, il attend. Soudain, la porte se met à briller. C'est le signal pour dire que je peux entrer.

– Allez-y, m'exhorte le garde.

Je rentre dans la grande pièce spacieuse. Il y a des canapés, des fauteuils moelleux, un écran géant transparent. Tout est décoré très sobrement, dans les tons plutôt gris, blancs, mais je devine à quel point ces objets sont luxueux. J'aime bien cette atmosphère où ce qui est cher n'enlève rien au côté cosy du salon. Quatre soldats sont postés près des fenêtres, telles des statues immobiles. Une adolescente très mince se tient à côté d'un sofa. Je suis tout de suite frappée par sa beauté qui n'est pas éblouissante, mais transpire la pureté. Elle porte une longue robe bleue de la même couleur que ses yeux cernés de grands cils. Ses cheveux châtains forment une magnifique natte qui tombe sur son épaule. Son visage est fin, gracieux, agrémenté d'un teint clair et d'une belle bouche rose. Le seul souci, c'est qu'elle paraît tellement frêle et fragile. On pourrait la prendre pour une poupée de porcelaine. Je m'incline en signe de respect.

– Enchantée Votre Altesse.
– Pas de cela avec moi, déclare-t-elle. Tu peux m'appeler Ella et me tutoyer. Je sais que c'est contraire à toute bienséance, mais personne ne viendra s'en plaindre à ma tante. Enchantée Rachel.

À ma grande surprise, elle vient me serrer la main. La sienne est blanche avec de longs doigts. J'en suis presque jalouse.

– Félicitations pour avoir gagné la course de pégases. Je connais bien Tenky, le pégase que tu as monté. Il est très gentil. J'aurais voulu te voir.
– Vous… tu ne pouvais pas venir ?
– Non, pas quand ce n'est pas une sortie officielle. Normalement, je peux aller à de grands événements sportifs, mais ma tante refuse à cause de tous les attentats dont nous avons été la cible ces dernières années. Je suis obligée de suivre les compétitions sur mon écran. Mais excuse-moi, je parle trop. Assis-toi.

Elle me désigne un fauteuil marron clair et elle s'installe face à moi. D'un geste de la main, elle fait apparaître des biscuits et autres friandises. Elle m'invite à me servir. Sa posture a beau être noble, elle agit avec tellement de naturel que je me sens

tout de suite à l'aise.
- Je ne connais pas la reine, je lui avoue. Comment est-elle ?
- Oh, autoritaire, c'est une femme qui ne se laisse pas faire. Je l'admire pour cela. Mais elle aime bien tout contrôler. On n'a jamais été proche elle et moi. Par contre, tu dois connaître Angela ?
- Oui, elle est…
- Horrible ?
- Je n'aurais pas dit mieux !
- Oh, je te comprends ! Dis-toi que cela fait quatorze ans que je la supporte. Elle a toujours été gâtée, chouchoutée. Parfois, je me demande de qui elle tient son caractère, car personne n'est aussi capricieux qu'elle. Et toi Rachel, tu as de la famille ?
- Oui, mes parents sont des Néants donc j'ai grandi sur Terre. J'ai… j'avais un frère, Alan.
- Alan Rident.

Sa voix faiblit tout d'un coup. Son regard s'assombrit.
- Mais bien sûr ! Tu es la sœur d'Alan Rident ! Pourquoi je n'ai pas fait le rapprochement plus tôt ?
- Je crois qu'il faisait partie de ta garde personnelle.
- Oui, mais il était plus que cela. C'était mon ami et le ciel seul sait que je n'en ai pas beaucoup. Il était à mes côtés tout le temps, cependant parfois on l'appelait pour des missions plus urgentes.
- C'est vrai, vous passiez du temps ensemble ?
- Pas en dehors de ses horaires de travail, mais on discutait. Il n'arrêtait pas de me parler de toi au point que j'ai l'impression de déjà te connaître. Tu aimes le volley n'est-ce pas ? Tu adores lire, passer des moments avec ta famille, tes amis. Tu adorais les tours de magie.

Incroyable, tout ce qu'elle peut savoir sur moi ! Ella continue :
- Quand Alan me parlait de vos jeux, j'avais envie de te rencontrer. J'imaginais que nous serions amies, qu'on se raconterait énormément de choses, qu'on passerait du

bon temps.
- Tu n'en a pas, des amies je veux dire ?
- Pas vraiment, à part mon cousin ; tu sais, la vie de princesse peut être si barbante !
- Mais nous aurons sûrement l'occasion de nous revoir.
- Cela te plairait ?
- Bien sûr, tu as l'air très gentille.

Elle me sourit. Puis, son visage se fait à nouveau sérieux lorsqu'elle me demande :

- Tu sais comment il est mort ?
- Je l'ai appris, je réponds.
- J'aurais voulu qu'il reste avec moi au palais. Mais le roi et la reine avaient besoin de monde pour lutter contre les Démons. C'était une erreur d'envoyer des soldats aussi jeunes suivre les Diabolis. Surtout qu'on savait que Zrygolafk était sorti et qu'il pouvait être n'importe où. J'aimais tous mes gardes, ils veillaient sur moi après tout. Maintenant, j'ai une nouvelle escorte qui change en permanence, si bien que je suis entourée d'inconnus.

Elle ose dire le prénom du Maître des Enfers. Intéressant. Je suis quand même un peu mal à l'aise de constater que ses gardiens sont justement en train d'écouter notre conversation malgré le fait qu'ils se font discrets.

- Ce n'est pas de ta faute, lui dis-je.
- Ton frère était si brave, si gentil.

Elle se rend compte qu'elle est en train de verser des larmes et s'essuie le visage.

- Désolée, je ne voulais pas que nous passions un après-midi déprimant.
- Non, je... tu es la première personne qui me parle de mon frère, qui l'a vraiment connu je veux dire, peut-être plus que moi. J'avais dix ans quand il est parti.
- Il t'aimait tellement.

Zut ! Maintenant, c'est moi qui vais pleurer ! Alan parlait si souvent de moi ? Comme il me manque ! Ella me prend les mains.

— Tu sais, j'aurais souhaité être à l'enterrement, mais on ne m'y a pas autorisé. Alors après l'avoir vu à la télévision, j'ai décidé de faire une petite cérémonie dans le jardin. Je voulais faire comme si j'y étais.

Je n'arrive pas à croire qu'elle ait fait cela pour Alan, ce qui me rend plus en colère contre son oncle et sa tante. Pourquoi l'empêcher de sortir ? Ils lui gâchent la vie.

— Je ne suis pas de bonne compagnie, continue-t-elle. Ma famille est compliquée. Je comprendrais que tu veuilles repartir maintenant, car cela risque d'être encore plus déprimant par la suite.

Ses yeux sont si doux, si sincères. Je sens qu'elle n'a pas vraiment confiance en elle.

— Je viens d'arriver, je fais mine de protester.

— Dans ce cas, cela ne te dérange pas d'aller voir mon cousin Lio ? Ses appartements sont juste à côté des miens. J'aimerais beaucoup que tu le rencontres. Ne t'inquiète pas, il ne ressemble pas du tout à Angela.

— Me voilà rassurée.

Je souris et la suis dans les couloirs. L'atmosphère est plus sombre et masculine, mais des tableaux et des jouets enfantins égayent un peu le décor. Nous nous retrouvons dans un autre salon. Une drôle de créature se tient devant nous et je sursaute.

— Tout va bien Rachel, me rassure la princesse, c'est Gristan, c'est un serviteur et un homme de compagnie si l'on veut.

— Bien le bonjour Mademoiselle, me sourit ce dernier.

Gristan n'est qu'un petit bonhomme bleu à trois yeux et trois doigts. Sa coiffure semble figée, son nez est long. Il porte une combinaison rouge avec trois boutons verts assortis à ses bottes. Il est exactement comme les assistants de Mme Désidore, et à présent je sais quelle est son espèce. C'est un Domesgobi*. Son grand sourire est tout de suite rassurant.

— Désirez-vous boire ou manger ?

— J'ai laissé les gâteaux dans mes appartements, dit Ella, sinon je veux bien du topax* s'il te plaît.

— Pareil.

Le topax est un soda pétillant qui a un goût de cerise, de coca et une petite touche d'exotisme. Gristan s'échappe un moment et nous avançons vers Lio. Je me rends compte que ce dernier n'est pas allongé sur un canapé, mais sur un lit flottant. Alors là, j'en reste sans voix. Je savais qu'il était malade, mais je ne m'attendais pas à une scène aussi désolante. Je me retrouve face à un garçon de dix ans au visage livide. Il est trop maigre, ses joues sont creusées, ses cheveux noirs collent à son front trempé de sueur et ses lèvres sont blanches. Ses yeux gris se posent sur moi et son sourire éclaire sa figure émaciée.

— Alors c'est toi Rachel ?
— C'est la sœur d'Alan, explique Ella.
— Bonjour, je salue.
— Bienvenue dans mon humble demeure Rachel !

Dès lors, Lio se met à tousser très fort. Ella lui tend un verre d'eau.

— Si vous comptez parler tout l'après-midi, vous feriez mieux de prendre vos cachets, Votre Altesse, avertit une voix.

Je me retourne et découvre une infirmière. Ses yeux roses m'indiquent qu'elle est une Fée. Elle donne un médicament à Lio. Le prince hésite, mais finit par l'avaler à contrecœur.

— Tu sais Grace, tu n'as pas besoin de me vouvoyer quand on a des visiteurs.

Je regarde plus attentivement la nouvelle arrivante. Je m'écrie :

— Vous êtes la mère d'Alexanne et d'Hugo !
— Oui, contente de te connaître Rachel. Alexanne m'a parlé de toi, Maurice aussi, d'ailleurs.

Elle remet bien en place la couverture de son patient et nous sourit.

— Je ferais mieux de vous laisser. Amusez-vous bien les jeunes.

Grace sort du salon.

— Alors, fait Lio comme si nous n'avions pas été interrompus, que voulez-vous faire les filles ?
— Rachel ? m'interroge Ella.
— Comme vous voulez, je ne connais pas trop les loisirs de

Mécénia. J'ai si peu de temps libre.
- Tu veux faire comme ton frère, entrer dans la garde royale ? me demande Lio.
- Oui.
- Génial, moi aussi j'aurais aimé savoir me battre ! Tu penses que tu pourrais intégrer ma garde personnelle, ou celle d'Ella. Comme ça, on se verrait tout le temps.
- Ce n'est malheureusement pas moi qui choisis.

Gristan revient avec toutes les friandises inimaginables, nos topax et un verre d'eau pour Lio. Ce dernier n'a le droit qu'à un gâteau et trois bonbons, apparemment c'est mauvais pour sa santé. Nous bavardons gaiement. Je leur parle de la Terre et des coutumes françaises. Ils écoutent fascinés. Je remarque que Lio a le sens de l'humour, c'est à se demander s'il a des gènes en commun avec Angela. Il adore les jeux et m'apprend comment y jouer. Il bat les cartes et me montre les combinaisons parfaites qui permettent de gagner. Il est très doué. Ella me parle un peu d'elle. Je sais ainsi qu'elle a beaucoup d'animaux de compagnie, elle aime monter les pégases, mais passe le plus clair de son temps à s'occuper de son cousin et à lui raconter des histoires. Elle lui détaille les réceptions, les bals, les visites diplomatiques. Lio écoute toujours tout avec attention. Je le trouve plutôt intelligent pour son âge. Quand je parle de la légende que m'a relatée Lucas sur la naissance des Sorciers et des Magiciens, Lio me reprend :

- Il y a plein de légendes qui circulent sur l'apparition de la magie et pourquoi il y a tant d'espèces différentes à Mécénia. Ma préférée est celle d'une Sorcière extrêmement puissante, trop peut-être. Elle avait toujours l'impression d'être deux dans sa tête, une partie de ses pouvoirs était attirée par la nuit et l'autre par le soleil. Alors elle a voulu se débarrasser de sa magie. Seulement, entre-temps, son amant a eu quelques soucis avec des tueurs à gages. Il s'est fait tuer. La Sorcière l'a appris au moment où elle était chez une vieille dame pour retirer ses pouvoirs. Elle s'est effondrée sur le corps de l'être aimé. Elle ne savait pas si elle devait le guérir ou bien se venger de son meurtre. La vieille dame qui était aussi une Sorcière, a senti cette dualité et lui a jeté un sort. La jeune femme s'est dédoublée, et par conséquent, sa magie également. L'originale pleurait encore sur le corps de son amant. Elle ne cessa d'essayer de le soigner, en vain, mais plus elle pratiquait ses sorts, plus sa magie devenait blanche. Quant à son double, elle se rendit compte qu'elle était plus puissante dans l'obscurité et profita d'une sombre nuit pour tuer les assassins de son homme. Et c'est ainsi que les Sorciers se divisèrent en deux groupes. Néanmoins, d'autres personnes plus réalistes pensent que des peuples étaient opposés sur comment utiliser la magie et ils ont créé deux écoles. Mais c'est moins drôle à raconter.

– Vous, vous êtes des Magiciens tous les deux ? je demande.

– Oui, mais moi je ne peux pas exploiter mes pouvoirs. Cela me tuerait. Je suis un peu comme un Néant en fin de compte.

J'interromps notre conversation pour aller aux toilettes. Ella m'indique où elles se trouvent et m'attend devant la porte. Quand j'ai fini, elle m'interroge :

– Alors, tu t'amuses bien ?

– Oui, c'est moins déprimant que ce que tu m'avais promis.

– C'est super, je suis contente que tu sois là Rachel, Lio aussi d'ailleurs.

– Si ce n'est pas trop indiscret, qu'est-ce qu'il a ?

– Une maladie de naissance, on l'appelle la mortella*. Tu sais sur Terre, il y a des virus, chez nous ce sont des malédictions*, c'est-à-dire de la mauvaise magie qui circule dans l'air. La mortella est une grande malédiction qui touche le cœur, puis tout le corps réagit. Généralement, quand tu es frappé par une malédiction, tu ne peux plus utiliser la magie. Or pour Lio, c'est plus grave que cela, il est paralysé, il tousse beaucoup, il se fatigue très vite, il digère mal, il saigne plus facilement. Il

a souvent de la fièvre, des périodes où il ne réagit plus du tout. Il faut quelqu'un pour le surveiller en permanence. Ce n'est pas une vie qu'il mène. En plus, ses parents ne sont jamais là pour lui.
- Je suis désolée, désolée aussi pour toi qui prends tout le poids de cette responsabilité.
- Oh, il y a Grace et beaucoup de serviteurs pour m'aider. Et puis, cela ne m'embête pas. Je m'ennuie autant que lui de toute façon. Seulement, Richard et Adrie portent toute leur attention sur Angela. Parfois, j'ai l'impression qu'ils oublient qu'ils ont un fils. Ils devraient en profiter avant…

Sa voix se bloque dans sa gorge. Je mets ma main sur son bras pour la réconforter.
- Je sais très bien qu'il mourra avant moi. Et je suis au courant que c'est beaucoup trop demandé, car l'espérance de vie de quelqu'un atteint de la mortella est très faible. Mais je veux qu'il vive vieux, qu'il puisse voir le soleil, aimer.
- Je le souhaite aussi, c'est un bon garçon.

Nous retournons au salon où Gristan et Lio s'esclaffent à propos d'une blague que je n'ai pas suivie. Le Domesgobi nous propose à nouveau des gâteaux, mais mon ventre est prêt à exploser. Nous refaisons une partie de jeu de société à quatre, quand une voix retentit à travers la bulba.
- Soldat Govne, Votre Altesse.
- Entrez, invite Lio.

La bulba s'illumine et l'un des soldats qui m'a accompagné tout à l'heure apparaît.
- Princesse, je vous cherchais dans vos appartements, mais je me doutais bien que vous étiez avec votre cousin. Je venais juste vous prévenir que je dois bientôt ramener Rachel Rident à l'institut Belingrad.
- Oh ! Elle ne pourrait pas rester ici plutôt ? propose Lio.
- Oh oui, Rachel, qu'en dis-tu ? me demande Ella.
- Je suis sûr Vos Altesses que Leurs Majestés ne verraient pas d'inconvénients à cela, mais la récompense n'incluait

qu'un seul après-midi. Les autres élèves pourraient prendre cela comme une injustice.
- Il a raison, j'admets. On se reverra de toute façon.
- Oui, dit Ella, tu vas faire la visite de Vérion, notre belle capitale. Tu pourras peut-être déjeuner avec toute ma famille ?
- Ce n'est pas juste, se plaint son cousin, moi je serais sûrement obligé de manger dans ma chambre !
- Je vous remercie tous pour votre accueil chaleureux. À la prochaine alors.

Je salue Lio et Gristan et retourne dans le salon d'Ella pour prendre mes affaires. Elle me fait une dernière visite de ses appartements et le moins que l'on puisse dire, c'est qu'il y a de l'espace. Puis, nous nous serrons dans nos bras. Je n'aurais jamais cru en venant ici que je me lierais d'amitié avec une princesse. C'est pourtant arrivé. Ella et Lio sont adorables. Ils acceptent facilement la présence des gens, Gristan par exemple n'a beau être qu'un serviteur, il donne véritablement l'impression de faire partie de la famille. Et même les gardes ont parfois le droit à des mots gentils ou à des boutades amicales de la part des adolescents princiers. Ils n'ont vraiment rien à voir avec Angela. Je croise justement cette dernière sur le chemin du retour. Elle me dévisage avec mépris, mais nous n'échangeons pas une parole.

Lorsque je rentre dans ma chambre, je me rends compte que je suis épuisée. Ces trois heures au palais ont pourtant passé si vite. Tidi le maladoui s'approche pour m'accueillir. J'ignore comment il fait à chaque fois pour entrer dans ma chambre, mais qu'importe. Il vient se loger dans mes bras. Je pense donc qu'il a besoin de caresses, puis je me rends compte qu'il tremble.
- Tout va bien, Tidi ? je lui murmure doucement pour le rassurer.

Il tourne son museau vers mon bureau. J'avance pour découvrir une feuille de papier où un dessin change de forme en quelques secondes. Je me rends compte qu'il représente mon visage avec diverses expressions. On dirait un reflet vivant de moi-même. Je regarde, fascinée. Mes yeux se posent alors sur la signature qui accompagne ce drôle de cadeau. *Godric.* Je reste interdite. Est-ce une plaisanterie ? Qu'est-ce que cela signifie ? Pourquoi m'offrir ça ? Le pire, c'est qu'il est entré par effraction dans ma chambre ! C'est pour ça que Tidi est si effrayé. Le maladoui sent ma colère et s'échappe de mes bras. Et maintenant, qu'est-ce que je fais ? Je le dénonce ? Normalement, il ne devrait pas pouvoir sortir du campement. Avec l'incident de l'autre fois concernant les Farfadets, puis ce soir, je commence à me douter que les jumeaux se promènent souvent dans la nature. Calme-toi, Rachel. Ce n'est pas parce qu'ils désobéissent qu'ils sont forcément maléfiques. J'en parlerai quand même à M. Belingrad et à Maurice Jouvence, afin d'être sûre. Peut-être que je peux régler cette histoire sans créer un scandale. Bon, ce n'est pas le moment de penser à des choses négatives. Godric ne me gâchera pas cette journée merveilleuse. Je me remémore les événements de cet après-midi et je me détends.

Chapitre 12

J'aurais voulu que les enfants de Z soient sanctionnés, mais cela ne s'est pas vraiment passé comme prévu. M. Belingrad a pris des mesures pour renforcer la sécurité, seulement ce n'est pas lui qui a eu la charge de punir Godric, dont on a au moins la preuve avec mon dessin qu'il est bien entré sans autorisation. Apparemment, M. Arès a appuyé auprès du roi le fait que les jumeaux avaient besoin de se sentir intégrés. Furie a donc pu inscrire ses enfants à l'école Vetlana pour quelques jours, comme une sorte de test. Et aussi incroyable que cela puisse paraître, il n'y a plus eu d'accident depuis. Ils ont l'air de s'être calmés, enfin, jusqu'à ce qu'Alexanne me prie de venir à l'infirmerie sur le champ.

— Dépêche-toi, Rachel ! Il y a un problème avec Lucas !

Je suis mon amie jusqu'au lit de l'Ange gardien. Je constate qu'il possède un bel œil au beurre noir et que du sang coule de son nez et de sa bouche.

— Bon sang, qu'est-ce qui s'est passé ? je m'exclame.
— Rien, ne t'en fais pas, me rassure Lucas.
— Comment ça, rien ? Tu es en sang !
— C'est Godric. Il n'arrête pas de rôder autour de plusieurs salles. Parfois, je crois l'apercevoir avec des potions. En tout cas, il cache quelque chose. J'ai pris l'habitude de l'espionner, mais il s'en est rendu compte. Il m'a attaqué par surprise et voilà le résultat.
— Il faut que j'aille lui parler ! Il n'a pas à se comporter comme ça !
— Tu ne vas faire qu'aggraver les choses, m'avertit

Alexanne. Godric te voit déjà suffisamment traîner avec Lucas et je crois bien qu'il est un peu jaloux.

Je soupire. Mes amis ont fini par remarquer la présence désagréable du demi-Démon. Et de ce fait, ce n'est pas difficile. Il est devenu de plus en plus envahissant au fil des jours. Il ne cesse de rechercher ma compagnie, mais je le repousse toujours sèchement. Il me suit partout, que ce soit à la cantine ou dans la cour. J'évite de lui parler, mais son insistance parvient parfois à m'arracher quelques mots, afin qu'il me laisse tranquille. Il est fatigant. Soudain, le directeur de Vetlana entre, accompagné de Hugo. Ce dernier s'exclame à l'adresse de Lucas :

- Comment tu t'es trop bien battu tout à l'heure ! J'aimerais trop savoir faire ça !
- N'y pense même pas ! avertit Maurice Jouvence. Les enfants Terror sont suffisamment dangereux comme ça. Tout va bien, Lucas ?
- Oui monsieur, je suis désolé.
- Ne t'excuse pas, toutefois, cesse de te mêler des affaires de Godric. Il est déjà surveillé, ne t'en fais pas pour ça.
- Mais je suis pratiquement sûr qu'il vole des choses !
- Et nous le punirons pour cela. Mais je m'inquiète davantage au sujet de sa sœur qui lorsque son frère fait les quatre cents coups, disparaît complètement.
- Comment est-ce possible ? je demande.
- Je l'ignore. Soit elle use de la magie sans que cela ne déclenche les systèmes de sécurité, soit elle connaît les passages secrets de l'école. Dans les deux cas, cela reste inquiétant.
- Quels passages secrets ?
- Je ne te dirais pas où ils sont. Vérion possède un réseau souterrain qui relie plusieurs grands bâtiments entre eux. Cela était très utile en temps de guerre pour livrer de l'argent ou des armes. Aujourd'hui, ces accès sont verrouillés, car plusieurs objets sacrés se doivent de rester en lieu sûr.
- Si Sarah a pu passer dans ces tunnels, tu ne crois pas qu'elle aurait pu voler ces objets ? demande Alexanne.

– Nous avons vérifié et rien n'a été volé pour le moment. Je ne peux pas virer les jumeaux de Z sans l'autorisation des souverains et des Arès, même si je me méfie de l'impétuosité de ces jeunes.

– C'est quoi comme sorte d'objets ? j'interroge. Peut-être qu'ils pourraient avoir une utilité pour Z.

– Certainement, ce sont pour la plupart des objets dangereux. J'ai entendu dire qu'il y avait même le fouet de Heartless, la Démone de la torture, caché quelque part.

En voyant ma mine soucieuse, Maurice me sourit d'un air rassurant.

– Mais comme je l'ai dit, les accès souterrains sont bloqués. Et je me charge de veiller à ce que les Terror se tiennent tranquilles.

Il pleut beaucoup en cette saison, donc je profite d'une éclaircie pour sortir dans les jardins de Vetlana. J'évite, comme toujours, le terrier du siffloteur. J'ai tellement hâte de visiter la capitale où je retrouverais peut-être Ella et Lio. Pour l'instant, nous parvenons à rester en contact par messages. J'ai aussi reçu des lettres de mes parents. Tout va bien à la maison, mais ils s'ennuient de ma présence. Je leur ai fait part de ma victoire à la course de pégases et de mon entrevue avec la princesse et ils sont fiers de moi. Alors que je suis plongée dans mes pensées, un garçon apparaît tout à coup et me bloque le passage. C'est Godric, encore.

– Salut Rachel.

Après m'être remise de ma surprise, je jette un coup d'œil au bouquet qu'il tient dans les mains.

– Tu sais que tu n'as pas le droit de cueillir les fleurs du jardin, je remarque.

Et puis, pourquoi je m'embête ? Il ne fait que contourner les règles. Il me sourit d'un air malicieux.

– Peut-être, mais c'est plus amusant d'en voler sans se faire prendre. Tu n'aimes pas ?

– Qu'est-ce que je dois faire pour que tu me laisses

tranquille ? Apparemment, les menaces ne marchent pas.
- Je me disais qu'on pourrait sortir ensemble.

Je reste interdite. D'où lui est venue cette idée saugrenue ?

- Ouah, quel romantique tu fais ! je raille. Tu sais que sortir avec quelqu'un, cela implique d'avoir des sentiments pour cette personne.
- Alors ça tombe bien, je t'aime bien moi !
- Non, mais il faut que ce soit réciproque.
- D'accord, donc tu veux bien sortir avec moi ?
- Tu es idiot ou quoi ?
- Non, mais mon père dit toujours que lorsqu'on veut véritablement quelque chose dans la vie…
- Ton père est un meurtrier, dis-je froidement.
- Je suis désolé. Je suis sûr qu'il ne visait pas ton frère.

Alors il avoue. Folle de rage, je le pousse pour continuer mon chemin. Il me rattrape très vite, me suppliant.

- Non, Rachel attends ! Laisse-moi une chance. Je ne suis pas comme mon père.
- Vraiment ?
- Je ne suis pas si méchant, enfin je ne crois pas. Quand je vois mon père, j'ai sans cesse l'impression de ne pas être un vrai Démon.

Il semble attristé tout d'un coup. Je suis toujours furieuse, mais quelque chose me pousse à m'arrêter pour l'écouter.

- Je te jure que je n'ai pas envie de faire les mêmes erreurs que lui. Je ne veux pas de la relation qu'il a avec ma mère. On pourrait apprendre à se connaître.

Il a l'air tellement sincère, seulement je l'ai déjà vu se montrer cruel, insouciant. Je ne peux pas le prouver, mais je suis convaincue qu'il est encore à la botte de son père. Constatant que je ne parle pas, cela l'encourage à continuer.

- Tu sais, je pourrais t'apprendre beaucoup de choses sur les Démons. Par exemple, comment vivent-ils dans les Enfers, par rapport à ici? Ils ont souvent des noms monstrueux. Moi, mon nom démoniaque c'est Titan.

C'est celui que m'a donné mon père. Pas mal, hein ? Et ma sœur, il l'a appelée Garcia. Elle a eu moins de chance. Godric c'est mon prénom de Sorcier.

— Contente pour toi.

Je me remets à marcher. Néanmoins, Godric se montre très bavard et collant, si bien qu'en arrivant devant la bulba qui amène à la salle des potions, je le coupe dans son monologue.

— Écoute Godric, j'ai été gentille avec toi, je trouve. J'aurais pu te dénoncer à chaque fois que tu es entré par effraction pour venir me voir, mais je ne l'ai pas fait. Maintenant, tu commences sérieusement à m'agacer alors je ne vais pas tarder à te faire virer de là. Laisse-moi en paix et trouve-toi une autre occupation.

Je pose ma main sur la bulba pour entrer. Je me rends compte avec effarement que je n'ai pas traversé le mur. Godric voit mon inquiétude et remarque :

— Apparemment, vous avez des problèmes avec vos bulbas à l'école. C'est un signe pour dire que tu dois rester dehors avec moi.

Soudain, la bulba commence à virer au noir. Godric, dans un réflexe surhumain, me tire en arrière juste à temps. Une main griffue vient en effet d'essayer de m'arracher la tête. Je crie de toutes mes forces. Plusieurs monstres se mettent à sortir de la porte trafiquée. Ils ont les oreilles à demi-pendantes, le menton crochu, des yeux noirs comme un puits sans fond. Ils portent une sorte de tunique trouée de partout. Ils sont petits, cadavériques, leur nez long possède des crevasses informes et leurs dents pointues dépassent lorsqu'ils ferment la bouche. Parce que je suis la première dans leur champ de vision, ils tentent de m'attaquer. C'est sans compter sur Godric qui les repousse d'un sort. Normalement, le bâtiment bloque la magie des élèves. S'il parvient à pratiquer ses sortilèges ici, c'est que l'école est au courant que l'heure est grave. Et elle a raison, car j'ai enfin reconnu mes ennemis. Ce sont des Diabolis. Il y a des Démons dans la cour de récré !

— Rachel ne reste pas là ! s'écrie Godric.

Il électrocute ceux qui s'approchent de trop près. J'entends un hurlement rauque et tonitruant qui est en fait celui du Falion.

On dirait qu'il prévient du danger. Aussitôt, de nombreuses personnes s'occupent des monstres ou viennent protéger les alentours. Malheureusement, cela n'empêche pas certains Diabolis d'entrer dans l'école. Les seuls élèves restés dehors courent à l'autre bout du bâtiment, escortés par quelques professeurs. Réfugiée derrière le dos de Godric, j'aperçois Lucas, Alexanne, Hugo et Maurice.

— Pourquoi les Diabolis sont-ils ici ? demande le directeur, horrifié.

— Je vous jure que je n'en sais rien ! se défend Godric.

Alexanne sort sa baguette, mais son père l'en empêche.

— Allez tous vous mettre à l'abri !

— Mais où ? Ils sont entrés dans l'école ! rappelle mon amie.

Pas le temps de parlementer, le portail laisse passer de plus en plus de Démons, au point que l'on se retrouve vite submergé. Même les pouvoirs très puissants de Godric ne parviennent pas à les tenir suffisamment éloignés. Heureusement, d'autres alliés viennent nous aider, quelques professeurs, des soldats. Un vieil homme apparaît à côté de Maurice. Il semble bien le connaître.

— Reculez, ordonne le nouvel arrivant, je m'en charge !

Il utilise ses pouvoirs (sans baguette magique donc c'est un Magicien) sur la bulba pour refermer ce maudit portail. Il est très doué, car très vite, il l'a pratiquement rabattu à lui tout seul. Un gros nuage noir apparaît soudain au-dessus de nos têtes et un éclair jaune frappe l'individu. Il s'écroule à plusieurs mètres de là. Le portail s'ouvre à nouveau en grand, mais aucun Diaboli ne s'en échappe. À la place, un homme très grand s'avance vers nous. Il est magnifique, ses cheveux platine et ses yeux de glace mettent en valeur son visage angélique. Il est vêtu de noir, ce qui le rend plus élégant, et une ceinture argentée noue son long manteau. Godric cesse immédiatement d'utiliser ses pouvoirs.

— Oh non, Acramis.

D'accord, le type super beau, mais terrifiant, est un Maître des Enfers ! Godric me prend par les épaules et nous fait reculer. Même lui, craint le nouvel arrivant, cela se voit. Acramis jette un coup d'œil dédaigneux aux alentours tandis que tout le monde reste figé.

— Va t'en, Acre ! parvient à dire Maurice. Ce n'est pas un lieu pour un Démon !

— Je ne partirai pas d'ici avant d'avoir trouvé au moins une Fée. D'ici là, mes Diabolis peuvent bien dévorer qui ils veulent.

Cette voix ! Elle est si envoûtante qu'on aurait presque envie de lui obéir. Il paraît si sûr de lui.

— Il n'y a pas de Fées autour de toi, Démon.

— Il y en a bien qui se dissimulent quelque part.

Des Diabolis reviennent du bâtiment et nous encerclent. Ils parlent, dans une langue inconnue, à leur chef. Ce dernier fait une petite moue ennuyée.

— Vous avez raison, elles se cachent. Fouillez toute l'école, et plus vite que ça ! ordonne-t-il à ses sbires.

Son regard se pose alors sur Alexanne.

— Toi, tu es à moitié Fée, même sans mes pouvoirs, je peux le deviner à la couleur de tes yeux.

Maurice se met entre le Maestro et sa fille, ce qui n'empêche pas Acramis de déclarer :

— Cela devrait faire l'affaire.

D'un geste désinvolte, il écarte M. Jouvence qui tombe par terre. Il s'approche ensuite d'Alexanne et commence par l'endormir avec une poussière jaune qui sort de ses mains. Mon amie a peur, mais elle semble ne plus pouvoir bouger. Ses paupières se ferment, quand le vieux Magicien de tout à l'heure revient à la charge frapper le Démon à mains nues. Surpris, ce dernier vacille, cependant il reprend vite ses esprits. Maurice s'écrie :

— Rachel ! Hugo ! Lucas ! Libérez Alexanne du sort pendant que j'aide Alphonse avec le Maestro !

Il fait pousser des plantes gigantesques qui tentent d'emprisonner Acramis. Notre adversaire est agile et rapide, il n'a aucun mal à esquiver les coups. Je ne vois plus Godric, seulement je dois sauver mon amie. Lucas et Hugo sont en train d'analyser le sortilège. Une bulle jaune presque opaque se forme autour de la demi-Fée. Sans crier gare, la sphère s'élève du sol et part en direction du portail.

— Non ! crions-nous en chœur.

En un mouvement de la main, Lucas fait apparaître un mur doré entre la bulba démoniaque et la prison magique de notre amie. Cela semble fonctionner. Hugo sort sa baguette. Il est concentré et proclame une série de mots étranges. J'admire le sang-froid dont il fait preuve compte tenu de son jeune âge et de la situation. Pour ma part, j'ignore comment réagir. Dois-je utiliser un sort de destruction pour faire éclater la bulle ou juste un sort de déverrouillage ? Je ne suis même plus sûre de savoir comment on s'y prend. Les Sorciers ont au moins des formules à apprendre par cœur, mais pour les Magiciens, c'est plus compliqué. La concentration varie en fonction des sortilèges qu'on emploie. Je me sens vraiment nulle à hésiter de la sorte. La prison créée par Acramis est en train de pousser le mur de Lucas. Je dois agir maintenant. Je sursaute en ressentant un flux magique près de moi, mais il a dû dévier de sa trajectoire. *Bouge de là Rachel avant de te faire tuer pour de bon !* Je rejoins les garçons.

— Vous connaissez un sort pour ouvrir cette cage ? demande Lucas qui transpire à grosses gouttes en essayant de garder son mur.

— Je peux utiliser un *ouverturio*, mais mes pouvoirs sont limités, j'ai besoin de vous, répond Hugo.

Si son corps paraît calme, sa voix finit par trahir son angoisse. Tout en maintenant son mur, Lucas envoie un jet lumineux sur la bulle. Je l'imite aussitôt. Je ne vois pas ma magie, mais je la sens et je l'entends. Le bruit de l'impact est infernal, comme un grésillement très irritant. La sphère semble se ramollir.

— Ouverturio ! s'écrie Hugo.

La bulle se fendille, puis disparaît. Lucas prend notre amie inconsciente dans ses bras. Il pose sa main sur son visage et ferme les yeux. Un doux scintillement traverse leurs deux corps et Alexanne se réveille. En attendant, Godric a fini par réapparaître, accompagné d'une demi-douzaine de Diabolis et ô miracle, de plusieurs professeurs ! Maurice et son ami Magicien sont toujours aux prises avec Acramis. Mme Gwendoline s'élance vers nous.

— Vite, il faut repousser les Démons vers le portail. Tout le monde doit s'y mettre !

Toutes les personnes à l'extérieur de l'établissement commencent à tendre les bras. Je comprends ce qu'ils veulent faire. Nous allons combiner nos pouvoirs. Alexanne tapote sa baguette sur ma main et je ressens sa magie envahir mes veines. Nous sommes connectées toutes les deux. Hugo fait de même avec Lucas et ce dernier me tient l'autre main. Je suis surprise par la puissance que je sens en lui. Heureusement, Maurice et le vieux Magicien nous rejoignent. Nous devons être une bonne dizaine de personnes, sans compter Godric qui est aux prises avec des Diabolis. Acramis tente de nous attaquer, toutefois il est trop tard. Il est inévitablement attiré par le portail. Il résiste bien cependant, nous forçant à augmenter la force de notre magie. Les Diabolis qui s'approchent un peu trop près de nous sont réduits en poussière. Dans un dernier hurlement, Acramis se fait avaler par la bulba, suivi de cinq Démons qui ont survécu. Le passage se referme et la porte redevient normale. Nous soufflons, haletants. Personne n'ose dire quoi que ce soit jusqu'à la venue du Falion. Il a vraiment le don de disparaître et de réapparaître à sa guise lui ! Le ministre est complètement hystérique.

— Terrible engeance ! Traîtres ! Complotistes ! Je ne peux pas accepter une seconde de plus ces adeptes de la magie démoniaque !

— Calmez-vous Leiante, dit Maurice. Acre a été renvoyé chez lui.

— Je me fiche bien de lui ! Ce sont ceux qui l'ont aidé à entrer qui m'inquiètent !

Il pointe sa griffe vers Godric et moi-même d'un air accusateur.

— J'ai vu le demi-Démon et son amie terrienne devant la bulba pile avant l'apparition du Maestro ! La fille a posé sa main sur la bulba et elle est devenue toute noire ! Ils sont coupables de trahison pour avoir organisé l'attaque de Vetlana !

— C'est faux ! On s'est juste retrouvé au mauvais endroit au mauvais moment ! je proteste. J'ai failli me faire tuer !

- Une ruse, voilà tout, vous n'êtes qu'une vipère de Zelgo* et vous n'apportez que des ennuis en restant ici !
- Leiante, laisse-les s'expliquer, ordonne le vieux Magicien.

Il se tourne ensuite vers Godric et moi.

- Je suis Alphonse Gristantile, le conseiller de la reine. Racontez tout ce qui s'est passé, surtout vous, M. Terror. Acramis est votre oncle après tout, vous auriez très bien pu le laisser entrer.

L'homme fronce les sourcils, attendant une réponse. Son nom m'est étrangement familier.

- Avec tout le respect que je vous dois, se défend Godric, vous ne connaissez rien aux liens familiaux qui unissent les Démons. Je ne sais pratiquement rien d'Acramis, j'ai dû le voir une ou deux fois dans ma vie. Je peux vous dire sans vous mentir qu'Acramis est bien l'un des seuls Maestros à ne pas s'être rangé du côté de mon père. J'ai défendu votre école contre les Diabolis. Je devrais être acclamé en héros et non accusé à tort !

C'est la première fois que je le vois énervé.

- Je voulais traverser la bulba et je n'ai pas pu, dis-je. J'ignore comment tout cela est arrivé.
- N'écoutez pas leurs mensonges éhontés ! Gristantile, je suis le Premier ministre, j'ai le droit de punir sévèrement cet acte terroriste.
- Vous ne pouvez pas ! s'énerve Maurice.
- Taisez-vous Jouvence ! Je vous signale que je peux voir ce que personne ne peut entrevoir. Ils sont du côté du mal !
- Leiante, si nous laissions Leurs Majestés décider ? intervient Alphonse. Dans quelques jours, les classes les plus âgées iront au centre de la capitale et au palais de Vérion. Nous obtiendrons une séance privée pour tout raconter au roi et à la reine.
- Très bien, à condition que vous les surveilliez !
- Des gardes en plus seront postés au camp des réfugiés. Et Rachel sera suivie à distance.

Génial, en plus d'être espionnée, ma sortie scolaire à Vérion va être gâchée par un interrogatoire auprès des souverains ! Je hais ce demi-serpent qui sert de ministre !

- Comment connaissez-vous mon nom ? je demande.
- Maurice m'a parlé de toi. Maintenant, il faut rassembler tout le monde dans la cour et voir l'étendue des dommages.

Quelques minutes plus tard, des soldats et des infirmiers viennent s'occuper des corps. Les Diabolis ont fait treize victimes, les personnes restées à l'intérieur de l'école ont été relativement épargnées. Beaucoup de choses ont été saccagées, mais il n'y a pas de dégâts irréparables. La plupart des élèves sont en pleurs, surtout les plus jeunes. D'autres tremblent ou ne comprennent pas ce qui se passe, car ils n'ont pas assisté à l'attaque des Diabolis. Les Fées sont couvertes de griffes, étrangement, ce ne sont que des filles. Le Falion explique la situation aux équipes de secours. Les blessés sont rapatriés. Je remarque seulement maintenant qu'il y a beaucoup de sang sur le sol. Des parents terrorisés viennent chercher leur enfant, donnant des coups de coude pour se frayer un chemin entre les gardes.

- Godric !

Furie se précipite vers son fils, en pleurs. Il se jette dans ses bras et tous les deux s'enlacent tendrement.

- J'étais morte d'inquiétude, mon chéri !
- Madame, vous n'avez pas le droit d'être ici, rappelle sévèrement un garde.
- J'ai le droit d'être avec mon fils !

Elle se débat quand on tente de lui prendre le bras. Alphonse vient à sa rescousse.

- Laissez-les rentrer tous les deux au campement. Ils seront suivis d'une escorte. À bientôt Godric.

La mère et le fils repartent. Je n'ai pas eu le temps de dire merci à Godric de m'avoir sauvé la vie. Je reste avec les Jouvence et Lucas. Alexanne pose enfin la question qui me brûlait les lèvres.

- Pourquoi Acre s'en est pris à moi ?
- Je l'ignore, répond Maurice. Les Démons ont différents

buts et des affaires à régler avec plusieurs créatures. Ils sont immortels alors je suppose qu'il a eu le temps de se créer des ennuis.

— J'ai remarqué qu'il ne s'en était pris qu'aux Fées filles, déclare Lucas. Vous pensez que cela a un rapport avec sa dernière conquête ? C'était une Fée, elle aussi.

— Peut-être, mais nul ne sait ce qui s'est passé entre ces deux-là. Je suis sûr que nous le découvrirons bien assez tôt. Je vais renforcer la sécurité de l'école. Plus personne ne nous attaquera et surtout, ne s'en prendra à mes enfants !

Il serre sa fille contre lui.

— Vous avez été incroyables, les jeunes ! Toi aussi, Hugo, je suis fier de toi !

— J'ai eu un bon professeur.

— Qui est un peu fatigué par ailleurs. Nous devrions tous aller nous reposer.

Maurice ramène ses enfants à l'intérieur. L'odeur âcre du sang me donne envie de suffoquer.

Dans le manoir, scène 3...

Encore une fois, Furie et ses enfants sont parvenus à défier la vigilance des gardes pour rejoindre le manoir. Les Améliens sous-estiment grandement l'étendue de leurs pouvoirs. Si seulement ils savaient qu'il n'est pas très difficile de sortir du campement quand on a des alliés haut placés. De retour à la maison, Godric raconte tout ce qui s'est passé à Vetlana aujourd'hui. Zrygolafk n'est pas spécialement ravi d'apprendre que son frère Acramis s'est lui aussi échappé des Enfers. Lorsque son fils a terminé son récit, Sarah explose :

- Mais pourquoi as-tu tenu absolument à sauver cette terrienne ? Tu veux mourir en idiot ou quoi ?
- Je l'aime bien, c'est tout !
- Tu ne la connais même pas !
- Ce n'est pas toi qui as passé du temps avec elle, je te signale. Rachel et moi, on s'est tous les deux fait accuser par le Falion. Au moins, j'ai gagné une audience auprès du roi et de la reine.
- C'est mieux que ce soit toi qui leur parles, admet Zrygolafk. Seulement, il y aura la fille avec toi.
- Ne t'en fais pas. Elle ne saura rien.
- J'espère bien que tu la laisseras en dehors de nos plans.
- Que comptes-tu faire d'Acramis ? rugit sa femme. Il s'en est pris à ton fils, lui et ses Diabolis ! Tu dois le punir pour cela !
- Si je savais où il se cache, ce serait plus facile.
- Le plus puissant des Démons ne reculerait devant rien

pour venger cet outrage !

Zrygolafk se place devant elle, menaçant.

— Attention femme ! Je ne te permets pas de m'insulter.

Elle soutient son regard, impassible. Il peut bien la tuer si cela lui chante ! Au moins serait-elle débarrassée de ses problèmes.

— Acramis paiera, reprend-il, mais il n'est pas notre priorité. Et il n'osera jamais tuer notre fils au risque que je tue le sien en retour.

— Il se soucie bien moins de sa progéniture que toi !

— Cela le blesserait quand même dans son honneur. Ne crains rien, personne ne peut nous atteindre.

— Très bien, mais si tu traînes trop, j'irais moi-même assassiner son précieux fils. Il subira une longue agonie.

— Pas si sûre, rétorque Sarah, maman est la plus faible de toute la famille. Il a suffi qu'elle sache que son fiston a enduré une attaque pour qu'elle accoure.

— Toi aussi, fais attention à tes paroles Garcia ! prévient son père.

Furie l'interdit toujours de gifler sa fille, mais il se fera quand même respecté d'elle.

— Pardon père.

Il en a plus qu'assez de s'occuper des états d'âme de sa fille. Comme si c'était le moment ! Le Maître des Enfers se retourne un instant pour fouiller dans une boîte remplie de flacons. Il s'adresse à Sarah.

— Nos amis sont ravis d'avoir récupéré leurs affaires. Mais ma sœur attend toujours son fouet.

— Elle l'aura. J'ai bientôt fini ma mission.

— Notre mission, souligne Godric.

— Toi, tu fais juste diversion.

— J'ai volé quelques potions quand même.

— Faites attention, avertit leur père. Une fois qu'ils comprendront que les objets qu'ils gardent sont faux, ils se mettront à votre poursuite.

— Ne vous en faites pas. Personne ne pourra nous attraper.

Sans un regard pour sa mère, Sarah s'en va. Zrygolafk la suit. Restée seule avec son fils, Furie demande :

- Cela va mieux ?
- Oui, en fait c'était plutôt cool de combattre. Cela change des duels en Enfer. Et puis j'ai réussi à protéger Rachel. Peut-être qu'elle me sera reconnaissante et qu'elle me donnera une chance de sortir avec elle.
- Tu es trop jeune pour savoir ce qu'est l'amour Godric.
- Oh non, s'il te plaît ! Papa et Sarah sont déjà contre moi. Ne me laisse pas tomber toi aussi !
- Tu es mon unique fils ! Je ne veux que ton bonheur. Seulement, j'espère juste que cette fille ne t'enlève pas complètement la raison.
- Si tu la connaissais, tu l'aimerais autant que moi, j'en suis sûr.
- Ce n'est pas simplement elle le problème. L'amour… est un jeu cruel. Si tu n'as pas toutes les cartes en main, tu te fais piétiner.
- Alors, dis-moi comment faire.

Furie réfléchit longuement. Elle caresse tendrement les cheveux de son fils.

- En lui sauvant la vie, je suppose que c'est un bon début. Mais un couple sans point commun est voué à l'échec. Elle n'acceptera jamais ce que tu es, sauf si on lui montre la voie.
- J'ai du mal à te suivre.
- Je pourrais la convaincre de devenir une Mage noire. Elle verra que c'est mieux pour elle et elle comprendra.
- On pourra être ensemble ! se réjouit Godric.
- Oui, c'est le but.

Reste à savoir comment influencer la terrienne. Enfin, cela ne doit pas être si compliqué de manipuler une adolescente, qui plus est, une Magicienne débutante.

Chapitre 13

Il y a un grand remue-ménage quand Sanda, Myrio et moi arrivons à Vetlana. Le carrosse pour le centre-ville de Vérion démarre dans quelques minutes. Des centaines d'élèves entre quinze et dix-huit ans s'entassent devant les véhicules. Angela a sa propre escorte, due à son statut de princesse. J'aurais préféré que ce soit Hugo ou Lucas qui partent avec nous. Nous sommes rangés par classe et montons à bord. Les carrosses peuvent contenir jusqu'à quarante places, ce qui les rapproche plus d'un bus, et tout cela tirés par six pégases. Après une demi-heure de retard en attendant que tout le monde s'installe, nous nous envolons enfin. Mes parents m'ont envoyé de la monnaie en plus, en prévision de cette visite de la capitale. Il va d'abord falloir que je passe au bureau de change. Heureusement, la conversion est facile, puisqu'un piecing de bronze correspond à un euro, un piecing d'or vaut à la fois cent piecings d'argent et mille piecings de bronze. J'ai hâte de découvrir la plus grande ville économique, politique et culturelle de Mécénia. Je n'ai pas eu le temps d'en profiter, enfermée dans mes deux écoles. Durant notre court trajet, je discute avec Sanda et Myrio. Ils vivent comme Alexanne en dehors de la ville, car Vérion est réputé pour être extrêmement cher. Mais ils m'assurent qu'il y a plein de choses à voir. Dans le ciel, il y a presque autant de circulation que sur le sol. Des voitures volantes côtoient les carrosses. Une main rouge lumineuse se matérialise devant nous pour que l'on s'arrête. Lorsqu'elle disparaît, le véhicule redémarre. En dessous de nous, je peux observer des sortes de trottinettes flottantes foncer à toute allure. Une foule de passants se bousculent face à de petites boutiques. La ville a un charme en même temps ancien et féerique. Je la regarde de plus près que je l'ai fait quand on m'avait emmené au palais. On nous dépose devant une horloge géante qui nous indique l'heure, le jour, le mois et l'année, ce qui donne une bonne quantité d'aiguilles. J'admire la structure de cette horloge, lorsque j'entends Angela raconter à sa foule d'admirateurs les bons plans de Vérion. Elle s'extasie sur sa ville natale et annonce qu'elle va déjeuner avec sa famille et non avec l'école. La veille, j'ai moi-même reçu une invitation d'Ella pour ce déjeuner. Mes amis n'en reviennent pas que je vais manger avec la famille royale. Mais Angela ne semble pas encore au courant de ma présence à ce repas. Mme Gwendoline utilise son porte-voix pour bien se faire entendre à travers les bruits de tous ces passants.

— C'est ici notre point de ralliement. Il est facilement visible à distance donc vous ne devriez pas vous perdre. S'il vous arrive un problème, appelez les soldats qui parcourent la ville. Si l'on subit une attaque, allez directement vous cacher dans un abri sûr. N'achetez pas d'armes ou de potions, car elles vous seront immédiatement confisquées de retour à l'école. Faites aussi attention à ce qu'on ne vous vende pas n'importe quoi. Soyez polis et n'offensez personne.

Les élèves commencent à s'éloigner. Alexanne nous rejoint. Mes amis et moi sommes donc en temps libre jusqu'à onze heures trente pour moi, car je suis convoquée avec Godric auprès de Leurs Majestés. La foule est si dense que je me demande si je vais supporter cette journée. Nous allons d'abord au bureau de change. Comme je n'ai pu effectuer pratiquement aucun achat, je me retrouve avec beaucoup d'argent, ce qui impressionne Myrio.

— Génial, tu vas pouvoir faire de super achats aujourd'hui. Vérion est la ville de la tentation ! Je sens que je vais finir ruiner à la fin de la journée !

— T'inquiète, on sera là pour te retenir, sourit Sanda d'un air amusé.

Mes amis m'entraînent dans les allées animées. Ce que je remarque tout de suite, c'est que les différentes saisons se mélangent dans l'avenue. Les marchands choisissent leur propre météo au-dessus de leur boutique. Un vendeur de décorations d'hiver (ici, on dit hivernal plutôt) a ainsi de la neige sur sa maison, d'autres ont des champs de fleurs autour de leur vitrine. Je suis en train de penser que dans un mois et demi c'est Noël, sauf qu'ils ne le célèbrent pas à Mécénia. Ils fêteront le Nouvel An le premier décembre, début de la saison hivernal pour eux. J'aperçois des Fées qui se sont rétrécies pour voler et mieux se frayer un chemin. Ce n'est pas la première fois que je vois toutes ces créatures, Nains, Vampires, Loups-Garous, si ce n'est que là, ce sont des adultes. Les Ogres par exemple sont immenses, verts avec de grandes dents carrées. Ils sont assez impressionnants. Je me concentre surtout sur les vitrines : dernières fringues à la mode, baguettes de Sorciers, bijoux, accessoires, livres, statuettes de géants, animaux de compagnie… le choix est large. J'ai vite mal à la tête. Mille odeurs nouvelles m'assaillent, dont celles qui viennent des restaurants et autres stands de nourriture. Tout est bruyant, coloré, agité, c'est si incroyable et grandiose ! Mes amis, plus habitués que moi à la ville, deviennent de grands négociateurs. Les marchands sont tenaces, ils n'aiment pas baisser leurs prix, mais tout est fait pour nous amadouer.

- Potion de chance !
- Pierres de Minaria pour parer les jeunes dames !
- Poudre elfique ! Algues pour se faire pousser des nageoires !
- Écailles de dragons ! Cuir de crendan* !
- Boules de cristal ! Cartes enchantées !
- Lances en bois sacré !
- Amulettes de protection ! Bottes maxi-vitesse !

Et cela continue, encore et encore.

- C'est super cher ici ! se plaint Myrio.
- On trouvera sûrement de bonnes affaires plus loin, dit Sanda, mais cela va nous faire une trotte et Rachel doit rentrer au plus tôt au palais.

Après avoir flâné durant de longues minutes, nous commençons nos achats. Mes économies s'envolent vite. Je prends d'abord une carte postale pour mes parents. Je suis fascinée, car on peut sentir et toucher ce qui est à l'intérieur de l'illustration. J'achète également une plume mauve qui écrit à ma place, deux livres (je ne peux pas vivre sans bouquins), une carte du monde et enfin une robe très douce en fausse fourrure de fadet* que je compte porter tout à l'heure au déjeuner. Mes amis aussi s'en donnent à cœur joie. Myrio adore les jeux vidéos, les figurines et plus surprenant, les plantes. Sanda est plus féminine et se procure des vêtements, du maquillage et des chaussures. Quant à Alexanne, j'apprends qu'elle lit énormément comme moi et étant une Sorcière à moitié, elle m'explique énormément de choses sur les ingrédients de potions qu'il faut acheter, les baguettes magiques qui sont plus ou moins puissantes. L'énergie contenue dans une baguette ressemble à la batterie d'un portable. Elle se décharge plus ou moins rapidement.

Vient le moment où je vais être présentée au roi et à la reine, malheureusement pas pour les bonnes raisons. J'espère que je ne me ferais pas punir pour quelque chose que je n'ai pas fait. Sinon je jure que je tue le Falion ! Cela fait presque cent ans que l'école n'avait pas été attaquée, c'est un grand choc pour tout le monde. Maurice m'attend près de l'horloge géante. Il s'est gentiment proposé de m'accompagner. Avec le directeur à mes côtés, j'ai moins peur. Il me suggère de me changer dans le carrosse pour que je sois présentable face à Leurs Majestés. Je me recoiffe, je me maquille et enfile ma nouvelle robe. Nous sommes accueillis par plusieurs gardes qui nous escortent de ce pas vers la salle du trône. Godric est déjà là, bien habillé, observant les alentours, le regard toujours aussi espiègle. Je me place à côté de lui et nous avançons vers le roi et la reine. Nous mettons le genou à terre en signe de respect. Les souverains sont encore plus impressionnants en vrai que sur leur portrait. La reine Adrie possède un chignon sophistiqué et une grande robe avec différentes nuances de vert. Ses yeux marrons nous fixent avec attention. Son mari, Richard Vauclase, a quelques cheveux blancs, ce qui n'enlève rien à la beauté de son visage de marbre. Son regard gris est aussi profond que celui de Lio. Auprès d'eux se trouvent Leiante et Alphonse Gristantile.

Maurice nous fait signe de nous relever et la reine déclare :
- Très bien, nous sommes prêts à entendre les témoins de l'attaque de Vetlana.

Le Falion commence son réquisitoire. Son dard menaçant ne cesse de nous désigner. Il est tellement énervé qu'il en devient presque hystérique. Sérieusement, ce gars devrait prendre des calmants ! Ensuite, le directeur et Alphonse racontent comment nous avons combattu les Diabolis et ramené Acramis chez lui.
- C'est une catastrophe ! s'exaspère le roi. Un Démon tout seul ne pose pas trop de problèmes, mais là on dirait qu'ils sont tous de sortie !
- Acramis est sorti des Enfers depuis plusieurs jours, dit la reine, et Zrygolafk depuis plus de trois mois. Au moins, le deuxième est ouvertement en guerre contre nous alors que nous ignorons totalement les intentions du premier. L'enquête doit continuer.

Tiens, la reine est bien confiante pour prononcer les noms des Démons.
- Enfin, il est évident que Mlle Rident n'a rien à se reprocher. Elle a empêché Acramis d'atteindre son but. Pour M. Terror, c'est une autre histoire. Nous savons bien tous que vous êtes le digne fils de votre père.
- Je ne sais pas s'il serait de votre avis votre Grâce, rétorque Godric.
- Nous devons discuter plus en détail de cette histoire avec vous. Rachel peut partir.
- Mais ! proteste le ministre.
- Cesser votre paranoïa Leiante ! ordonne le roi. Ma femme et moi commençons à être fatigués.
- J'ai failli oublier, intervient la reine, Rachel, c'est vrai que vous déjeunez avec nous ce midi.
- En effet votre Majesté.
- Très bien, alors vous pouvez rejoindre Ella en attendant. Nous nous reverrons dans une heure.
- Merci beaucoup, vos Majestés, dis-je en faisant une révérence.

Je quitte la pièce. Je suis déjà sortie d'affaire ? Ce n'est pas

croyable ! Maurice me sourit et me tapote le bras.
- Alors ? Ce n'était pas si terrible ?
- Ils sont gentils. Je pensais qu'ils croiraient plus leur ministre qu'une pauvre adolescente, mais ils ne se laissent pas avoir.
- Ils le connaissent bien.
- Pourquoi Leiante travaille-t-il pour eux alors ?
- Parce qu'il est compétent, aussi bizarre que cela puisse paraître.

Deux gardes m'escortent jusqu'aux appartements d'Ella, me forçant à couper court ma discussion avec Maurice. Je rejoins d'un pas léger le salon de la princesse. Celle-ci est surprise de me voir arriver si tôt.
- Rachel !

Elle me serre dans ses bras. Je lui fais part de l'attaque de Vetlana dont elle ne connaît pas tous les détails, puis je pars sur des sujets plus joyeux comme la ville de Vérion et mes derniers achats. Ella m'écoute avec ravissement.
- Je peux te prêter de l'argent si tu veux.
- Non merci Ella, j'ai déjà plus qu'il ne m'en faut.
- Les meilleurs élèves de Vetlana vont défiler devant le roi et la reine pour montrer les jeunes talents de ton école. Avant cela, tout le monde mangera au palais, mais nous serons à l'étage dans notre salle à manger privée. Lio va bien en ce moment donc il a reçu l'autorisation de déjeuner avec nous.
- J'ai hâte de le revoir.

Nous discutons joyeusement. Bientôt, une servante vient nous prévenir que le repas est prêt. Ella et moi descendons, mais en chemin, Ella a une autre idée en tête.
- Attends une seconde.

Elle me prend par la main et se met à courir. Ses gardes se lancent à notre poursuite en demandant où elle compte aller. La princesse se dirige vers la salle aménagée pour accueillir les élèves. Tous mes camarades sont en train de pique-niquer à l'intérieur du palais. Ils reçoivent du chocolat de la part de serviteurs. Ella se faufile dans la pièce malgré les protestations

des gardes.
- Votre Altesse, vous savez pertinemment que vous n'avez pas le droit de vous mélanger aux autres !
- Votre tante vous attend pour le déjeuner !

Ma nouvelle amie ne les écoute pas. Très vite, élèves comme professeurs, se tournent vers elle. Ella, souriante, passe à travers les tables pour saluer les étudiants. Certains lui serrent la main. Personne n'arrive à en croire ses yeux. Ils n'ont jamais vu la princesse en vrai. J'entends des chuchotements.
- Vous êtes sûrs que c'est vraiment la princesse ?
- Ouah, qu'est-ce qu'elle fait là ?
- Elle est trop belle.

J'aperçois dans un coin mes camarades et décide de les présenter à Ella.
- Ella, voici mes amis, Alexanne, Sanda et Myrio.
- C'est un honneur Votre Altesse, s'incline la demi-Fée. Ma mère Grace s'occupe de votre cousin.
- Oh! Tu es la fille de Grace ! Tu lui ressembles beaucoup à ce que je vois.
- Votre Altesse ! Votre tante s'impatiente ! s'affole une servante.
- Désolée, je dois y aller.

Ella et moi quittons la salle face aux regards ébahis. Ella semble très heureuse pour les quelques minutes qu'elle a passées avec les élèves de l'école.
- Cela doit être merveilleux d'être sans cesse entouré de personnes de son âge !
- Oui, mais si tu étais à Vetlana, tu aurais plus de chances de croiser Angela.
- Je m'en moque du moment que toi, tu es là. Tu ne sais pas la chance que tu as. Je passe mes journées à rester enfermer, soi-disant parce que le trône d'Amélia est le plus convoité. Je dois apprendre à devenir une bonne reine un jour, sans jamais…

Elle s'interrompt.
- Oublie cela.

Au même moment, on nous introduit dans la salle à manger. Je suis tout de suite éblouie par l'éclairage des lustres gigantesques. La pièce est dans les tons pourpres et les meubles foncés font très élégants. Les domestiques sont déjà en train de servir les entrées. Grace, la mère d'Alexanne, installe Lio à sa place. Les muscles de ce dernier semblent très mous. Sa main ne parvient pas à prendre sa fourchette. Grace l'aide. Le roi est en bout de table. Lorsqu'il nous voit entrer, il se lève, l'air mécontent.

— Enfin Ella, on t'a déjà dit d'arriver à l'heure à table !

— Désolée, cela ne se reproduira plus.

Ella et moi nous installons face à Grace et Lio. Je tente d'ignorer le regard noir que me lance Angela. J'attends qu'on m'ait donné l'autorisation de me servir pour piocher dans les différents plats. Après avoir fini de remplir mon assiette, j'ose demander :

— Excusez-moi vos Majestés, mais comment va Godric ? Est-ce qu'il est coupable de quelque chose finalement ?

— Non, répond la reine, mais sa famille va continuer à être surveillée. Notre bon cœur nous a commandé de donner une chance aux Terror. Quand Furie est venue nous voir, elle était en larmes, serrant la main de ses enfants. Elle nous a révélé avoir été enlevée il y a des années et que son époux la battait. Connaissant la réputation des Maestros, on s'est dit qu'elle ne mentait sûrement pas. Seulement, nous ne pouvons pas leur laisser trop de libertés, car même si les Terror avaient de bonnes intentions, Zrygolafk pourrait toujours essayer de se servir d'eux. Et les récents événements me poussent à me méfier.

— Et pour Acre, que comptez-vous faire ?

— Nous allons tenter de trouver son repère. Enfin, ce n'est pas une affaire qui concerne des enfants.

— Moi, cela m'intéresse, intervient Lio.

— Lio, ne raconte pas n'importe quoi, s'agace son père.

— Que pensez-vous d'Amélia ? me demande la reine.

— C'est particulier, mais ce pays commence à me plaire.

— Et donc vous voulez devenir une guerrière ?

- C'est cela votre Majesté.
- Dans quel domaine ? La garde royale, les services secrets, la police ?
- Je ne sais pas encore, cela dépendra aussi de mon score.
- Oui, mais si vous pouviez choisir ?
- Heu, bien je crois que je deviendrais garde royale, comme mon frère.
- Qui est votre frère ? Je ne retiens pas tous les noms de tous les domestiques que nous avons eus, mais peut-être que cela va me revenir.
- Alan Rident.
- Je vois, c'était un charmant garçon.
- Tu ne l'aimais pas, déclare Ella.
- Ce n'est pas vrai, je trouvais qu'il était trop proche de toi, c'est tout. Tu sais bien Ella que nous ne pouvons pas nous attacher. Le cœur et la raison ne font pas bon ménage dans la gestion d'un royaume.
- Et donc Rachel, tout se passe bien à l'institut Belingrad ? demande le roi en changeant de sujet.
- Je m'en sors de mieux en mieux.
- Tes capacités de terrienne parviennent-elles à t'aider à supporter toutes ces épreuves physiques ? m'interroge Angela.

Je ne souligne pas la pique sous-entendue.

- C'était dur au début, mais je m'y suis faite. Je ne suis pas dans les plus mauvaises de ma classe.
- Excusez notre fille, dit la reine Adrie, elle est extrêmement mal élevée pour une princesse. Richard et moi avons eu beau tout essayer, rien n'y fait. Est-ce que votre formation bénéficie de la réforme Rachel ?
- Oui, je suis la première à tester ces six mois de formation accélérée.
- Je sais que c'est dur, mais nous avons cruellement besoin de personnel. C'est au palais qu'on a le plus besoin de soldats. Beaucoup sont morts au combat lors de missions.

— Oui, tu envoies même nos gardes personnels à Angela, Lio et moi, reproche Ella.

Sa tante commence à tiquer.

— C'est dur de prendre des décisions en temps de crise. Nous sommes forcés de nous séparer de loyaux serviteurs pour les envoyer protéger notre peuple. Est-ce qu'on a eu tort ?

— Alan n'avait pas peur de mourir, dis-je. Je sais, même si c'est dur à admettre, qu'il s'est sacrifié. Mais c'était pour la bonne cause.

— Ton amie est plus intelligente que toi, Ella, sourit la reine.

— Est-ce qu'on pourrait parler d'autre chose ? s'exaspère mon amie. Angela par exemple, as-tu fait beaucoup d'achats en ville ?

Sa cousine s'en donne à cœur joie. Elle nous raconte toutes les boutiques où elle est allée, ainsi que les dernières modes. Lio nous fait des grimaces pour nous faire rire. Ella et moi faisons tout notre possible pour ne pas nous esclaffer durant le monologue d'Angela. En attendant, on nous sert les plats. J'ai eu beau apprendre le nom des aliments pendant des mois, je ne reconnais pratiquement plus rien, vu qu'ils ont été mis à la sauce gastronomique. Une quantité impressionnante de viandes s'étalent devant moi. Une farandole de légumes sous toutes ses formes apparaît : en purée, farcis, en tarte. On accepte même que je goûte un peu d'alcool. Le virex* (sorte de champagne un peu bleuté) est vraiment très fort. Je manque de tout recracher. Pour un garçon de dix ans, Lio pose plein de questions intellectuelles et lance des débats sur des notions existentielles. Ella et moi discutons plus souvent à deux, mais c'est malpoli ici d'avoir plusieurs conversations en même temps à table. C'est ce que nous rappelle Grace d'un regard discret. Cette dernière ne parle pas beaucoup. Le repas se termine sur un ton plus chaleureux, même Angela semble avoir oublié ma présence. Je quitte la famille royale, le ventre rempli.

J'ai le temps d'acheter quelques babioles avant la cérémonie où des élèves vont montrer leur talent devant les souverains.

Lorsque je retourne au palais, je remarque qu'il y a foule. Le roi et la reine sont assis sur leur trône doré et ils ont changé de vêtements. Ils paraissent encore plus nobles que tout à l'heure et plus magnifiques, je ne pensais pas que c'était possible. Alexanne sort son ovoz pour prendre des photos du palais. Puis, elle est appelée pour se présenter face à Leurs Majestés. Alexanne fait une révérence et s'empare de sa baguette magique. Elle fait apparaître des plantes, des animaux qui disparaissent ensuite telles des illusions. Pendant ses petits tours de magie, j'aperçois au loin Ella qui se trouve sur un balcon. Elle observe tout scrupuleusement, ravie du spectacle. Toute la salle applaudit Alexanne à la fin de son numéro et elle part nous rejoindre Myrio, Sanda et moi. Mes amis me pressent de questions sur mon déjeuner avec la famille royale. On a du mal à s'entendre avec tous les bruits dans la foule. L'ambiance est joyeuse et il est difficile de garder le silence lorsque les élèves montrent leurs capacités. Les Solis passent souvent pour faire des sortilèges, mais les Oldis chantent, dansent ou manient des armes. Le roi et la reine arborent toujours un visage impassible. Cependant, ils remercient les adolescents avec le sourire pour leur prestation. Soudain, une alarme assourdissante retentit. Des personnes commencent à crier et à paniquer.

— Que se passe-t-il ? je demande à travers le tumulte.

Les fenêtres explosent. Instinctivement, je mets les mains sur la tête en prévision de la retombée d'éclats de verre. Des volutes de fumée noire traversent la pièce à une vitesse phénoménale. Une voix très forte, pour dominer le bruit, déclare les consignes de sécurité.

— Veuillez sortir de la salle et vous diriger vers les espaces de sécurité, tout cela dans le calme. Évitez de paniquer.

Facile à dire, les personnes se ruent vers les sorties. Les soldats ont du mal à contenir la foule. Alexanne me prend la main et m'entraîne tout de suite. Très vite, Sanda et Myrio disparaissent de mon champ de vision. On me donne des coups de coude. J'aperçois un peu de lumière et me rends compte que ce sont les pouvoirs des souverains qui entrent en action. Les soldats agrandissent la bulba avec un sortilège pour laisser passer plus de monde. La salle du trône commence à se vider au fur et à mesure. Alors que mon amie et moi sommes presque sorties, je vois un petit garçon tomber au sol. Il n'y a plus trop de personnes pour le piétiner, mais les volutes de fumée noire se font de plus en plus menaçantes. Personne ne remarque l'enfant. Je me dégage de l'emprise d'Alexanne et fonce.

— Rachel !

Elle me suit sans hésiter. J'attrape la main du garçon.

— Tu vas bien ?

Il ne me répond pas, tremblant de tous ses membres. Je l'aide à se relever. Alexanne prend sa baguette magique juste à temps. Le monstre de fumée noire fond sur nous avant de s'évaporer grâce au sort de mon amie. Nous courons ensemble vers la sortie. Alexanne place sa main sur la bulba.

— C'est trop tard Rachel ! Ils ont refermé les portes pour éviter que les Démons ne s'échappent de cette salle.

— Où as-tu vu des Dé… ?

Je me retourne et aperçois les Diabolis. Mais ce ne sont pas eux qui m'inquiètent, car les soldats restants sont suffisamment nombreux. Je crains plus l'homme qui semble contrôler ces volutes de fumée et qui vient d'apparaître au centre de la pièce. Mis à part son teint pâle, il est tout en noir. Un magnétisme envoûtant se dégage de lui, sûrement dû à son regard profond, ses traits fins et sa silhouette grande et mince. De ses longs doigts, s'échappe une magie noire, obscure, terrifiante. J'en reste bouche bée. Je me sens incapable de bouger. Même Alexanne a laissé tomber sa baguette. Les monstres détruisent tout sur leur passage et je demeure impuissante. Je remarque néanmoins que le Démon (forcément un Maestro vu sa puissance) ne s'avance pas hors du centre de la salle du trône. Je me demande ce qu'il attend, à moins qu'il ne puisse pas faire un pas de plus. Je sais qu'il y a des protections magiques et des pièges un peu partout au palais. Notre regard se croise. Immédiatement, il lance sa magie démoniaque dans notre direction. Le petit garçon hurle, me serrant de toutes ses forces, mais un bouclier magique se dresse devant nous. C'est la reine Adrie qui le maintient. Elle crie à son mari :

— Richard, occupe-toi du Maestro !

Le roi émet un grand flux de magie qu'il jette sur le Démon. Ce dernier sourit et disparaît avant l'impact. La reine efface aussitôt le charme de protection et commence à former un tourbillon de lumière qui engloutit les volutes de fumée et les Diabolis. Les survivants s'échappent en un instant. L'alarme s'éteint d'un coup. La salle du trône est dans un sale état.

— Amener les réparateurs ! ordonne la souveraine. Et les infirmiers pour les blessés !

Elle remet en place sa coiffure puis se tourne vers nous.

— Qu'est-ce que vous faisiez encore là ?

— Désolée, Votre Majesté, mais il a failli se faire tuer par un monstre, dis-je en désignant le garçon.

— Alors vous avez bien fait toutes les deux. Mais vous avez eu beaucoup de chance. J'admire cependant la maîtrise de votre amie.

Alexanne rougit et s'incline devant le compliment. Elle reprend sa baguette.

— Que des patrouilles se forment pour rechercher Z ! ordonne le roi. Je veux cette ordure au plus vite, je veux qu'on l'attrape !

Les gardes s'agitent dans tous les coins et beaucoup sortent pour accomplir leur mission.

— Est-ce que les Diabolis ont volé quelque chose ? s'enquiert la reine.

— Non à ce qu'il paraît, répond un domestique, des troupes sont parties vérifier.

Zrygolafk ! C'était lui le Démon qui nous a attaqué ! Maintenant que j'y pense, ses enfants lui ressemblent énormément. La rage et la déception m'envahissent. J'étais devant l'assassin de mon frère et je n'ai rien pu faire. Alexanne non plus, ne comprend pas son manque de réaction face au Maestro.

— Je n'ai jamais ressenti cela avant, fulmine-t-elle. C'est comme si toute mon énergie s'était évaporée.

Nous attendons dans un silence de plomb. On a totalement oublié notre présence. Personne n'a l'air de savoir comment réagir à part les soldats qui font leur travail. Un instant, deux hommes se dirigent vers les souverains.

— Nous avons une mauvaise nouvelle, Vos Majestés. Le

fouet de Heartless a été analysé. Il semble que c'est un faux.
- Un faux ? s'insurge Adrie.
- Oui, et nous avons communiqué avec la banque, la bibliothèque nationale et le Grand Musée. Des affaires ayant appartenu au Cercle du Crâne sont également des contrefaçons.
- Comment est-ce possible ?
- Ce sont sûrement les jumeaux Terror, Vos Majestés. On les soupçonnait déjà de s'être introduits sans autorisation à l'institut Belingrad et dans certaines pièces de Vetlana. Ils ont volé plusieurs fois, mais c'était sans importance alors. Ils étaient étroitement surveillés. On pensait qu'ils n'avaient pas pu passer par les tunnels, mais nous les avons sous-estimés.

La reine entre alors dans une rage folle.
- Je les ai acceptés dans mon royaume, mis sous ma protection, toutefois à condition qu'ils soient surveillés ! Regardez le résultat ! Qu'on aille arrêter Furie et ses enfants pour les interroger !

Les soldats s'inclinent et s'exécutent. Je ne parviens pas à y croire. Et c'est quoi le Cercle du Crâne ? Depuis combien de temps les objets ont-ils été volés ? Le roi se rend enfin compte que mon amie et moi sommes toujours là.
- Retournez avec vos classes. Vous n'avez plus rien à faire ici.

Alexanne m'entraîne donc à sa suite. Au bout d'un moment, nous retrouvons les élèves et les professeurs de Vetlana. Ils s'étaient réfugiés dans des salles spéciales sous le palais. Maurice prend sa fille dans ses bras.
- J'ai eu si peur. Où étais-tu passée ?

Alexanne le rassure en quelques mots et évite de lui parler de Zrygolafk. Heureusement, il y a peu de blessés et uniquement chez les soldats, ce qui relève du miracle vu le puissant Démon qui se trouvait là ! Mais apparemment, même le plus redoutable des Maestros n'est pas de taille face aux protections du palais. J'imagine qu'en plusieurs millénaires, les Mécéniens ont appris à les confronter et à s'en préserver. Pourquoi alors a-t-il tenté de nous attaquer ? Cet attentat de Z est plus qu'étrange. Il avait déjà tout ce qu'il voulait. Peut-être qu'il combat par plaisir, comme c'est mentionné parfois dans les livres. Des tonnes de questions convergent dans ma tête, ainsi qu'un mauvais pressentiment. Les Terror entrent trop facilement partout et en permanence, malgré les protections. Je ne suis pas une spécialiste de la magie, mais même moi je peux sentir que tout cela est louche.

Ce n'est que le soir à l'institut que je reçois des nouvelles. Des gardes viennent avertir M. Belingrad. On nous demande d'être vigilants. Le campement de réfugiés a été fouillé de fond en comble. On n'a cependant retrouvé aucune trace de Furie et de ses enfants.

Le lendemain, le Kodin Belingrad nous demande dans la salle de réunion. Les apprentis soldats s'installent, se posant des questions sur cette assemblée surprise. Va-t-on nous donner des nouvelles des Terror ? On ne sait toujours pas ce qu'il est advenu d'eux, mais ce qui est sûr, c'est que les souverains sont entrés dans une colère noire. M. Belingrad apparaît, la mine grave, entouré des autres Kodins.

— Hier, vous étiez tous à Vérion. Vous avez tous assisté à une défaillance du système de protection du palais. Je tiens à vous dire que ce qui s'est passé n'est pas seulement anormal, c'est très grave. Le Maître des Enfers se permet de venir nous narguer. À cette heure-ci, des soldats sont toujours à sa recherche.

Les élèves chuchotent entre eux. Les professeurs leur font signe de se taire.

— Même si vous n'avez pas fini votre formation, il est de mon devoir de vous informer sur les événements récents. Peut-être que certains suivent les actualités, mais les médias n'ont pas encore révélé ce que les services secrets de Leurs Majestés ont découvert.

Il se racle la gorge.

— Comme vous le savez déjà, le royaume de Zelgo collabore avec Z. Les nations voisines subissent plusieurs attaques. Cela ne s'arrange pas avec d'autres Démons qui sortent des Enfers. On sait de source sûre que Fléona, Ourandis et Heartless sont déjà dans la nature et qu'ils ont rejoint leur frère dans la lutte.

Les élèves poussent des exclamations horrifiées. J'en ai des frissons rien que de penser aux conséquences de cette nouvelle. J'ai lu dans les livres que leur nom représente plutôt bien leur pouvoir spécial. Fléona qu'on appelle Le Fléau amène les épidémies et les catastrophes naturelles, Ourandis (ou Our) provoque les ouragans et Heartless (Heart) est la Démone de la torture et du sang. Le fait qu'ils soient en liberté ne peut être qu'un mauvais présage. Belingrad appelle au calme.

— Je sais que c'est très rare d'avoir autant de Démons supérieurs à Mécénia. Mais nous ne devons pas nous laisser abattre. Nous sommes des guerriers, ne l'oubliez pas. La protection de notre pays passe avant tout le reste. Ainsi, je vous invite tous à redoubler d'efforts pour l'évaluation finale. On a besoin du maximum de guerriers possible donc il faut que vous soyez au niveau. Je sais que vous n'êtes peut-être pas encore prêts à entendre ceci, mais je suis obligé de vous avertir. Nous avions besoin de gardes royaux, toutefois compte tenu des récents événements, beaucoup d'entre vous risquent d'être envoyés à la guerre. Et ce n'est pas seulement contre des Gobelins, des Diabolis ou autres que vous risquez de combattre. Préparez-vous aussi à rencontrer des Démons supérieurs.

Chapitre 14

Pendant les semaines qui suivent, les cours de sport deviennent plus durs. Les élèves angoissent, car ils savent qu'on nous entraîne sans relâche pour lutter contre les Maestros. Malheureusement, notre petite formation et notre jeune âge sont loin de suffire pour nous préparer à affronter de tels monstres. Certains ont même quitté l'institut. Tous les matins, je vois des camarades partir en voiture avec leurs bagages. Personne ne pensait que la situation serait aussi grave. J'ai hésité à m'en aller également, je ne suis pas rassurée à l'idée que mes chances de survie soient largement diminuées. On nous avait annoncé que nous serions affectés à des postes moins dangereux, mais la guerre a tout fait basculer. Je me dis qu'il y a mes parents qui m'attendent chez moi, le calme de la France, et puis, je ne suis pas une si bonne guerrière que cela. Seulement, je ne peux pas laisser Zrygolafk s'en tirer. Que je le veuille ou non, je suis impliquée désormais et je me sentirais trop lâche d'abandonner maintenant. Il a tué mon frère, il en tuera d'autres. Parmi les trente-et-un apprentis de la section Maladoui, nous serons donc vingt-cinq à subir les épreuves. Ceux d'entre nous qui réussiront seront répartis en trois groupes : les défenseurs (ceux qui vont directement au combat), les gardes royaux et les agents pour les services secrets. Toutefois, je sais avec l'exemple de mon frère qu'aucun poste n'est figé. Avec les évaluations qui approchent, personne n'a vraiment le cœur à fêter le Nouvel An. Quant à mon Noël terrien, il tombe pile pendant la semaine d'examens. Quelle joie ! Avant même la fin de la formation, des examinateurs viennent nous observer pendant nos entraînements. Ils nous suivent jusqu'à Vetlana, notamment pour nous voir monter des pégases. Je fais encore plus attention à mon alimentation, je prends soin de porter l'amulette anti-fatigue que m'a donnée Alexanne la nuit, afin de me réveiller parfaitement reposée. Il y a une vraie solidarité pendant ces dernières semaines. Entre apprentis, on s'offre des conseils, on s'encourage à améliorer nos performances. Certains nous enseignent quelques mouvements d'arts martiaux et d'escrime. Avec Sanda et Myrio, nous nous échauffons longtemps, puis nous faisons du gainage, des abdos, des pompes… J'ai pris le rythme, même si je perds un peu le plaisir avec la montée du stress.

La semaine des épreuves étant arrivée, nous devons tirer au sort notre parcours en escalade et en athlétisme, ainsi que l'art martial que nous allons devoir maîtriser devant les Zwigs. Il n'y a que dans le dernier cas que je suis plutôt mal tombée. Je serais jugée sur les techniques du karaté ribérin, c'est-à-dire, le karaté inventé par les Elfes, qui a la particularité de se concentrer sur notre rapidité et notre agilité. Nous avons une épreuve chaque jour et à part pour les sports de combat, nous passons individuellement. Si l'épreuve d'escalade se révèle moins dure que prévue, d'autres sont bien plus compliquées pour moi. La course et le saut d'obstacles en athlétisme m'épuisent, la natation est intense, surtout que je n'aime pas trop nager à la piscine d'ordinaire. Pour les sports de combat, on dit que ce n'est pas la victoire qui compte, mais la technique apportée aux coups. Je préférerais quand même gagner, car j'ai un peu trop l'habitude de me faire battre dans ses sports. Heureusement, mon adversaire en karaté se révèle tout aussi pataud que moi. Je le domine facilement. Ce n'est pas le cas en boxe, où une fille me défonce bien la mâchoire ! M. Belingrad, qui est présent à toutes les épreuves, me rassure en disant que je maîtrisais assez correctement mes coups. La semaine se termine par l'escrime, sûrement l'épreuve la plus importante puisque c'est celle qui nous servira le plus dans notre futur métier. Je dois combattre contre un garçon, Félix, je crois, un adolescent blond, très agile. Il manie son arme avec une fluidité incroyable. Nous choisissons l'épée que nous voulons. Je le vois opter pour une lame fine. Personnellement, je prends une épée de taille moyenne, assez classique. Quand je saisis le pommeau, une douce chaleur se diffuse en moi. Je me rappelle de la forgerie de Jo Masse, de la lance qui s'est illuminée. Mon arme ne fait plus qu'un avec moi maintenant, je le sais. Je me place face à mon adversaire. Le silence est total. Au signal, Félix entame le premier assaut. Je riposte, presque sans m'en rendre compte. Tout me semble instinctif. Félix aime bien attaquer, mais je dois reconnaître qu'il se défend également très bien. Je prends mon élan, bondit, il pare mon coup. J'enchaîne, j'essaie de ne lui laisser aucun répit. Je transpire à grosses gouttes. Son arme siffle près de mon oreille. Je me retrouve derrière lui, il m'évite. Notre combat est intense. J'attaque. Je recule. J'esquive. Chaque fois, j'ai l'impression qu'il va me toucher. Mon arme s'illumine de plus en plus dans mes mains. Je ne sens plus son poids. Je remarque que celle de Félix brille aussi. Des étincelles bleutées s'échappent quand nos lames s'entrechoquent. Je respire. J'attaque. Je pare. Je dois parvenir à le désarmer sans lui faire mal. Le monde a disparu autour de nous. Je ne vois plus que sa fine épée. En avant, en arrière, je tourne. J'abaisse mon arme. Le choc lui fait lâcher la sienne. La mienne est pointée sur sa gorge. Je respire. Des applaudissements se font entendre, me ramenant à la réalité. Il me faut un long moment pour me rappeler où je suis. Je me rends compte que je dégouline de sueur. M. Belingrad dit :

— C'est bon, vous pouvez disposer.

J'essuie mon front et range mon épée. Félix et moi nous serrons la main en signe de respect. Les Zwigs impassibles prennent des notes. Je suis heureuse de pouvoir *enfin* me reposer.

— Rachel, dépêche-toi ! Les résultats sont affichés ! me presse Myrio.

Je fonce vers le hall de l'institut. Sanda est déjà là.

— Je suis trop stressée, dis-je.
— Ne t'en fais pas, me rassure mon amie. Avec l'option équitation, tu as plus de chances d'avoir au moins 80 sur 120.

Les élèves s'agglutinent autour du tableau d'affichage. Personne ne veut avoir à recommencer ces six mois de formation intensifs. La majorité d'entre eux pousse des cris de joie. Les apprentis se serrent dans les bras.

- Il y a mon nom ! s'écrie Sanda. Je suis dans les premières ! 115 points, c'est génial !

Je suis trop contente pour elle, mais cela ne me surprend pas trop. Myrio me tapote l'épaule et pointe du doigt une partie du tableau. J'y trouve mon prénom avec un magnifique 100 écrit à côté. En dessous, Myrio affiche un merveilleux 98.

- Félicitations les filles ! sourit mon ami. On a assuré.
- Cet après-midi, notre Kodin, M. Belingrad, doit nous attribuer nos fonctions. Je n'arrive pas à croire qu'à seize ans, on entre déjà dans la vie active, se réjouit Sanda.
- C'est officiel, on est des guerriers !

Je suis surprise de constater que je suis à la douzième place. J'ai des chances d'avoir un bon poste. Je pense à mes parents. Seraient-ils aussi fiers de moi que d'Alan le jour où il a eu ses résultats ? Je me rappelle il y a trois ans, quand une lettre de mon frère est arrivée. Il nous annonçait son excellent score, disait qu'il était dans les premiers de sa promotion et que Belingrad l'avait affecté dans la garde royale. Qu'est-ce que j'étais heureuse pour lui ! Je dois tout de suite écrire à mes parents moi aussi.

Après le déjeuner, le directeur nous réunit dans une salle en compagnie de plusieurs Kodins et de nos responsables de dortoir. Marceline tient Tidi dans ses bras. M. Belingrad demande le silence et commence son discours :

- Félicitations à tous, sur trente-et-un apprentis, vous êtes vingt à avoir réussi vos épreuves. Vous allez maintenant être répartis, selon là où nous aurons besoin de vous. Vous ne pourrez pas vous opposer à cette décision pour l'instant. Nous avons finalement décidé de vous affecter équitablement, soit huit par catégorie : défenseur, garde royal et agent. Mais parmi ces fonctions, il y aura différentes missions que je vous nommerai. Des combats auront ainsi lieu dans diverses parties du monde : Queler, Zelgo et Levon.

Il commence la liste dans l'ordre de nos résultats. J'ai le souffle court. Mon avenir se joue maintenant. Il y a de quoi en perdre

la tête.
- Sanda Creg, défenseur, mission dans les montagnes de Queler.

Elle sera en pleine bataille. Normal, c'est l'une des meilleures. Mais je m'inquiète pour sa vie. Ces montagnes sont de plus en plus réputées pour être très dangereuses, même sans Démons. Mon amie me sourit. Elle a l'air sincèrement ravie de partir là-bas, malgré tout. Elle est vraiment très courageuse.
- Rachel Rident, garde royal, vous servirez dans la garde personnelle de la princesse Ella Am'Venia.

Mon cœur bondit de joie.
- Myrio Fantil, garde royal, garde personnel de la princesse Ella Am'Venia.

Mon ami me regarde, visiblement surpris. Jamais nous n'aurions pensé nous retrouver au même poste ! Myrio et moi sommes les seuls soldats affectés auprès de la princesse Ella. Au moins, j'ai échappé au calvaire de veiller sur Angela ! À la fin, nous applaudissons tous en chœur. Je suis tellement émue de me dire que c'est notre dernière nuit ici. Mais nous devons laisser de la place aux nouveaux apprentis. Nous recevons une semaine de vacances, qui sert surtout à nous préparer pour notre prochaine fonction. Nous organisons un grand repas et dansons toute la soirée. J'ai l'impression d'être à une fête étudiante, l'alcool en moins. À la fin, je pleure dans les bras de Sanda sous le coup de l'émotion. Nous ne nous reverrons sans doute plus jamais.

Le lendemain, je déménage au palais, mais avant cela, je dois prendre mes dispositions avec Vetlana. Je suis encore une élève pour eux et je dois modifier mes horaires pour pouvoir travailler en même temps. Je reçois un message de Mme Désidore qui me félicite pour mes résultats aux épreuves. Elle me rassure aussi sur ce que je savais déjà, c'est-à-dire que mes pouvoirs n'ont pas causé de dégâts et qu'ils sont stables. Si je m'entraîne bien, je devrais bientôt les avoir débloqués à quatre-vingt pour cent. Je me dirige vers le bureau de Maurice Jouvence pour recevoir mon nouvel emploi du temps. Il me complimente également sur mon score que Georges Belingrad lui a communiqué. En sortant, je croise une tête qui m'est familière. Je me rappelle alors d'Alphonse Gristantile, le conseiller de la reine qui nous a aidés à combattre Acramis.

— Bonjour, me salue-t-il.
— Bonjour.
— Alphonse Gristantile, tu te souviens de moi ?
— Oui, merci encore de m'avoir défendue contre le Falion.
— C'était normal. Maurice m'a beaucoup parlé de tes progrès et j'ai entendu dire que tu avais réussi tes examens.
— Oui, bientôt je serais la garde du corps personnel de l'héritière du trône d'Amélia. C'est fou quand on y pense.
— Je savais que ta place était là, tout comme ton frère.
— C'est vous qui m'avez affectée ?
— En tant que conseiller de la reine, j'ai mon mot à dire quant au personnel qu'on embauche.
— Et Alan, comment s'est-il retrouvé à ce poste ?
— Presque par hasard, il a servi de remplaçant à un vieux soldat. C'est tombé sur lui.
— Vous en savez des choses.
— Heureusement que je m'informe un peu sur les membres de ma famille.
— Que… ?
— Tu ne te souviens pas de moi. Je ne t'ai vu qu'une fois, à ta naissance.

C'est là que je comprends. C'est pour cela que son nom me disait quelque chose. Je revois son visage sur de vieilles photos de maman.

— Vous êtes mon grand-père ?
— Tu ressembles à ta mère, dit-il en guise de réponse.

Je n'arrive pas à y croire. Je savais que mon grand-père était un homme politique. Sa femme est morte dans un accident impliquant la magie et il s'est réfugié dans le travail. Maman m'a raconté à quel point il était dévasté et cela a été d'autant plus dur que peu après, sa fille unique décidait de vivre sur Terre. Leurs rapports étaient devenus plus distants. Mais à l'époque, il n'était pas encore conseiller, jamais je n'aurais cru que mon grand-père puisse être quelqu'un d'aussi important.

– Pourquoi ne pas me l'avoir dit plus tôt ?
– Je n'aurais pas été très objectif devant le roi et la reine lorsqu'ils t'ont interrogée. Maintenant, ils sont au courant, tout comme Maurice.

Je comprends mieux l'affection du directeur pour moi. Après tout, je suis la petite-fille de son ami.

– Vous avez passé du temps avec Alan ?
– Un peu, mais nous avions tous deux des journées surchargées. Je crois qu'on peut se tutoyer, maintenant que tu sais qui je suis. Je m'en veux de ne pas avoir été plus présent, pour ta mère, pour Alan et pour toi.
– Maman ne t'en veut pas, elle sait que tu travailles beaucoup.
– Oui, nous avons un point commun avec ton frère, nous sommes liés par notre mission et notre sens de l'honneur.

Nous marchons dans les couloirs. Il me pose des questions sur mes parents, sur ce que j'aime, ce que je faisais sur Terre. Lors du combat contre Acramis, il se montrait fort, puissant, plein de prestance pour quelqu'un de son âge. Ici, j'ai juste l'impression de voir un homme fatigué. Néanmoins, cela fait du bien de parler à une personne de sa famille.

– Tu vis tout seul alors ? je demande.
– Oui et non, j'ai mes propres appartements au palais, je suis entouré de monde toute la journée, mais aucun proche à mes côtés.
– Comment trouves-tu le roi et la reine ?
– Assez autoritaires, mais très intelligents et justes. Ils sont bons pour moi, même si je préfère la princesse Ella qui est plus douce. J'ai eu très peu d'occasions de rencontrer Lio.
– J'ai eu de la chance alors, je l'ai déjà vu deux fois.
– Rachel, ce que je vais te dire doit rester entre nous.

Il prend un air grave tout à coup. Je m'arrête, l'écoutant avec attention.

- Je soupçonne que le palais soit truffé de traîtres.
- De traîtres ? dis-je incrédule.
- Oui, cette attaque dans la salle du trône n'était pas normale et il y a eu plusieurs accidents auprès de la famille royale. Elle a dû être mise plusieurs fois à l'abri.
- Je… je savais qu'il y avait eu plusieurs tentatives de meurtre, mais je n'avais jamais réfléchi à cette perspective.
- Et au conseil, ce n'est pas mieux. Certains semblent très scrupuleux. Ils donnent de mauvais conseils aux souverains et paraissent toujours mijoter quelque chose. Je n'ai, par exemple, pas confiance aux Arès. Je sais qu'Étienne Arès est un grand ami du roi, mais son influence sur la famille Am'Venia me contrarie et sa femme est réputée pour sa magie pernicieuse.

Je repense à cet homme sombre et à son épouse à la beauté glaciale. Ils m'ont déplu dès le premier coup d'œil. S'ils jouaient vraiment un double jeu ?

- Je n'ai malheureusement aucune preuve. Et nous devons tous les deux faire attention, Rachel. Tu sais ce qu'on dit dans une cour royale, il ne faut faire confiance à personne. Toutefois, écoute-moi bien ; Ella est précieuse, pas seulement parce qu'elle est l'héritière du plus important royaume de Mécénia, mais aussi parce que son pouvoir est plus puissant que celui de n'importe qui. Sa magie est ancestrale, elle date de la première reine de la dynastie Am'Venia, en l'an 0. Pour cette raison, on essaiera toujours de la tuer ou de se servir d'elle. Les Démons n'en ont pas après la famille royale, c'est Ella qui les intéresse. Tu dois la protéger, Rachel, au péril de ta vie. Ses pouvoirs dépassent tout ce que tu peux imaginer. Elle nous sauvera tous.

Les mots de mon grand-père me frappent par leur honnêteté et leur perspicacité. Je suis loin d'être une héroïne. Mais Ella, malgré son allure fragile, est plus importante que tout. Ma vie ne vaut rien face à la sienne, car je ne pourrais rien contre Zrygolafk.

— Je te promets que je la protégerais, quoi qu'il arrive.
— Je n'en doute pas, dit-il en me serrant dans ses bras.
S'il a raison et qu'il y a vraiment des traîtres, il va me falloir être très prudente.

Je suis installée dans une aile du palais, réservée aux gardes. J'ai la même chose qu'à l'institut, c'est-à-dire une petite chambre, sauf que cette fois, j'ai une salle de bain privée. En entrant, on m'a attribué une épée (ma première arme personnelle!), une ceinture sertie de couteaux ainsi qu'une lance et un bouclier rétractables. Ils ressemblent respectivement à un bouchon de champagne et à une bille une fois repliés. J'en oublie mon uniforme. Un cuir épais protège mes organes vitaux, mais le reste est dans un tissu rouge assez soyeux. J'ai de grosses bottes noires qui s'adaptent à mes pieds. Mais je crois que le pire, c'est le casque. Il est d'un marron gris assez sombre avec des plumes rouges sur le dessus. Il est lourd, moins confortable que l'armure et j'ai l'impression qu'il rétrécit mon champ de vision. Je remarque sur le haut de ma tenue le symbole d'Amélia : un soleil avec un œil bleu. Mes armes ont le même signe. J'espère pouvoir souffler pendant quelques jours avant de plonger dans cette nouvelle vie qui est la mienne.
Alan, enfin j'y suis arrivée ! J'ai réalisé ce que tu avais fait. Jamais je n'aurais cru que cela me rendrait aussi fière et heureuse.

Chapitre 15

C'est le grand jour. À sept heures, je suis déjà dans les appartements d'Ella. Je travaillerai du matin au soir avec une pause déjeuner. Je porte mon uniforme, tout comme Myrio qui me rejoint. Sa tenue lui va bien. Un responsable nous dicte les règles. Comme je suis encore en train d'apprendre l'amélien, je place soigneusement mon traducteur à mon oreille pour suivre ses explications. Six soldats sont attribués à chaque membre de la famille royale. Il doit toujours y en avoir deux devant la porte des appartements de la princesse ou devant la pièce où elle se trouve. À ses côtés, il ne peut en rester que deux minimum en cas de besoin urgent, d'un problème ou d'un message à transmettre. La seule exception survient pour la salle de bain évidemment, mais nous devons demeurer à proximité. Une fois que le responsable a fini de nous parler de la sécurité, Ella sort de sa chambre, habillée simplement. Nous nous inclinons en chœur.

— C'est qu'il y a des nouveaux ici ! sourit Ella.
— Trois de vos gardes personnels ont seize ans et viennent d'instituts militaires, lui explique l'un de mes collègues, le plus vieux d'entre nous.

La princesse nous embarque dans ses appartements, laissant le responsable discuter avec les autres soldats. Quand nous arrivons, nous entrons tous dans son salon, exceptionnellement, pour faire connaissance. Ella me prend soudain dans ses bras, devant le regard interloqué de mes compagnons.

— Je suis super contente que tu sois là Rachel ! Mais je te préviens, me surveiller ne sera pas de tout repos.

— On verra bien.

— Et toi, tu es… Myrio, si je me rappelle, dit-elle à l'adresse de mon ami.

— Vous vous souvenez de moi ? On ne s'est croisé qu'une fois pendant la visite de Vérion.

— J'ai une bonne mémoire.

— Il y en a un autre que je ne connais pas.

— Je me nomme Gabin Votre Altesse, intervient l'adolescent de mon âge.

— Ravie que vous soyez tous là avec moi. Ceux que vous avez remplacés n'étaient franchement pas drôles ! Mais pour leur défense, ils étaient très compétents, n'est-ce pas Sonando ?

— C'est vrai, ils étaient très vieux pour la plupart aussi, répond notre aîné.

Sonando doit avoir une cinquantaine d'années, il a la peau brunie par le soleil, des yeux sombres et rieurs. Je comprends tout de suite qu'il connaît bien la princesse et qu'il y a une complicité entre eux.

— Je me prépare et ensuite nous allons voir Lio, annonce Ella.

Deux de mes compagnons se postent devant la bulba menant à ses appartements. Myrio, Sonando, Gabin et moi accompagnons la princesse jusqu'au salon de Lio. Il a l'air en meilleure forme. Son visage s'illumine en me voyant.

— Super, on va pouvoir jouer !

— Est-ce qu'on a le droit de s'amuser avec vous ? je demande.

— Il y a beaucoup de règles sur ce qui est interdit aux soldats, mais il me semble que les jeux de société sont autorisés, me répond Ella. Après tout, certains nécessitent d'être à plusieurs.

Les gardes du corps de Lio se joignent à nous. Nous faisons un jeu de rôle mouvementé. Lio se démène pour gagner et Myrio aussi s'amuse comme un fou. Après une première partie, Ella m'invite à m'asseoir sur un canapé pour qu'on puisse discuter. Elle me raconte des tas de choses sur l'histoire du pays, la gastronomie, les relations diplomatiques… Je sens tout de suite qu'elle est très instruite, ce qui est normal. Mais la Terre lui est encore inconnue. Je lui parle de mon école, lui explique les règles du volley. Et quand elle apprend qu'Alphonse Gristantile est mon grand-père, elle manque de s'en décrocher la mâchoire.

— Non, mais tu plaisantes ! Il travaillait déjà pour mon père. Ma tante l'a gardé parce qu'elle ne savait pas très bien diriger un pays lorsqu'elle est montée sur le trône. Il est vraiment gentil.

— Je lui ai promis de veiller sur toi.

Je lui épargne les détails sur la possibilité qu'il y ait des traîtres au palais. Rien que l'idée me fait froid dans le dos.
Le soir, ce sont les gardes de nuit qui viennent nous remplacer. Sonando décide de montrer aux nouveaux les passages secrets à emprunter en cas d'attaque.

— Vous êtes bien jeunes pour être des soldats, nous dit-il. Enfin bon, normalement vous aurez juste à conduire la princesse quelques fois dans ces souterrains et à la mettre à l'abri. Dans ces moments-là, il faudra être rapides et surtout, ne pas paniquer.

Je me fais une carte mentale pour réussir à mémoriser tous ces chemins.

— Sonando, comment ferons-nous si un ennemi ou un traître venait à entrer dans ces passages secrets ?

— Ils essaieraient d'atteindre l'abri et malheureusement pour eux, il n'est accessible que sous l'autorisation d'un membre de la famille royale.

— Mais si les souverains placent leur confiance en la mauvaise personne ?

— C'est pour cela qu'ils préfèrent rester seulement avec leurs gardes du corps. Quand il y a des invités ou les membres du conseil, ils se cachent dans un autre abri. Si un soldat se rebellait, j'ose espérer que ses collègues lui trancheraient immédiatement la gorge.

Je ne suis pas plus rassurée. Et si les Arès avaient retourné tout le monde contre le roi et la reine ? Même Ella et Lio ne les apprécient pas, ce ne serait pas étonnant que leur influence soit dangereuse. Après tout, ils pourraient tenter de les tuer avant qu'ils n'aient pu atteindre l'abri. Le Falion aussi est un suspect, il nous prend tous pour des ennemis. Est-il simplement fou ou a-t-il des choses à cacher ? Mais en vérité, entre les domestiques, les gardes, les membres du conseil, il y a beaucoup trop de monde pour savoir qui mène un double jeu.

Les jours passent et je fais plus amples connaissances avec mes compagnons d'armes. Je sais que Gabin vient de Kint*. C'est un Sorcier de la Nuit (comme la famille Arès par ailleurs), mais la magie noire n'est pas forcément mal vue ici. C'est juste que ses pouvoirs sont plus efficaces la nuit et ils sont meilleurs sur les sorts de manipulation mentale. Il y a une autre fille à part moi dans le groupe : c'est Thédine. C'est une jeune femme de dix-neuf ans avec un sacré caractère, cheveux platine et yeux de glace. Elle travaillait dans l'aile ouest du palais (là où se trouvent les cuisines, chambres d'amis et salle à manger). Veiller sur Ella est donc une bonne promotion. Elle ne joue cependant jamais avec nous et la princesse ne l'y force pas. Elle est loin d'être sociable, même si elle est assez proche de Sylver, notre compagnon Loup-Garou. Il porte constamment un coutelas, arme favorite de son espèce. Je ne l'ai jamais vu sous sa forme animale. Enfin, Sonando est celui qui me plaît le plus et je comprends qu'il s'entende aussi bien avec la princesse. Il adore raconter des histoires, il est souriant, drôle et jamais avare en compliments. Sa voix forte lui donne un certain charisme qui fait qu'on l'écoute toujours quand il parle. Il s'intéresse à chacun de nous, c'est vraiment notre chef d'équipe.
Malgré la bonne ambiance qui règne ici, au bout de deux mois, je commence à ressentir les premiers signes d'ennui. En même temps, demeurer debout pendant plusieurs heures n'est pas le travail le plus passionnant. Parfois, je suis obligée de me poster devant la bulba. Quand je suis avec Ella, c'est mieux, mais cela ne reste que du divertissement. Les cours de magie que je suis à côté ne suffisent pas à me faire oublier mes longues journées. J'ai l'impression que je ne fais rien. Ella ne sort jamais du palais. Lorsque nous quittons ses appartements, Angela ne cesse de se moquer de moi. Elle essaie même de me donner des ordres,

mais Ella vient à ma rescousse.

- Laisse-la tranquille ! C'est pour moi qu'elle travaille.
- Tu en es sûre ? J'ai l'impression que c'est plus ton amie que ton garde du corps.
- Cela ne te regarde en rien Angela.
- Papa et maman n'aiment pas cela du tout. Ils disent que tu ne t'intéresses pas assez à tes études et aux relations avec les autres pays.
- On n'organise plus trop de réceptions et de visites diplomatiques depuis que Z est dans la nature, rappelle Ella.
- Mais je sais que le prince de Diver et celui de Jegre t'ont laissé des tas de messages sur ton ovoz.
- Tu m'espionnes maintenant ? Et puis, qu'est-ce cela peut te faire ?
- Tu pourrais leur répondre. Si j'étais toi, je ne laisserais pas filer une chance de sortir un peu de ce palais. Enfin, conseil de cousine.

Angela s'en va avec son petit air supérieur.

- Je n'aime pas comment elle te parle, dis-je, après tout tu es son aînée.
- J'ai l'habitude, ne t'inquiète pas. Elle peut bien dire ce qu'elle veut, elle est aussi seule que moi.

Non Ella, elle, elle peut sortir quand elle le souhaite.

- C'est quoi cette histoire de princes ?
- Rien, c'est un peu un jeu depuis que je suis née. Tout le monde essaie de deviner avec qui je vais me marier.
- Ce sera forcément avec un prince ?
- Ou un vayalti*, un noble d'Amélia. Si je ne peux pas me marier, je devrais choisir un procréateur avant mes vingt-et-un ans. Le plus important c'est d'avoir un héritier, et vite. L'espérance de vie d'une princesse est courte. Mon père est mort à trente ans et ma mère était encore plus jeune.
- Mais toi, qu'est-ce que tu penses de tout cela ?
- Laisse Son Altesse tranquille ! me sermonne Thédine.

Ce ne sont pas tes affaires.
- Ce n'est rien, rassure Ella. Je n'ai pas encore vingt-et-un ans, donc pour l'instant je n'y pense pas trop. Mais ce n'est pas le cas de tout le monde apparemment.
- Ton oncle et ta tante peuvent t'obliger à te marier ?
- Non, parce que je peux choisir un procréateur. Est-ce qu'on peut laisser tomber cette conversation ?

Elle semble agacée. Je me tais. Je me rends compte que mon amie n'aime pas beaucoup lorsqu'on parle de ses obligations et de son rôle de princesse. Plus le temps passe, moins j'apprécie l'atmosphère étouffante de ce palais.

En ce mois de mars, enfin ventile plutôt, je commence à me poser des questions. Ai-je bien fait de devenir soldat ? Mes journées me paraissent déjà si monotones. N'y a-t-il pas un jour où j'en aurais vraiment marre ? Pourtant, à l'institut Belingrad, c'était aussi un peu la même chose. Je ne dis rien à personne et surtout pas à Ella, de peur de la vexer. Le soir, je m'informe de l'avancée de Z. On n'a toujours pas pu le localiser et Acramis non plus. Queler et Levon sont véritablement en guerre contre Zelgo pour avoir rejoint les Démons. Amélia aide ces pays à lutter contre les Gobelins et les Diabolis. Certains prétendent avoir croisé des Maestros. Si je pense aux paroles de M. Belingrad, je me dis qu'il y a au moins cinq Maîtres des Enfers à Mécénia, ce qui est énorme.

Ce jour-là, Ella s'entraîne à utiliser sa magie quand son ovoz s'allume. Elle appuie sur son bracelet et une voix déclare :
- Rachel Rident est convoquée auprès de Leurs Majestés.
- C'est quoi cette histoire ? demande Ella en fronçant les sourcils.
- Rachel Rident est attendue dans la salle du trône... seule.
- Ne les fais pas attendre, me conseille Sonando.
- Oui, vas-y, tente de me sourire Ella.

Est-ce que c'est mauvais signe ? Je quitte mon poste et me dirige vers le lieu demandé. On me laisse passer la bulba et je m'incline devant le roi et la reine. Je dois attendre qu'ils aient pris la parole, ce que commence à faire la reine Adrie :

— Rachel, nous sommes heureux de vos services. Notre nièce et notre fils vous apprécient beaucoup. Vous êtes discrète, efficace et vous obéissez aux ordres.

Jusqu'ici, tout va bien, mais cela m'étonnerait qu'on m'ait appelé juste pour faire mes éloges.

— Malheureusement, les temps sont durs. Les Zelgoniens gagnent du terrain dans les pays voisins. Nos soldats sont tués et les réfugiés politiques ne parviennent plus à atteindre Vérion. Ils meurent en route. Nous devons renvoyer des soldats en permanence. Et nous avons pensé à vous.

— À moi, votre Majesté ?

— Vous êtes une recrue récemment entraînée, ajoute le roi, mais justement les enseignements de guerrier sont encore plus frais dans votre mémoire. Vous partirez pour un petit campement à l'est de Queler. Vous devez protéger les populations et faire reculer l'ennemi.

Je repense à mon amie Sanda. Elle aussi est partie pour Queler.

— Un carrosse passe dans deux jours, termine la reine. D'ici là, vous serez prête.

On ne me demande pas mon avis, c'est un ordre. Je baisse la tête et dis :

— Si tels sont les désirs de Leurs Majestés.

On me donne congé. Je sais que j'ai dit que je m'ennuyais, mais je ne pensais pas qu'on me mènerait au combat. De toute façon, je m'y suis préparée pendant ma formation. Et M. Belingrad a prévenu que nous pourrions changer de poste. Je repars dans les appartements d'Ella. Devant la bulba, Sonando et Gabin m'arrêtent.

— Alors, tout s'est bien passé ? me demande notre chef.

— Oui, aucun problème.

J'entre dans le grand salon où m'accueillent mon amie et mes autres collègues. La princesse vient immédiatement vers moi.

— Rachel, ça va ?

— Oui.

— Qu'est-ce qu'ils t'ont dit ?

Je vois bien que cela ne servirait à rien de mentir.
– Je pars pour Queler dans deux jours. On m'envoie au front.

Myrio pousse une exclamation de surprise. Quant à Ella, son expression abasourdie se transforme vite en colère.

– Comment osent-ils ?

Elle quitte la pièce en furie. Nous autres soldats la suivons précipitamment.

– Votre Altesse, où allez-vous ? demande Sylver.

La princesse ne répond pas. Elle arrive devant la salle du trône, mais deux servantes lui disent :

– Leurs Majestés sont dans le bureau du roi Richard Votre Altesse.

Ni une, ni deux, Ella traverse plusieurs bulbas sans se soucier de savoir si nous la suivons ou pas. Elle entre dans la pièce sans se faire inviter. Les souverains lèvent la tête, surpris par cette intrusion.

– Vous n'avez pas le droit ! bouillonne mon amie. Je vous défends d'envoyer Rachel à Queler !

– Tu nous le défends ? Enfin Ella, ce n'est pas toi qui décide, rappelle sa tante.

– Je sais très bien à quoi vous jouer. C'est toujours pareil ! Alan aussi était proche de moi et vous n'avez rien trouvé de mieux que de me l'enlever ! Vous l'avez envoyé dans une mission périlleuse et vous voulez refaire la même chose, alors que Rachel n'a eu que six mois de formation !

– Tu ne t'en rends peut-être pas compte, mais notre monde est en grand danger. Tu peux survivre pour l'instant avec cinq gardes, mais on a besoin de renfort à Queler.

– Non ma tante, je ne te laisserai pas m'enlever mon amie. S'il te plaît, je te jure que je ne te demanderai jamais plus rien, par pitié !

Je me rends compte qu'Ella est en larmes. Je n'arrive pas à croire qu'elle s'oppose à sa tante pour moi. Je ne le mérite pas. Mais les souverains sont inflexibles.

- Non, Ella, nous t'avons déjà dit de ne pas t'attacher. Tu es trop égoïste. Des gens meurent et ils ont besoin de Rachel.
- Je suis sûr qu'elle ne veut faire que son devoir, ajoute le roi, n'est-ce pas Rachel ?

Je m'apprête à répondre quand Thédine s'avance.

- Vos Majestés, avec votre permission, je peux prendre sa place. Ce serait un honneur de combattre pour vous à Queler.
- C'est pareil pour moi, dit Sylver. Je suis beaucoup moins jeune, c'est moi qui devrais partir en premier.

Mon cœur se réchauffe face à leur gentillesse. Cependant, le roi et la reine ne semblent pas contents. Ils se pincent les lèvres, retenant leur fureur. Enfin, Adrie esquisse un demi-sourire.

- C'est bien aimable de vous proposer. Mais un ordre est un ordre et Rachel a déjà accepté.

Ella se tourne brusquement vers moi.

- Tu as accepté ?
- Évidemment, ce sont mon roi et ma reine et je suis là pour combattre avant tout.
- Parfait, tu vois Ella, se réjouit la reine. Rachel elle, se soucie du destin du monde. Nous entrons en des heures bien sombres. Il est temps de grandir.

Ella court hors de la pièce. Il va falloir à nouveau la suivre. Nous saluons Leurs Majestés et nous partons.

- Merci à vous, dis-je à mes compagnons une fois dans les couloirs, merci d'avoir proposé de me remplacer.
- On ne l'a pas fait pour toi. Et puis c'est normal, notre vie a moins de valeur pour la princesse.
- Thédine ! s'insurge Sylver. Tu sais bien que c'est faux !
- C'est la vérité, mais cela n'a aucune importance. Je veux simplement combattre. Je ne sais pas pourquoi on t'a choisie, j'aurais été bien meilleure que toi.

Thédine s'enferme dans le silence. J'ai soudain l'impression qu'elle ne m'apprécie pas plus que cela. Nous rejoignons Sonando et Gabin qui sont toujours postés devant la bulba du salon.

– Qu'est-ce qui se passe ? Pourquoi n'êtes-vous pas près de la princesse ? demande Sonando. Elle vient de rentrer en pleurs. Elle ne veut plus de toi dans ses appartements Rachel et souhaite que tu me remplaces à mon poste.
– Va la voir alors, Sonando, je soupire. Elle t'expliquera.

Je reste seule avec Gabin. Moi aussi je commence à pleurer. Je ne voulais pas la blesser. Mais ai-je vraiment le choix de ne pas partir ?

Le soir tombe. Myrio et Sonando viennent me voir. J'ai les yeux rouges et je suis fatiguée.
– Tu es sûre que ça va ? me demande mon ami.
– Oui pratiquement, beaucoup de soldats deviennent des défenseurs en ce moment.
– Mais pas à seize ans, me dit Sonando. Je ne suis toujours pas d'accord avec ce nouveau système. On sacrifie nos enfants.
– Tout va bien se passer pour moi, je rassure.
– Rachel !

Lio vient vers moi en fauteuil roulant, accompagné de ses gardes. Lui aussi il pleure. Pourquoi faut-il que je blesse tout le monde ?
– Ella m'a prévenu. N'y va pas Rachel ! Tu n'as pas le droit !
– Je suis désolée, Lio, mais c'est mon devoir.
– Ella a dit que tu ne reviendrais pas. Que ce serait la même chose que pour Alan !
– Non, je vais me battre ! Je te le jure, pour revenir ici et jouer encore avec toi.
– Promets-moi que tu ne vas pas mourir.

Il sait bien que je ne peux pas faire cette promesse. Je le serre dans mes bras. Son corps est si fragile.
– Retournez dans vos appartements Votre Altesse, conseille Sonando.

Lio obéit à contrecœur.

— À demain, je salue.

Je rentre dans ma chambre. Je n'arrive pas à croire que je pars déjà. Je repense à Lucas, Alexanne, Hugo, M. Jouvence, mon grand-père. J'ai à peine eu l'occasion de les voir depuis que je travaille ici. Aurais-je le temps de leur dire adieu ?

Chapitre 16

Je descends mes valises grâce à un sort de télékinésie. Une sorte de camionnette sans roues m'attend devant le palais. Les soldats disent adieu à leur famille venue exprès pour leur départ. J'ai envoyé une lettre à mes parents. Ils n'auront même pas le temps de la recevoir que je serais déjà partie. Mais au moins, mon grand-père, Ella, Lio, Gristan et Grace sont là pour me soutenir. Je commence par parler à Alphonse, mon grand-père.

— J'aurais tellement voulu empêcher cela, me dit-il. Tu ne devrais pas aller là-bas.

— Je sais, moi aussi j'aurais préféré rester pour protéger Ella. Mais peut-être que je redeviendrai un garde royal.

— Je l'espère. Bonne chance Rachel. Fais très attention à toi.

Je le serre dans mes bras. Je vais vers mes amis et remarque les larmes de Lio.

— Ne pleure pas, tout va bien se passer.

Il tente de se reprendre, mais ses yeux sont tout rouges. Ella s'avance, dans une dernière étreinte, elle me dit :

— Je ne veux pas te perdre toi aussi.

— Je ferais tout pour revenir, je te le promets.

Mon cœur se serre à l'idée de quitter Vérion et tous mes nouveaux amis. Je m'étais habituée à vivre ici. Je n'ai même pas fini mes études à Vetlana. Comment pourrais-je survivre alors que mes pouvoirs ne se sont pas encore totalement révélés ? Cependant, je n'ai pas peur. Peut-être que c'était mon destin de finir comme mon frère. Au moins, j'aurais l'impression qu'il sera à mes côtés sur le champ de bataille.

— Tu seras une reine merveilleuse. Ne t'en fais pas pour moi, je tente de la rassurer.

Gristan, le Domesgobi, me tend un paquet de bonbons en guise de cadeau. Je le remercie. Grace me sourit, réconfortante, et me demande si j'ai bien mon amulette pour trouver le repos. Elle m'en donne une autre pour me protéger. Je croise malheureusement des personnes moins agréables. J'aperçois le Falion et Angela, venus savourer l'idée que je m'en aille.

— Enfin, mes paroles ont été entendues et Leurs Majestés ont bien voulu se débarrasser de l'enfant maudit, déclare le ministre, enchanté.

— Au plaisir de ne plus te revoir, me lance Angela, un mauvais sourire aux lèvres.

— Oh, ne t'inquiète pas, je reviendrai.

Et pour la rendre folle, j'espère bien que mes prières seront exaucées. Je m'installe et fais un signe de la main à mes amis à travers la vitre. Ils me renvoient leur salut, le visage morose. Le véhicule commence à s'envoler. Il fait un bruit de réacteur d'avion. Mais être dans les airs à Mécénia me fait moins bizarre que sur Terre. Nous avons un arrêt à faire à l'autre bout de la ville et plusieurs escales également dans le pays. Au début, il y a beaucoup d'embouteillages, puis nous parvenons à nous garer sur une place où attendent plusieurs soldats. Deux personnes font tache dans ce groupe, car ils ne portent pas d'uniforme. Quand ils montent à bord, je les reconnais immédiatement. Je crois rêver.

— Alexanne ! Lucas ! Qu'est-ce que vous faites là ?

— Bien, on t'accompagne, répond Lucas.

— Mais enfin, vous êtes fous ! Et comment... ? Vous n'avez pas le droit !

— La princesse héritière ne peut pas empêcher des gens de combattre, mais elle peut envoyer des guerriers si le roi et la reine ne s'y opposent pas. Mais je ne pense pas qu'elle leur ait demandé la permission.

— Attendez, Ella a fait ça !

La colère monte soudain en moi, ainsi que l'incrédulité la plus totale.

— Elle était plutôt réticente au début, continue Lucas, mais finalement, elle a été assez facile à convaincre. Cependant, c'était notre idée. Elle nous a prévenus que tu partais et nous avons proposé de t'accompagner.

— Seulement, vous n'êtes pas des soldats.

— On accueille aussi ceux qui pratiquent la magie, explique Alexanne. J'ai ma baguette et même si Lucas et moi n'avons pas fini nos études, nous voulons t'aider et nous rendre utiles.

— Vous êtes complètement tarés !

Malgré mes remontrances, mes amis s'installent à côté de moi. Je vois sur ma carte que nous allons dans une grande ville assiégée de Queler : Turzo. Le véhicule se remplit peu à peu et je me sens un peu confinée. Il nous faut environ six heures pour arriver au campement. Nous sommes accueillis par un gros bonhomme chauve à l'air peu commode. Son insigne indique qu'il s'agit du Kodin Butor. Il nous ordonne de lui montrer nos fiches d'identité et notre convocation à rejoindre la brigade. Quand mes amis se présentent à lui, ils sortent un papier différent qu'il s'empresse de lire.

— C'est une blague ? La princesse nous envoie des enfants qui ne sont pas des soldats maintenant ! Qu'est-ce que c'est que cette histoire ?

— Mon ami est un futur Ange gardien et je suis une Fée. Nous pouvons utiliser notre magie contre les Gobelins, suggère Alexanne.

— Ouais, j'y crois drôlement. J'en ai marre de voir des mioches sous mon commandement. Après ils tombent comme des vlées*. Je n'ai pas de tente pour vous, donc vous vous débrouillez avec vos pouvoirs.

— Je partagerai la mienne avec eux, je propose.

Il ne prête déjà plus attention à nous. Nous traînons nos valises jusqu'à une tente non montée. Alexanne sort sa baguette et agrandit la toile. Nous pouvons largement passer à trois maintenant, même si le sort s'effacera au bout de plusieurs heures. Notre Kodin nous informe que dès demain, nous devrons rester prêts face à l'avancée des Zelgoniens. Les

Gobelins tiennent Turzo et cela ne peut plus durer. Lucas et Alexanne reçoivent un uniforme gris. Pour ma part, j'ai toujours mon armure du palais, mais avec un casque sans plumes. J'ai aussi une nouvelle épée plus apte à la guerre. Malheureusement, elle est plus lourde.

Le soir, nous n'avons le droit qu'à un bouillon de légumes avec un âpe* dur. On nous sert à tous un verre de grimel* qui m'arrache la gorge.

– Alexanne, tes parents ne savent pas que tu es ici ?

– Non, je leur ai laissé un mot en leur faisant croire que je partais à Belzara, le royaume des Fées. Au cas où ils essaieraient de me chercher.

– Maurice informera sans doute mes parents, dit Lucas. Mais ils travaillent tout le temps, qui sait, je serais peut-être revenu avant qu'ils ne se doutent de mon absence.

– Je n'arrive pas à croire que vous êtes prêts à risquer votre vie pour moi.

– Ce n'est pas la guerre que nous voulons faire Rachel, réplique Alexanne. Nous sommes comme toi, nous désirons comprendre ce que mijote Z. Ce n'est pas en restant à Vérion que nous allons découvrir quelque chose.

Même si j'ai peur pour eux, je suis rassurée de les avoir à mes côtés.

Le lendemain, on nous réveille aux aurores. J'entends quelqu'un cracher ses poumons et le Kodin Butor s'énerve.

– Ce n'est pas possible ! C'est vraiment le moment de nous lâcher, espèce de crevard ! Mais qu'est-ce qu'ils ont tous aujourd'hui ?

Son regard croise le nôtre et il s'adresse à mes amis.

– Vous, c'est bien que vous soyez là finalement. J'ai trois soldats malades, des vraies plaies. Le pire c'est qu'ils ont les mêmes symptômes. Ils croient peut-être que c'est le bon moment pour tomber malade !

Nous nous préparons tandis que des infirmiers viennent évacuer les malades. En partant, j'aperçois l'un d'eux, faible, en train de cracher du sang. J'espère que ce n'est pas contagieux. Un terrible pressentiment me gagne. Comme si ces trois soldats souffrants étaient le signe d'un mauvais présage.

Chapitre 17

Nous formons les rangs. Plusieurs lignes de soldats avancent vers la ville. Mes amis sont partis rejoindre les combattants non entraînés. Je les aperçois en retrait avec des Sorciers, des Fées, des Elfes, des Loups-Garous, des Vampires et des Anges gardiens. Ils sont là en dernier recours, pour nous protéger au cas où la situation dégénérerait. Je me concentre sur mon objectif et tiens fermement ma main sur le pommeau de l'épée. Turzo est une ville dévastée. Je vois de grands bâtiments en ruine au loin. J'imagine que la cité a dû être belle autrefois. C'était l'une des plus importantes métropoles du pays et il n'en reste quasiment rien aujourd'hui. Les Zelgoniens s'en sont emparés sans état d'âme. Je me demande bien ce qui les pousse à rejoindre un monstre comme Z. On nous répartit en plusieurs groupes. Notre stratégie est d'encercler l'armée adverse. Mon équipe attaquera par le sud. Les soldats suivent en rang. Cela me fait penser à mes premiers cours de guerrière où nous exécutions une marche militaire. Sauf que là, il ne s'agit pas d'un exercice. Nous avançons le long de la plaine asséchée. Le sol est dur sous nos pieds et jonché de cailloux qui manquent de nous tordre les chevilles à chaque pas. Dans tout Mécénia, c'est la saison de ventile et on le sent particulièrement bien ici. Le climat de Queler reste un des plus froids. Heureusement, j'ai ma tenue et mes bottes me tiennent suffisamment chaud. La ville se rapproche petit à petit. Soudain, une volée de flèches atterrissent à nos pieds. Des archers sont en train de nous prendre pour cible. Nous sortons nos boucliers. Personnellement, j'ai du mal à le déclencher. Cela commence bien. Je me protège juste à temps, car cette fois, les flèches percutent nos écus. On aboie des ordres, mais je ne comprends rien avec les cris de guerre que mes compagnons poussent. Nous courons, nos boucliers toujours levés au-dessus de nos têtes. Des milliers de Gobelins sortent de la ville, armés de gourdins, de lances et d'épées. La mienne commence à s'illuminer dans ma main. Les ennemis s'approchent. Je ne dois pas avoir peur. Je sais me battre. Je me suis entraînée. Toutefois, il est difficile de rester calme lorsqu'on voit ses premiers compagnons tomber brutalement. J'entends des crissements métalliques et des craquements d'os. Un être velu, vert de la tête aux pieds, révèle ses dents pointues et fonce vers moi avec son sabre. Pourtant, j'ai l'impression qu'il arrive au ralenti, car mon corps agit de lui-même. Je lui plante mon épée dans les côtes. Il s'effondre. Il est toujours vivant, mais le sang coule à flots de sa blessure. J'en ai la nausée. *Reprends-toi Rachel* ! Je cours sans plus me soucier de ma première victime. Les Gobelins font bien quarante centimètres de moins que moi. Cela ne les empêche pas de donner des coups affreux. Mes camarades ont le visage fracassé ou les jambes coupées. Les cris me martèlent le crâne, puis sont étouffés par des gargouillis encore plus terrifiants. Les soldats des deux camps baignent dans leur sang. Leurs yeux exorbités paraissent me scruter. J'empêche le tremblement de mes mains, tandis que je reprends une once de courage pour continuer à lutter. Le combat semble se dérouler hors du temps. Plus rien ne compte à part le choc foudroyant des lames, les mouvements précis et dangereux des adversaires. Je sens qu'ils ne bénéficient pas de la même discipline que les Améliens. C'est ce qui pourrait bien causer leur perte. Mais inutile de les sous-estimer. Ils sont sauvages, imprévisibles. Mon corps fatigue rapidement sous les assauts. Seuls l'instinct de survie et l'adrénaline maintiennent ma concentration. Tout à coup, j'entends des détonations. Ne me dites pas qu'ils ont des armes à feu ! Elles sont sûrement volées aux habitants de Queler. Les Nains fabriquent beaucoup de fusils pour armer les Oldis. Normalement, les Solis peuvent s'en protéger, mais si les balles ont été trempées dans une mixture magique, on est mal. Des rafales de balles percutent les soldats. Je me protège grâce à mon bouclier et prononce une incantation. Une barrière magique se forge autour de moi, mais je ne vais pas réussir à la maintenir et en même temps combattre à l'épée. Les fusils causent plus de dégâts. L'effet de surprise fait s'effondrer de nombreux soldats. Les Oldis de notre camp n'ont pas d'armes à feu, eux. J'aperçois brièvement un Loup-Garou sous sa forme animale agripper la gorge d'un Gobelin pour la déchiqueter. Il repart ensuite dans un bond éblouissant quand des balles se logent dans sa fourrure rousse. Le plus difficile c'est de reconnaître les Vampires de son armée. Certains membres de cette espèce se sont transformés en oiseaux noirs, cependant avec leur plumage, impossible de savoir qui combat pour qui. Je manque par ailleurs de me faire arracher les yeux par un volatile. Des griffures strient mon visage. L'odeur du sang ne me quitte plus. Un duel s'engage soudain avec un nouvel adversaire. Je recule sous ses coups, j'esquive. Vu sa taille, il préfère viser mes jambes. Toutefois, même si j'arrive à analyser sa technique de combat, j'ai pourtant du mal à anticiper ses coups. Nos lames s'entrechoquent. On dirait presque une danse tant nos mouvements sont fluides et rapides. La respiration haletante, on ne se quitte pas des yeux une seule seconde. Tout semble irréel puisque j'entrevois à peine son arme qui tournoie à une vitesse folle. Et puis d'un coup, je remarque une faille dans cette chorégraphie mortelle. Cela ne prend qu'une seconde, mais j'agis juste à temps. J'enfonce profondément ma lame à travers son œil gauche. J'entends un craquement d'os malgré le tintamarre ambiant. Je ne me sens vraiment pas bien. Le bruit est encore pire lorsque je retire mon épée. J'ai l'impression de ressentir toutes les déchirures de la chair. Je vacille légèrement. Tout à coup, la terre s'ouvre derrière moi et quelques Gobelins tombent dans le gouffre. Alexanne arrive à côté de moi avec sa baguette.

— Rachel, fais attention ! Ils t'attaquent par-derrière !
— Je ne vais pas y arriver, Alexanne !
— Bien sûr que si ! De toute façon, tu n'as pas le choix !

Lucas nous rejoint. Un long bâton blanc lumineux se matérialise dans sa main. Il fait tournoyer son arme qui projette des éclairs vers les ennemis alentour. Je comprends pourquoi mes amis sont sur le champ de bataille. J'ai l'impression que les Gobelins sont de plus en plus nombreux.

— Allez, les filles, on bouge !

Nous obéissons. On se fraie un chemin à travers la foule. La présence de mes amis à mes côtés m'a redonné un élan d'énergie et de courage. Mes leçons à l'institut Belingrad me reviennent en mémoire. Je sens ma magie dans mes veines et mon arme brille de plus belle. Elle ne pèse plus rien. Les attaques se font de plus en plus nombreuses. Je m'élance. Ma lame traverse les épaules, le cœur, la tête de mes ennemis. Je suis parfois surprise face à son tranchant. Cependant, ces meurtres me font tourner la tête à chaque fois. Je mets trop de temps à reprendre mes esprits. Une douleur fulgurante se propage soudain dans ma cuisse, m'arrachant un cri. Je tombe à la renverse et roule avant que la lance ne se plante dans mon crâne. Lucas tue mon assaillant. Encore sonnée, la seule chose que je remarque c'est sa joue entaillée.

— Rachel, relève-toi !

Je touche l'arrière de ma jambe et je retrouve mes doigts couverts de sang. La panique monte en moi. Lucas me prend par les mains. Son pouvoir de protection agit instantanément sur mon corps. Son énergie se déploie en moi, c'est comme une décharge électrique qui parvient à me relever malgré ma blessure. Je tiens fermement mon épée et suis mon ami. Puis, je heurte un des nombreux corps étendus sur le sol. Ma jambe m'élance à nouveau. Lucas remarque que j'ai ralenti.

— Non, Rachel !

Cette fois, je vomis toutes mes tripes et sombre dans l'inconscience.

Chapitre 18

J'ouvre péniblement les yeux. Un élancement dans ma cuisse me fait pousser un gémissement.

— Hé, doucement !

Des cheveux blonds, un sourire rassurant se dressent au-dessus de ma tête. Je crois reconnaître le visage de Lucas.

— Bienvenue parmi nous.

Cette fois, je distingue clairement la pièce. Je suis sur un lit très dur avec mes amis auprès de moi. Lucas a un pansement sur la joue et Alexanne un hématome sur le cou. Quant à moi, mes bras sont striés de blessures et de bleus. Mon visage me fait souffrir et ma jambe est entourée d'un épais bandage.

— Où sommes-nous ? je demande.
— À l'hôpital de Turzo, me répond Alexanne.
— Turzo ? Mais alors…
— On a gagné. La ville est à nous.

Un immense soulagement m'envahit, ainsi que des tas de questions.

— Comment ça se fait que je sois encore en vie ?
— J'étais près de toi, dit Lucas. J'ai créé un champ de protection autour de nous. Je nous ai mis à l'abri et peu après, les Gobelins ont déserté les lieux.

Le souvenir de mes maigres exploits me revient.

— J'ai été pitoyable, pas vrai ?
— Non, pas du tout ! proteste Alexanne.
— Bien sûr que si ! Vous, vous êtes à peine blessés, vous m'avez sauvé et vous n'avez pas été dégoûtés face à la

vue du sang ! C'est vous qui devriez être soldats.
- C'était plus simple pour nous, car on utilisait exclusivement nos pouvoirs. Mais toi, tu étais directement confrontée à la mort. Tu étais vraiment en face d'eux à les regarder expulser leur dernier souffle. C'est normal que ce soit dur la première fois. Tuer n'est jamais facile.
- Tu as été fantastique, me rassure Lucas. Tu ne t'en rends peut-être pas compte, mais tu t'es battue comme une vraie guerrière.
- Elle est bien belle ma jambe, pour une déesse !
- Lucas a raison. Pour une débutante, tu ne t'en es pas si mal sortie.

Leurs paroles me réchauffent le cœur, même si je suis moyennement convaincue. Je revois les cris, le sang, le crissement des armes, la boue, les crocs verdâtres des Gobelins et leur puanteur. Je sens que tout ceci va venir me hanter dans mes cauchemars.

- Vous ne me mentez pas ? Turzo est vraiment à nous ?
- Viens voir par toi-même, me sourit Alexanne.

Mes amis m'aident à me relever. Ils me servent de béquilles pour aller jusqu'à la fenêtre. Toutefois, je remarque que ma blessure me fait moins mal que je ne l'aurais imaginé. Alexanne m'explique :

- J'ai pris des pommades magiques de ma mère. Avec ses remèdes miracles, tu guériras plus rapidement.

J'aperçois les soldats en train de se restaurer dehors. Ils boivent et chantent en chœur. Le Kodin Butor monte sur un tas de gravats pour dominer la foule.

- Aujourd'hui, nous avons repoussé les envahisseurs. Demain encore, nous leur montrerons ce que cela fait de se placer du côté des forces démoniaques. Pour Amélia !
- Hourra !
- Queler !
- Hourra !
- Pour Mécénia !

- Hourra !
- Nous vaincrons les Démons et leurs alliés ! Nous serons un peuple libre, puissant et invincible !
- Hourra !

Tout le monde applaudit. Je grimace à cause de ma jambe et m'appuie sur l'épaule d'Alexanne qui m'ordonne :
- Allez, retourne au lit maintenant. Ta jambe doit encore se reposer.

Les soldats qui combattent plus à l'est du pays ne nous ont pas encore envoyé de message pour prévenir des déplacements du camp adverse. Butor ne veut pas risquer nos armées à l'extérieur sans stratégie. Nous sommes donc coincés à Turzo depuis deux jours. Tant mieux pour moi, ma jambe a le temps de s'en remettre. Il ne me reste plus qu'une grosse cicatrice. C'est vraiment génial ces remèdes magiques ! Mais avec tout cela, je n'ai pas pu m'entraîner. Nous avons trouvé de grandes quantités de nourriture dans la ville, ainsi que de l'alcool à foison. Nous mangeons à notre faim, mais ravitaillons un peu de ces provisions. Elles appartiennent aux habitants de Turzo après tout. Je dors à présent dans ma tente, car il n'y a plus de place à l'hôpital. En plus des blessés, des gens commencent à tomber malades. Et Butor retrouve sa mauvaise humeur.
- Je ne sais pas qui est le crétin qui contamine tout le monde en crachant ses boyaux, mais il va m'entendre !

Je ne m'inquiète pas trop parce qu'on est suffisamment nombreux et qu'on ne repart pas tout de suite au combat. Je me demande si Sanda s'en sort mieux que moi dans ses batailles. Aujourd'hui, mes amis et moi déplaçons des provisions jusque dans des véhicules. Cette nourriture sera envoyée aux réfugiés. J'espère que les habitants de Queler pourront vite retourner dans leur pays. La guerre est surtout dure pour eux. Nous nous emparons de caisses assez lourdes et faisons de longs allers-retours des camionnettes à la place de la ville. Un homme passe soudain devant nous en toussant et tombe par terre. Alexanne accourt pour l'aider.
- Tout va bien ?

Alors là, l'individu se met à cracher du sang, beaucoup de sang. Ses yeux sont tout rouges et ils semblent gonfler. Il veut parler, mais n'émet qu'un râle étouffé. Il reprend ensuite ses crachats.

— Il faut l'amener à l'hôpital ! crie Alexanne.

Plusieurs soldats se précipitent pour voir le malade. Ils commencent chacun à y aller de leur petit commentaire.

— Mon frère aussi perd du sang, mais par les oreilles !

— Mon amie n'arrête pas de vomir.

— Regardez ses veines !

Notre malade a en effet les vaisseaux sanguins qui transparaissent sur tout le visage. Ils semblent sur le point d'exploser. De la salive sort de sa bouche. Il vire au cramoisi. Des infirmiers arrivent et nous ordonnent de partir sous risque de contamination. Nous parvenons au camp près de la place, et nous arrêtons, stupéfaits. C'est encore pire. Des soldats blafards vomissent un peu partout. Du sang s'échappe de tous les orifices. Certains sont pris de spasmes et de tremblements. Le spectacle est horrible à voir. Comment des symptômes si graves ont-ils pu survenir aussi rapidement ? J'ai entendu beaucoup de gens tousser depuis ce matin, seulement là, cela commence à prendre d'autres proportions. Mes amis et moi faisons demi-tour pour nous précipiter près des camions où Butor discute avec une infirmière.

— Ce n'est pas normal monsieur. L'épidémie se propage trop vite et trop violemment.

— On nous a lancé une malédiction ! Il y a déjà dix morts à l'hôpital et la moitié de mes soldats sont infectés ! Comment est-ce possible ?

Il n'y a que les Solis qui peuvent jeter des malédictions. Or pour le moment, nous ne nous sommes combattus qu'avec des Gobelins, à moins qu'il y ait eu des Sorciers ou des Magiciens cachés pendant la bataille. Voyant notre victoire, ils ont eu le temps d'utiliser des sortilèges avant de s'enfuir. Je croise le regard d'Alexanne. Elle dit à voix haute :

— Il y a un problème, un gros problème.

Notre Kodin l'a entendue. Il crie à travers la foule.

— Ceux qui sont en état, prenez tout de suite les armes !

Vérifiez qu'il n'y a pas de gens sains qui sont restés au campement !

— Monsieur, intervient l'infirmière, mes collègues et moi en avons parlé. Cela ne ressemble pas à une malédiction. Comme je vous l'ai dit, l'épidémie paraît trop puissante.

— Mais alors qui ? Qui est à l'origine de tout cela ?

La dame n'ose rien dire. Je la vois blêmir. Butor et les autres soldats aux alentours semblent comprendre quelque chose, car je les vois écarquiller les yeux sous le signe de la frayeur.

— Non, ce n'est pas possible ! transpire mon Kodin.

Ils sont tous paniqués.

— Qu'est-ce qui se passe ? je demande.

— C'est Le Fléau, murmure mon amie.

C'est alors que la Terre se met à trembler. Certaines personnes tombent et le sol commence à s'ouvrir sous nos pieds. Je suis forcée de sauter pour éviter la chute et avec mes amis, nous tentons de nous enfuir loin de ces secousses sismiques. Les soldats crient en plongeant malgré eux dans l'abîme. Les seuls bâtiments encore debout sont en train de s'écrouler, notamment l'hôpital. Lucas repousse les gravats avec sa magie, mais il y en a tellement qu'il se fatigue vite. Il en est de même pour les autres personnes dotées de pouvoirs. De gros débris s'effondrent sur le Kodin Butor. Il se retrouve enseveli et il ne réapparaît pas. La panique monte en moi. Lucas me prend le poignet et m'entraîne à sa suite. Nous fuyons hors de la ville. Je crois que certains soldats courent derrière nous. Or, je ne vois rien avec toute cette poussière. Nous nous arrêtons brusquement. Au milieu du paysage désert se dresse une femme aux cheveux blancs. Ses yeux verdâtres me font penser à la vase et aux marais. C'est également la couleur de sa robe, dans des tons encore plus pâles qui lui donnent un air de zombie. Des taches rouge sang viennent parsemer sa tenue. Le vent fouette ses manches bouffantes et son visage livide nous fixe.

— Qui commande ici ? demande-t-elle.

Sa voix grave ne colle tellement pas avec son allure rachitique. Je la reconnais. C'est Fléona, la Démone des épidémies et des catastrophes naturelles. Les représentations qu'on fait d'elle dans les livres la montrent comme une femme magnifique, mais terrifiante. Là, Fléona semble à moitié vivante.

— Je vous repose la question. Qui est le chef ici ?

Les guerriers apercevant la Maestro reculent d'un pas, effrayés. Mes amis et moi ne bougeons pas d'un cil.

— C'est impoli de ne pas répondre.

Ses cheveux s'élèvent avec le vent. Elle ferme les yeux, je crois qu'elle se concentre. Quand elle les ouvre à nouveau, ils sont entièrement verts, sans aucune trace de blanc. Fléona tend ses bras. La terre se fend, se transforme. Plus rien n'est stable. Avant que je m'en rende compte, je suis séparée de mes amis par un immense fossé. Je ne sais plus où aller pour ne pas sombrer dans le précipice. Soudain, le sol se soulève, formant une pointe qui m'élève de plus en plus vers le ciel. Je m'accroche désespérément. J'aperçois des soldats courageux en train d'essayer d'attaquer Fléona. Celle-ci se met à rire. Bon sang, ce que son regard me fait peur ! En bas, la terre se déplace, faisant des vagues et tout le monde a du mal à tenir debout. Certains sont projetés en arrière. Où sont Lucas et Alexanne ? Mes doigts commencent à glisser sur la surface boueuse. Je pousse avec mes pieds pour atteindre le sommet du pic. Mes mains lâchent soudainement. Par un réflexe de survie, j'invoque une racine qui sort de la pointe de terre et vient s'enrouler autour de mon poignet. Le vent claque de plein fouet. Mon visage est gelé alors que mes muscles sont brûlants. Des centaines de cailloux sont pris dans les rafales. J'en reçois en pleine face, mais j'arrive à maintenir mon sort. Je sens mon sang couler sur mon front. Le ciel devient gris. Il ne manquerait plus qu'elle fasse apparaître une tornade ! Je vois des crânes fracassés par des pierres. Lucas est sur le point de tomber dans un gouffre. Alexanne, allongée sur le ventre, se protège des projectiles avec sa baguette. Le paysage autour de moi est impressionnant tellement il a changé. On dirait la fin du monde. Je sens ma magie faiblir et la racine ne me maintient plus qu'avec peine. Il faut que je parvienne à arrêter Fléona. Je la cherche du regard. Elle n'est pas trop difficile à repérer malgré tous ces tourbillons de poussière. Elle arbore un masque de haine. En peu de temps, elle parvient à déchaîner tellement de magie et à causer tant de dégâts qu'elle semble infatigable. J'entends un craquement. Mon moyen de secours m'a lâché. La racine se détache. Je suis dès lors attirée vers le sol. Je crie, mais avale la poussière en même temps. Je distingue moins bien les choses jusqu'à ce que ma chute me paraisse plus lente. Je ressens la magie autour de moi, seulement ce n'est pas la mienne.

Au moment même où je me sens flotter, un éclair bleuté vient frapper de plein fouet Fléona qui recule sous le choc.

Chapitre 19

La tempête s'arrête. Alexanne parvient enfin à se remettre debout et court aider Lucas. Je sens une présence au-dessus de moi, tandis qu'une personne fait un énorme bond jusqu'à la terre ferme. Une silhouette encapuchonnée se dresse à présent face à la Démone. Celle-ci émet un sifflement agacé.

— Mais… tu es qui, toi ?

L'inconnu ne répond pas. Il active sa magie et envoie une décharge d'énergie vers la Maestro. Celle-ci l'anéantit facilement et ricane. Ayant repris contenance, elle fait trembler la terre. L'étranger dresse ses mains vers l'avant, avec l'air de vouloir repousser les attaques de Fléona. Quant à moi, je me pose délicatement sur le sol. Je suis sûre à présent que quelqu'un m'a sauvé et je lève les yeux au ciel. Trois pégases font du surplace en hauteur. Deux individus observent la scène. Alexanne réagit avant moi.

— Hugo ? Qu'est-ce que tu fais là ?

Son frère est en compagnie de Gristan, le domestique d' Ella. Il fait descendre légèrement son pégase pour pouvoir être entendu. Il brandit sa baguette et presse sa sœur :

— On n'a pas le temps Alex, il faut sauver les autres !

Ils réagissent alors immédiatement, unissant leurs pouvoirs. Les gouffres se referment grâce à eux. En attendant, le Magicien au visage couvert se bat toujours contre la Démone. Cette dernière fait maintenant appel à la magie démoniaque sous la forme d'une sphère très blanche. Elle la lance vers son adversaire, qui l'évite juste à temps. À son tour, le Magicien invoque un jet de magie tellement puissant que Fléona a du mal à le contenir. Les quelques soldats encore en état de combattre viennent prêter main-forte à l'inconnu. Lucas et moi les rejoignons. Fléona se sentant cernée se met à rire à gorge déployée avant de disparaître dans une brume verte. Hugo et Gristan font atterrir les pégases tandis que leur compagnon découvre son visage. Ella me sourit et jamais je n'ai été aussi contente de la voir. Nous nous serrons dans nos bras.

— Mais, qu'est-ce que… ?
— Chut, me dit-elle, on en parlera plus tard. Hugo m'a jeté un sort pour que seuls mes amis puissent me reconnaître. Je suis ici incognito.

Alexanne, quant à elle, vient gronder son petit frère.

— Non, mais tu es cinglé ! Qu'est-ce que tu fais là ? Et pourquoi l'as-tu emmené ? demande-t-elle à l'adresse d'Ella.
— Je n'ai jamais voulu risquer la vie de personne. Je vous expliquerai tout en privé.

Effectivement, les guerriers survivants entourent leur sauveuse, médusés. L'un des sous-commandants qui travaillaient avec Butor, prend la parole :

— Merci beaucoup de nous avoir sauvés. Mais… mais qui êtes-vous ?
— Je m'appelle Alla et je suis une Magicienne, invente Ella. J'ai entendu aux informations que Queler était envahi par les Gobelins. J'ai voulu agir.
— Votre pouvoir est si puissant. Vous avez tenu tête au Fléau. C'est un miracle ! Où avez-vous appris ?
— À l'école Vetlana.

Il faut de longues heures avant que nous ne puissions parler calmement. Entre le rapatriement des blessés, le décompte des dégâts et pansez nos plaies, le soleil finit par se coucher et nous sommes exténués. Lucas, Ella, Alexanne, Hugo, Gristan et moi nous retrouvons sous une tente. La princesse raconte alors ce qui lui est passé par la tête.

— En apprenant ton départ pour Queler Rachel, j'ai mis beaucoup de temps à réfléchir dans ma chambre. Je ne savais pas quoi faire pour te sauver. Je maudissais la terre entière et surtout ma tante qui prend toutes les décisions. Finalement, je me suis dit : « Ras le bol de restez enfermer au palais sans rien pouvoir faire ! ». J'ai décidé de m'enfuir pour t'aider. J'ai planifié mon évasion, mais je voulais être sûre qu'il ne t'arriverait rien avant que je puisse te rejoindre. J'ai envoyé Gristan pour transmettre un message à Alexanne, Hugo et Lucas, les priant de me rejoindre en secret. Je n'ai pas vraiment le droit de recevoir de la visite sans permission. Je leur ai demandé s'ils savaient comment je pouvais t'aider, Rachel. Alors quand Lucas et Alexanne ont proposé de t'accompagner, j'ai accepté. Je me suis dit que vous n'auriez peut-être même pas le temps de combattre avant mon arrivée. Malheureusement, échapper à mes gardes du corps n'est pas une mince affaire, surtout avec Sonando qui me protège comme si j'étais sa fille. J'en ai envoyé un délivrer un message, puis Gristan m'a aidé à distraire les autres tandis que je me faufilais par un passage secret. Les tunnels du palais donnent un accès vers l'extérieur. Gristan m'a rejoint et nous sommes allés à l'écurie de Vetlana pour prendre des pégases. J'avais déjà prévenu Hugo de nous rejoindre là-bas. Il m'a aidé à seller les chevaux, car clairement je ne sais pas le faire, et nous voilà.

– Vous avez volé des pégases et désobéi pour venir nous sauver ! dis-je incrédule.

– J'ai vraiment essayé de convaincre la princesse, déplore Gristan. Mais il n'y a rien à faire avec elle, et quitte à ce qu'elle n'ait plus ses gardes, il fallait bien qu'un serviteur reste à ses côtés. Donc je suis ici, à mon grand regret.

– Et moi, Alexanne, tu m'as laissé tomber, se plaint Hugo. Alors après avoir sellé les pégases, je me suis incrusté.

– Papa va nous tuer ! s'exaspère Alexanne. Surtout quand il apprendra qu'on a volé les montures de l'école. Et pourquoi, Hugo, tu n'es pas resté à Vérion plutôt que de suivre la princesse ?

– Enfin, je ne suis plus un enfant ! J'avais envie de t'aider, c'est tout. Merci de ta reconnaissance !

- Excuse-moi de l'avoir amené, dit Ella, mais comme je l'ai dit, je ne pensais pas qu'on se battrait.
- Alors tu es complètement stupide ! Tu ne connais vraiment rien à la guerre !
- Alexanne, arrête ! Tu lui dois le respect ! intervient Lucas.
- Quoi ? Parce que c'est une princesse ? Elle n'en a rien à faire de risquer nos vies !
- Chut, pas si fort, j'ordonne, on va se faire remarquer !

Alexanne fusille Ella du regard. Cette dernière baisse la tête, presque honteuse. Elle qui paraissait si forte et déterminée face à Fléona, la voilà devenue toute craintive et fragile. Hugo s'énerve contre sa sœur.

- Arrête de reprocher des choses à Ella ! C'est notre princesse et elle n'a pas hésité à risquer sa vie pour toi, Lucas et Rachel ! Je suis venu pour les mêmes raisons que toi, parce que j'en avais envie !

Alexanne ne dit plus rien. Puis, elle semble penser à quelque chose, car elle reprend avec un ton plus posé :

- Pourquoi croyais-tu qu'on n'allait pas se battre ? C'est un peu le but de cette expédition.

Ella jette un coup d'œil vers moi et répond timidement :

- Parce que j'avais prévu qu'on s'en aille loin d'ici.

Alors là, je demeure incrédule.

- Mais enfin Ella, tu sais bien que c'est ma mission de protéger le monde ! je lui rappelle. Et tu me demandes de déserter !
- Pas tout à fait, en réalité, j'avais d'autres projets pour cette guerre. Le véritable ennemi, c'est Z. C'est lui qui dirige tout. Nous ne devrions pas sacrifier tant de personnes en vain, c'est lui que nous devons arrêter.

Alexanne se met à rire, totalement hilare.

- Mais tu t'entends parler ? Tu veux qu'à nous six, on arrête Z ?
- Non, moi je ne sais pas comment vaincre un Maestro. Toutefois, les Gnomes pourraient déjà nous instruire sur un moyen de le neutraliser.

Les Gnomes sont des vieillards savants et immortels. Ils sont les gardiens du passé et peuvent protéger des trésors. Certains peuvent même voir l'avenir. La plus grande banque et la plus grande bibliothèque du monde se trouvent dans leur capitale : Grueu. Nous nous regardons tous, hébétés. Ella reprend d'une voix plus assurée.

- Je n'y connais peut-être rien en stratégie militaire, mais je sais que nous sommes en train de perdre. Plutôt que de faire étalage de notre force guerrière, je propose qu'on la joue plus finement. Z ne peut rien craindre de nous. Vous l'avez vu avec Fléona, elle décime tout sur son passage. Or, les Gnomes ont vécu dans des siècles où ils ont déjà connu cette situation. Ils peuvent nous aider. J'en ai assez d'être isolée et de ne pas être tenue au courant des décisions des gouvernements. Alors j'espère que les Gnomes répondront à mes questions comme ils le font pour les dirigeants de Mécénia.
- La princesse est pleine de sagesse, s'incline Gristan.
- Un peu inconsciente quand même, mais j'aime bien ce plan, déclare Alexanne. Je marche.
- Moi aussi, dit Lucas.

Hugo lève sa baguette pour montrer qu'il est de la partie.

- De toute façon, je ne peux plus rester dans ce camp vu que… pratiquement tout le monde est mort, dis-je. Alors autant que je sois utile.

Nous nous endormons ainsi, sur cette nouvelle résolution.

Le lendemain, le nouveau Kodin annonce que nous sommes tous forcés de quitter Turzo, car nous sommes trop peu nombreux pour défendre la ville. Les Gobelins pourraient revenir d'un instant à l'autre. Nous avons le choix de combattre dans les montagnes ou d'aller vers le nord pour rejoindre d'autres troupes. Je ne peux pas dire comme ça que je m'en vais autre part, on va tout de suite croire que j'abandonne mon poste. Ella a la solution. Parce qu'elle dit être mon amie, elle demande la permission au Kodin de chevaucher avec moi. Nous sommes les seuls à avoir des pégases. Mon chef accepte. Je monte derrière Ella sur un bel étalon argenté. Hugo va avec sa sœur et Lucas avec Gristan. Les soldats rescapés s'installent dans des camionnettes. Nous suivons celui qui part pour les montagnes du sud. C'est justement sur notre trajet. Je jette un dernier regard à la ville décimée. Nous avons dû brûler les cadavres atteints de l'épidémie. Même les infirmières ont été touchées. Personne n'a pu être guéri. Je constate à quel point le pouvoir de Fléona est puissant. C'est le cœur lourd que je quitte Turzo avec l'impression d'avoir failli à mon devoir. Au début du voyage, nous restons au sol pendant une heure ou deux, en compagnie des autres soldats. Puis, Ella donne un coup de talons à son pégase et elle s'envole. Nous suivons le mouvement. Alors que nous montons vers le ciel, de plus en plus vite, en bas, on nous crie de revenir. Hugo leur répond en mettant ses mains en porte-voix.

— Ne vous en faites pas ! On prend de l'avance, au cas où ils auraient besoin de soldats en urgence dans les montagnes !

Je ne suis pas sûre qu'ils l'entendent. Et si oui, est-ce qu'ils nous croient seulement ? Peu importe, et de toute façon, ils n'ont pas le temps d'agir contre nous. Nos montures sont plus légères et rapides par rapport à leur véhicule. Nous voilà donc en route vers Waddon, le pays des Gnomes.

Chapitre 20

Nous décidons de louer un véhicule, parce que les pégases ne vont pas tenir la route jusqu'à Grueu. Ella, très prévoyante, a emporté une bourse pleine de piecings d'or du palais et choisit un van assez grand pour accueillir les chevaux. En attendant notre moyen de locomotion, mes amis et moi regardons l'écran de la boutique. Il est en train de diffuser les informations.

– Le roi et la reine d'Amélia ont annoncé la disparition de la princesse héritière Ella Am'Venia. Les enquêteurs n'ont pour l'instant aucune piste sur son enlèvement. Certaines sources prétendent que quelqu'un l'aurait aidée à quitter le palais. Mais s'il s'agit d'une escapade, on s'interroge sur le lieu où elle aurait bien pu aller.

Un portrait de la princesse est diffusé. Les gens semblent très inquiets, sauf sur les chaînes où ils préfèrent la théorie de la fugue. Dans ces cas-là, ils se moquent en associant cette décision à un caprice de diva. Je détourne le regard, ne supportant pas que l'on critique mon amie. Ella ne tient pas compte des actualités, elle est occupée à régler la note. Elle finit par nous rejoindre.

– J'ai payé pour une semaine la location. On verra au fur et à mesure. On prend soin de nos pégases, donc je propose qu'on aille manger un morceau avant de reprendre la route. Nous traverserons Amélia où nous irons prendre un hôtel pour la nuit. Demain, nous arriverons à Grueu.

C'est un bon plan, à un détail près.

– Qui va conduire ? je demande.

— C'est automatique, m'explique Ella. Et puis, Gristan est adulte et il a le permis.

J'ai vraiment l'impression de partir en vadrouille avec mes amis. Nous trouvons un restaurant. Cela tombe bien, j'ai super faim. Malgré la situation, cela fait du bien de pouvoir discuter tous ensemble. Puis, Ella nous presse de monter à bord de notre van. Je m'installe à côté de Lucas. Gristan se met au volant, même s'il n'a rien à faire.

— Direction Grueu, annonce Ella.

Le véhicule démarre. Le voyage se déroule sans encombre. La nuit tombant, nous nous arrêtons à un hôtel. Quand je pense qu'on n'est pas si loin que ça de Vérion. Ce que je donnerais pour rentrer ! Nous prenons deux chambres : une pour les filles et une pour les garçons. Après avoir dévoré un sandwich, nous dormons illico.

Le lendemain, nous avons encore quatre heures de route. Heureusement qu'on s'est reposé, car ce voyage commence à être long et j'ai hâte d'arriver. Lorsque nous arrivons à Grueu, un détail me frappe tout de suite. Les habitations sont très petites, sûrement parce qu'elles sont faites pour les Gnomes qui mesurent moins d'un mètre. Waddon est le pays où il y a le moins de mixité (je ne compte pas le pays des Sirènes, car c'est évident que tout le monde ne peut pas y vivre). De ce fait, je vois très peu de Magiciens, Sorciers… ainsi que d'objets de taille normale. Les personnes qui viennent à Grueu sont surtout des étudiants, des chercheurs, des grands savants qui veulent tout apprendre de l'univers. Nous nous garons au centre-ville. Il y a énormément de ponts qui font la passerelle entre les différentes parties de la ville. Je trouve cela vraiment magnifique. Je suis émerveillée par la beauté du paysage. La verdure qui est omniprésente magnifie les maisonnettes carrées. Ces dernières sont très claires, avec des formes parfois insolites qui donnent tout son charme à la ville. Mais le plus impressionnant reste cet édifice très grand, au contraire du reste. Il est composé de hautes tours de nacre aux toits dorés. De nombreuses fenêtres mettent en valeur l'immensité de ce bâtiment. Devant lui, il y a des statues d'animaux ou de personnages historiques. Elles sont elles-mêmes entourées de fleurs et de buissons bien taillés. Une allée de pavés argentés mène jusqu'à la bulba qui pour une fois, est mauve.

— C'est super beau, dis-je.

Mes amis ne me contredisent pas.

— C'est la plus grande bibliothèque du monde. Les ouvrages de tous les pays sont ici. Et l'on y trouve les plus grands médiums, affirme Ella. C'est là que nous devons aller.

Nous marchons vers les tours. Les passants parlent dans un idiome inconnu. Il va peut-être falloir que je change la langue de mon traducteur. Nous entrons dans une salle gigantesque. Il y a foule devant les nombreux comptoirs où des Gnomes répondent aux demandes. Nous attendons dans une file. Au bout d'un long moment, nous arrivons face à une Gnomide aux tresses blanches avec de petites lunettes.

— Bonjour, salue Ella, nous voudrions voir un médium, si possible quelqu'un de spécialisé en démonologie ou dans les grandes catastrophes.

La secrétaire vérifie sur son écran et nous répond en amélien :

— M. Gem va vous recevoir dans une demi-heure en salle BG7-227-AKJ. Vous pouvez attendre devant son bureau.

Elle imprime une petite feuille qu'elle nous tend. L'heure du rendez-vous et la salle sont marquées dessus. Nous la remercions et parcourons les couloirs. Certaines bulbas permettent d'arriver directement en haut des tours. J'aime beaucoup l'atmosphère de cet endroit avec ces grands espaces couleur crème où l'on trouve des tapis partout. Je demande à mes amis de jeter un coup d'œil à la bibliothèque. Ils commencent à se plaindre qu'à ce train-là, on n'a pas fini de visiter, mais ils me font tout de même ce plaisir. Nous attendons ensuite devant la porte de M. Gem. Je suis déçue de ne pas avoir eu le temps de tout voir, cependant je dois me reconcentrer sur nos priorités. Tout à coup, le mur disparaît, révélant la présence du Gnome. Un haut chapeau rouge lui barre la moitié du front. Il porte des vêtements simples et sa barbe touche presque le sol. Il est vraiment très petit. Nous avançons et le mur se matérialise derrière nous. Cette pièce n'a rien d'un bureau, je trouve. Il n'y a qu'un tapis et des poufs. Le Gnome est lui-même assis sur un coussin et nous fait signe de nous installer.

– Bonjour, vous parlez tous amélien ?

– Sauf moi, je réponds, enfin je le parle approximativement et de toute façon, j'ai un traducteur.

– Très bien, mes paroles risquent d'être un peu difficiles à suivre sinon. Vous êtes six. Lequel d'entre vous est la princesse déguisée ?

Nous restons sans voix. Puis, Ella claque des doigts, sans doute pour annuler son sortilège, car M. Gem la reconnaît ensuite.

– Bonjour Votre Altesse.

– Bonjour, M. Gem, excusez tout ceci, mais comme vous le savez sûrement, je me suis enfuie de chez moi.

– Vous avez bien fait de venir. Il y a des choses que vous devez absolument savoir et le palais n'est pas sûr.

– Aucun endroit n'est sûr, rétorque la princesse.

Je suis songeuse. Sait-il qu'il y a des traîtres au palais ? Comment lui poser la question sans inquiéter Ella ? Toute sa famille est restée à Vérion.

– Vous avez raison, Votre Altesse, reprend le Gnome. Quoi qu'il en soit, votre destin était de venir ici. Il y a des mois de cela, j'ai eu une vision montrant la princesse dans cet endroit, accompagnée de cinq jeunes personnes.

– Et vous savez pourquoi nous sommes là ? demande Ella.

– Pour accomplir votre destinée. Votre accession au trône sera semée d'embûches. Dans un premier temps, vous devez vaincre Zrygolafk et rester en vie.

– Je voulais savoir si vous connaissiez un moyen de détruire ce Démon, ou du moins de le renvoyer en Enfer pour plusieurs années.

Le vieillard réfléchit intensément.

– En réalité, nombreux sont ceux qui ont essayé de s'en prendre aux Maestros. Votre famille surtout, s'est toujours démenée pour entraver les Maîtres des Enfers.

Vous ne vous en rendez peut-être pas compte encore, mais vos pouvoirs sont très puissants. Ils sont spéciaux. Cependant, personne n'a pu vaincre un Démon aussi redoutable, depuis le temps des Géants. Mais les Géants luttaient contre d'autres espèces de Démons. Connaissez-vous l'histoire de Filia ?

– Comme tout le monde, intervient Alexanne. C'est l'une des plus importantes Géantes. Mais vous pouvez raconter l'histoire à Rachel.

M. Gem pose sur moi son regard d'un bleu profond.

– Il y a des millénaires de cela, les Géants vivaient en harmonie à Mécénia. Malheureusement, les autres espèces ont fini par prendre de l'ampleur et par les menacer. Parmi eux, il y avait les tout premiers Démons. Ils étaient clairement les plus puissants. Ils ont créé un mur pour séparer les Géants. Ceux qui se trouvaient de leur côté se retrouvaient sans défense, ils étaient dévorés. Certains Démons avaient traversé le mur, mais là, la résistance était plus forte. Il y avait notamment Filia, une grande combattante. L'Histoire lui reconnaît plusieurs exploits. Malgré la perte de nombreux compagnons, elle fit tout ce qui était en son pouvoir pour écraser la tyrannie des Démons. Elle apprivoisa des dragons, s'allia avec les Centaures, attaqua la plus grande base de créatures démoniaques. Et surtout, elle forgea avec l'aide d'autres Géants, une épée dorée. Elle contenait tous les pouvoirs que la terre pouvait transmettre. La lame scintillait au soleil. Elle était lourde et dégageait un pouvoir inouï. Filia s'en servit pour briser le mur. Tout le monde put combattre les forces démoniaques. On les renvoya chez eux, en Enfer. Mécénia retrouva son harmonie. Ce fut d'ailleurs l'âge d'or des Géants avant qu'ils ne s'éteignent quelques siècles plus tard, comme les anciens Démons. On nomma la lame dorée, l'épée filienne, en hommage à sa maîtresse. Voilà, c'est cela qui vous aidera.

On se regarde mes amis et moi, sans comprendre.

– De quoi ? demande Hugo.

— L'épée filienne, elle appartient aux grandes puissances d'autrefois. Filia avait tué quelques Démons avec, peut-être pourra-t-elle vaincre Z.
— Mais cette épée est une légende ! remarque Alexanne. De nombreux archéologues ont fouillé l'ancien royaume des Géants, ils n'ont jamais trouvé la moindre trace de cette arme. Il y a bien des illustrations de Filia avec son épée dorée, mais on pense que les gens aimaient se représenter leur sauveuse avec une arme de lumière. Elle n'avait qu'une simple lame en réalité.
— Je sais mieux que personne le travail des historiens et des archéologues jeune fille. Mais les Démons ont bien dû être arrêtés par quelque chose, sinon nous n'existerions pas.
— Mais comment la trouver alors ? demande Ella.
— Je l'ignore, Votre Altesse. Mais je vous fais confiance. Vous êtes née pour sauver Mécénia. En revanche, vous ne pourrez pas agir seule.
— Mes amis doivent m'accompagner, c'est cela ?
— Oui, et ils doivent accepter de se sacrifier pour vous. Mais ce n'est pas tout, pourquoi pas un bouclier pour compléter l'épée ?
— Un bouclier ?
— Oui, mais très spécial, qui pourra résister aux coups les plus puissants et vous protégera coûte que coûte. Il n'y a qu'un nom qui me vient en tête… Rident.

Mes amis se tournent vers moi. Je demeure perplexe.

— Mais c'est mon nom de famille !

Je réfléchis à une personne qui pourrait détenir un bouclier.

— Bien sûr ! Mon père m'a dit que ses parents fabriquaient des armes pendant la guerre. Ils doivent avoir un excellent bouclier.
— Tu sais où ils vivent ? demande Ella.
— Heu… à Lexa je crois.
— À Valley, affirme le Gnome. Où précisément, je l'ignore, mais c'est un petit village, tout le monde se connaît.

Super, le Gnome en sait plus sur mes grands-parents que moi !

– Est-ce que vous voyez autre chose ? interroge Ella. Sur notre avenir par exemple ?

– Votre futur est obscur, mes chers enfants. Vous tiendrez tête aux dix Maîtres des Enfers, mais nul ne sait qui en sortira vivant.

– Sûrement pas nous ! remarque Lucas, accablé par la prédiction.

– Je vois que vous n'êtes pas encore au complet, continue M. Gem. Vous ne pourrez pas gagner sans elle.

– Elle ?

– Une personne dont la nature est obscure. Je l'ai vue croiser votre chemin. Elle n'a pas encore ses pouvoirs débloqués à cent pour cent, mais cela viendra.

– Où pouvons-nous la trouver ? s'enquiert la princesse.

– C'est elle qui vous trouvera. C'est votre destin, je vous le rappelle, de vous rencontrer tous ensemble. Voilà tout ce que je sais d'elle : c'est une jeune fille innocente, née de l'amour et de la souffrance. Elle est la vie. Elle est la mort. Ses pouvoirs sont impressionnants. Elle invoque la lumière et les ténèbres. Quand elle saura qui elle est, elle sera l'amour et la souffrance.

– Cela ne veut rien dire ! s'écrie Alexanne.

J'avoue que moi non plus, je n'y comprends pas grand-chose. Personnellement, cela ne me donne pas très envie de rencontrer notre future alliée.

– Merci, M. Gem, dit Ella, nous partons immédiatement pour Lexa.

– Bonne chance à vous tous. Vous en aurez besoin. Que les ténèbres ne dévorent pas votre cœur.

En voilà une drôle de formule de politesse pour dire au revoir !

Dans le manoir, scène 4...

Godric devient fou. Cela fait au moins une semaine qu'il n'a plus de nouvelles de Rachel. Il tourne en rond, il enrage.
- Maman, aucun Diaboli n'a pu me dire où elle est !
- Je te l'ai déjà dit, le roi et la reine l'ont envoyé à Queler.
- Et Fléona a tout détruit à Turzo. Et si Rachel y était ? Tout ça à cause des ambitions de papa ! Je te jure que si elle est morte à cause de lui…
- Quoi ? Que comptes-tu me faire Titan ? interroge Zrygolafk qui vient d'entrer.
- Rien du tout.
- Si cela peut te rassurer, la princesse Ella Am'Venia a fugué. Elle est sûrement avec ta chérie, j'ai entendu dire qu'elles étaient très proches toutes les deux.
- Si la princesse a disparu, comment comptes-tu réaliser ton plan ? demande sa femme.
- Fléona m'a avoué avoir été attaquée par un Magicien très puissant. Elle pense que c'était une fille. Il se peut que ce soit la princesse. Personne n'est aussi redoutable. Cette dernière a le cœur trop pur, elle réapparaîtra forcément pour sauver son peuple… ou sa famille.
- Pourquoi ne me laisses-tu pas la capturer ? intervient Sarah. Cela irait beaucoup plus vite.
- Je te promets qu'un jour tu combattras Garcia, mais pas aujourd'hui.
- Enfin !
- C'est ainsi, pas de discussion !

- Je ne peux même pas aller chercher Rachel ? demande Godric.
- Oh, arrête avec elle ! s'exaspère sa sœur.
- Silence les enfants, tente de calmer Furie.
- Mêle-toi de tes affaires !
- Suffit ! s'énerve Z. Garcia, tu veux que je te donne des missions, commence par respecter ta mère ! J'en ai plus qu'assez d'entendre vos chamailleries. Je vous laisse discuter.

Il prend son fils par l'épaule et ils sortent. Furie regarde sa fille d'un air grave.

- Oh ! arrête ! Ne prends pas cette mine abattue avec moi ! s'agace Sarah.
- Parle-moi Sarah, c'est tout ce que je te demande. N'y a-t-il pas un moyen pour que tu sois moins en colère contre moi ? Tu sais bien que je ferais n'importe quoi pour toi.
- Ah non ! Ne fais pas comme si je comptais pour toi ! Tu ne penses qu'à ta petite personne ! À chaque fois que j'ai essayé d'avoir un petit peu d'attention de ta part, je voyais bien que tu étais ailleurs. Ce n'était pas ma mère que j'avais près de moi, mais un légume ! Tu es faible... si faible que j'ai honte que tu sois ma mère !
- Tu as honte... de moi ?

Le visage de Furie s'assombrit.

- Je vois.

Elle marche un peu dans la pièce.

- Tu as parfaitement le droit de m'en vouloir, mais pas de me haïr. Je t'ai gardée dans mon ventre, je t'ai mise au monde et je t'ai protégée. J'aurais voulu que tu ne ressembles pas à ton père, néanmoins, j'ai l'habitude que l'univers ne me fasse pas de cadeau. Seulement, je refuse de te perdre. Plains-toi si tu veux, toutefois je serais toujours là. Tu vas devoir t'y faire.
- Je parviendrai à te supporter, mais pas à te pardonner.

Furie va jusque dans sa chambre, ne pouvant pas entendre un mot de plus. Elle ne peut empêcher ses larmes de couler.

Pourquoi tout le monde la déteste-t-il ? La vie ne lui laissera donc aucun répit ? Furie pense à la mission qu'elle s'est donnée. Désormais, seule la rage parvient à la maintenir debout et à l'animer.

Chapitre 21

Le lendemain, nous repartons pour plusieurs heures de route. Je regarde sur une carte notre traversée. Lexa est le plus petit pays de Mécénia, avec une superficie de quatre-cents kilomètres carrés. Situé à l'ouest d'Amélia, il ne compte pas beaucoup de villes, mais sa capitale, Lex, est connue comme la plus importante cité des arts. Ils ont leur propre dialecte or, ils ont adopté en tant que langue officielle l'amélien. Alors que le paysage défile sous nos yeux, j'entame la conversation avec Lucas.

— Tu es déjà allé à Lexa ?
— Non, mais mon père a vécu là-bas pendant un temps. Il était le seul Ange de son école.
— Vraiment ? Il me semble que vous n'êtes pas très nombreux d'ailleurs.
— C'est vrai, c'est pour cela que nos lois sont très strictes. Il y a peu de naissances et beaucoup d'entre nous meurent au combat. Alors, on n'a pas le droit de se marier ou de se reproduire avec une personne d'une autre espèce.
— Quoi ? Mais c'est horrible !
— Tu dis ça parce que tu es née sur Terre. Nous, on n'a pas le choix ! Si l'on s'accouple avec un Sorcier ou un Elfe… notre magie régresse de génération en génération ; l'enfant ne deviendra jamais un Ange gardien. C'est toute notre espèce qui disparaîtrait. Mes professeurs m'ont souvent dit que nous étions la seule créature pensante ayant une mission préconçue. Je ne

suis pas comme toi Rachel. Je suis né pour me battre, protéger les populations et rien d'autre.
- Enfin, ce n'est pas juste, quoi qu'on en dise. Tu es un être doué de sensibilité, tu devrais pouvoir faire tes propres choix !
- Je sais, mais cela ne me dérange pas Rachel. Je te le jure, j'aime ce que je fais.
- Tu dis cela maintenant, mais dans dix ans, qu'en sera-t-il ?

Lucas semble réfléchir à quelque chose. Alexanne intervient :
- Il y a des époques où l'on a pris conscience de ce problème. À certaines périodes, les Anges gardiens pouvaient avoir plusieurs compagnons. L'un devait forcément être de la même espèce, dans le but de faire perdurer le pouvoir des Anges. Toutefois, ils pouvaient aussi se marier avec les gens qu'ils aimaient. Il y a eu des sang-mêlés qui sont nés. Mais cela n'a pas plu. Ce serait une longue histoire à raconter, mais en gros, il y a eu plus de « bâtards » que d'Anges et leurs pouvoirs étaient comme… détraqués. Beaucoup devenaient fous. Alors on les a tous tués. La polygamie a été interdite et réintroduite plusieurs fois au cours des siècles.
- Qu'entends-tu par « détraqués » ?

Personne ne répond. Ils n'ont pas l'air d'en savoir plus que moi, à moins qu'ils préfèrent éviter le sujet.
- Nous arrivons bientôt, nous informe Ella.

La conversation coupe court. Nous garons le véhicule près de la mairie de Valley. Des gens jouent de la musique sur la place. D'autres dessinent sur le sol avec leurs pouvoirs. L'atmosphère est joyeuse et agréable. Nous entrons dans la mairie. Une femme aux yeux roses est derrière le comptoir. Près d'elle, se trouvent assis face à leur bureau un Nain et un homme aux cheveux longs.
- Bonjour, dis-je poliment, voilà je cherche un couple marié répondant au nom des Rident. Est-ce que vous les connaissez ? Je suis leur petite-fille, mais j'ai perdu leur adresse.

– Vous n'avez pas leur numéro ? demande la secrétaire.
– Non.
– Octave, tu te rappelles l'adresse exacte des Rident ?
– Il faut descendre l'allée du Ruisseau, affirme le Nain. Ensuite, vous devrez tourner à droite quand il n'y aura plus de chemin. Normalement, vous devriez croiser un puits. Vous continuez un peu et c'est là.
– On dirait qu'ils vivent en ermites, fait remarquer Hugo.
– Oh non, les maisons sont souvent isolées par ici, dit la dame. Mais il me semble que la petite-fille des Rident vit sur Terre ?
– Je vivais sur Terre.
– Et bien bienvenue à Mécénia, ma chère...
– Rachel.
– Enchantée, et bonjour à tous. J'espère que vous allez passer un bon séjour à Valley. On ne reçoit pas grand monde dans ce village.
– On ne restera pas longtemps, mais merci.

Nous saluons les trois employés et sortons. Alexanne cherche l'allée du Ruisseau sur son ovoz. Nous descendons le long du chemin. Tout paraît plus calme une fois que nous sommes forcés de nous faufiler à travers la broussaille. L'herbe est haute et humide. J'ai les pieds vite trempés.

– J'aperçois le puits ! s'exclame Ella.

La construction en pierre est assiégée par la mousse et le poids des années. Après de longues minutes de recherche, nous trouvons enfin la maison. Elle est vraiment cachée par toute cette végétation. C'est une petite demeure campagnarde au toit orangé. Un tas de fleurs pousse sous les fenêtres. Elle a l'air accueillante. Je frappe timidement à la porte.

– Cela va bien se passer, me rassure Ella.
– Oui, c'est juste que je ne les connais pas.

La porte s'ouvre sur une vieille femme dont les cheveux gris sont noués en chignon. Son air aimable et ses yeux bleus m'indiquent qu'elle a dû être belle avant.

– Oui, bonjour ?

— Bonjour, vous êtes bien Agatha Rident ?
— C'est pour quoi ?
— C'est Rachel, votre… ta petite-fille.

Sa bouche se forme en o sous l'effet de la surprise. Les larmes perlent tout de suite au coin de ses yeux.

— Est-ce possible... Rachel ?

Elle me prend dans ses bras. Elle sent un fruit amélien qui ressemble à l'orange. Je lui rends son étreinte.

— Je suis trop contente de te connaître enfin.
— Moi aussi ma chérie. Tes parents nous ont écrit, mais j'ai appris que tu partais à la guerre. On ne pensait pas te voir un jour.

Elle nous laisse entrer et appelle son mari.

— Bertrand ! Rachel est là !

Mon grand-père paraît plus vieux et fatigué, mais son sourire est magnifique lorsqu'il m'aperçoit.

— Oh par tous les Géants ! Tu es si jolie !

Il vient m'embrasser et j'en profite pour présenter mes amis.

— Voici Alexanne et son frère Hugo, Lucas, Gristan et…
— Ella, princesse Ella Am'Venia, m'interrompt mon amie.
— Princesse ?

Ils n'en reviennent pas. Ils commencent à s'incliner, mais Ella abrège leurs politesses.

— C'est inutile, je suis là incognito.
— Il me semble en effet que vous aviez disparu, remarque Agatha. C'était donc bien une fugue.
— Je devais accomplir ma mission. Une mission qui m'a amenée ici pour vous demander votre aide.
— Notre aide ?
— Oui, mais je vous en prie, je ne vais pas vous accablez de tous les détails maintenant. Je pense que vous méritez de faire connaissance avec votre petite-fille. Avec votre consentement, Rachel pourrait dormir ici et nous autres irions à l'hôtel.
— Pas question ! Vous êtes tous invités à rester, s'exclame ma grand-mère. C'est un tel honneur de vous avoir chez

nous, Votre Altesse.

— Tout l'honneur est pour moi, mais appelez-moi Ella.

Agatha nous installe dans la cuisine pour prendre le goûter. Elle nous sert des gâteaux à la canessa* (sorte de pâte à sucre assez épaisse), des miabillons* (pain d'épices avec de gros morceaux de chocolat à l'intérieur, un régal!) et de l'âpe qu'on peut tartiner avec du miel de zee*. Mes grands-parents me posent des tas de questions, notamment sur ma vie sur Terre. Je parle du volley, des livres, des cours et j'enchaîne sur mon intégration à Amélia.

— Et vous alors, comment vous êtes-vous retrouvés dans cette maison ? je demande.

— On a eu un coup de cœur, dit Bertrand. Ton père t'a peut-être déjà parlé de tous nos déménagements à travers Amélia et Lexa. On avait besoin de la nature pour supporter l'absence de notre fils. Tu sais, ton père ne voulait pas partir sur Terre à la base. On ne lui donnait pas de boulot, mais on était prêt à l'aider le temps qu'il faudrait. Et puis, il s'est marié avec ta mère et il s'est dit que c'était plus simple de partir. Il n'a jamais regretté son choix.

— Oui, c'était Alan le plus triste de cette décision, j'ajoute.

— Oh, il comprenait au fond, j'en suis sûre, dit mamie. Il est venu nous rendre visite, tu sais.

— Une fois par an, il me semble.

— Exact, affirme grand-père, il était toujours joyeux. Il souhaitait qu'on soit prévenu s'il lui arrivait quelque chose. C'est comme ça qu'on a su…

Il y a un bref silence. Nous avons les mêmes souvenirs douloureux.

— Il parlait beaucoup d'Ella et aussi de toi, Rachel, ajoute Agatha. Il nous a également montré des photos de toi, petite. Vous aviez l'air de si bien vous entendre.

— C'était le cas.

Parler d'Alan me fait mal. Mes larmes coulent sans que je puisse les en empêcher.

— Excusez-moi, je… je ne voulais pas pleurer. C'est juste

que je me suis souvenue du fait que je n'avais même pas eu le temps de le voir une dernière fois.

Ella pose sa main sur mon épaule et mes grands-parents viennent me réconforter. La présence de tout le monde allège ma peine.

— Tout va bien, je suis heureuse qu'il ait pu vous rencontrer.

— Tu imagines notre surprise quand on a su que tu voulais faire le même métier ! fait mine de protester Agatha.

Je ris nerveusement et l'on me tend un mouchoir. Je ne sais même pas qui me le donne. Pour changer de sujet, Bertrand interroge mes amis sur ce qu'ils font au quotidien. L'heure passe à une vitesse folle. Finalement, c'est Ella qui revient sur la raison de notre venue.

— Monsieur et madame Rident, si nous sommes là, c'est parce qu'un Gnome de Grueu nous a recommandé d'aller chercher un objet chez vous.

— Un objet ? demande Agatha.

— Un bouclier plus précisément, il a dit que j'en aurais besoin contre Z.

Elle raconte alors notre aventure depuis Turzo et notre voyage pour trouver un moyen d'arrêter le Maestro. Ils sont bouche bée face à notre récit et blêmissent à l'évocation de Fléona. Ella termine :

— Avez-vous un bouclier suffisamment puissant contre la magie démoniaque ?

— Contre la magie démoniaque, je ne sais pas, avoue Bertrand, mais j'ai bien fabriqué il y a longtemps un bouclier extrêmement résistant qui a servi à la guerre du crâne. Je pense qu'il est un peu lourd pour une jeune fille.

— Montrez-le-moi, s'il vous plaît.

Grand-père se lève difficilement de sa chaise. Il traverse le mur de la cuisine qui dévoile un escalier. Les marches en bois mènent à un grand sous-sol. Nous le suivons. Nous arrivons dans une immense pièce, une forgerie. Il fait chaud et plusieurs lames sont alignées. Les boucliers sont accrochés sur les murs.

– Nous avons une belle collection, c'est tout ce que j'ai fabriqué et que je n'ai pas donné, explique grand-père. Nous n'en avons jamais fait notre métier, nous forgions des armes pendant la guerre pour aider les nôtres. Certains insistaient pour nous payer quand même, mais ce n'était pas notre priorité.

– C'est magnifique, avoue Ella.

Nous sommes tous bluffés, surtout Lucas qui ne peut s'empêcher d'effleurer les pommeaux d'épée. Grand-père fait un geste de la main. Le bouclier le plus grand sort de sa place et atterrit dans les mains de son créateur. Il le montre à Ella.

– Voici ce dont vous avez besoin.

Forgé dans une matière qui ressemble à du bronze, on y trouve dessinés des motifs de Sorciers et de Magiciens. Ils se battent tous contre des forces obscures, sûrement invoquées par les Démons. Les personnages semblent s'animer quand la lumière se reflète dessus. C'est un travail de professionnel, très minutieux. Ella le prend prudemment. Elle l'accroche à son bras et fronce les sourcils.

– C'est vrai qu'il est lourd.

Agatha cherche une potion pour alléger le bouclier. Le résultat est plus satisfaisant. Mes amis et moi nous regardons, soulagés d'avoir trouvé au moins l'un des trois éléments qui nous aideront à lutter contre Zrygolafk.

Chapitre 22

Nous aidons à préparer le dîner. Malgré le fait que nous sommes arrivés à l'improviste, grand-mère parvient à faire un grand repas, notamment avec des légumes du jardin. Nous mangeons dans la bonne humeur. La nuit est tombée quand nous terminons. Je jette un coup d'œil au bouclier qu'Ella a posé contre un mur.

– Dîtes, c'est quoi au juste la guerre du crâne que vous avez mentionné tout à l'heure ? je demande.

Bertrand et Agatha se regardent, puis grand-père raconte :

– C'était il y a cinquante ans, Z était sorti des Enfers. Il a voulu prendre le pouvoir dans plusieurs pays du monde. Il a fondé un groupe de Démons, Gobelins et Sorciers de la Nuit nommé *Le Cercle du crâne*. Ils voulaient des alliés de confiance au pouvoir, lorsqu'il serait forcé de retourner aux Enfers. Mais ils avaient un autre but. Z désirait détruire la porte qui lie Mécénia aux Enfers. Les Démons auraient été alors libres pour toujours. Pendant six ans, nous avons armé la résistance. Ton grand-père Alphonse en faisait partie. Tes parents étaient très jeunes à ce moment-là.

– Je me rappelle à quel point on avait peur pour Gaëtan, se souvient Agatha.

– Gaëtan ? interroge Lucas.

– C'est le prénom de mon père, je réponds.

– Il y a eu de longs combats un peu partout, continue Bertrand. Mais il n'y avait que deux Maestros à Mécénia, à cette époque, pas autant qu'aujourd'hui. Seulement,

comme je l'ai dit, Z avait tout de même de nombreux alliés, notamment des gens très importants. Il y a eu de grandes et riches familles de Kint à son service, avec énormément de Sorciers : les Terror, les Misgrave, les Arès…
- Les Arès ? je m'exclame.
- Quoi, tu les connais ?
- Étienne Arès est l'ami du roi, explique Alexanne.
- Et sa fille est la meilleure amie de ma cousine Angela, ajoute Ella.
- Vous n'êtes pas sérieux ?
- Vous les avez connus comment ? demande Lucas.
- On ne les connaît pas personnellement, avoue Bertrand. Ce qu'on sait c'est que la famille Arès est puissante. Elle a réussi à entrer dans la Convention des Sorciers de la Nuit de Kint, l'une des plus importantes. Normalement, les Sorciers de la Nuit qui sont dans la Convention sont là depuis des générations.
- C'est quoi la Convention ? je demeure perplexe.
- Les créatures d'une même espèce aiment bien se réunir dans un groupe, dit Alexanne. Il y en a aussi une chez les Sorciers de l'Aube, beaucoup moins sélecte, mais mon père n'a jamais voulu l'intégrer. Il disait que les règles étaient trop strictes. Une partie de la population pense que c'est un groupe politique, l'autre qu'il s'agit plus d'une secte.
- Celle des Sorciers de la Nuit est très mal vue, ajoute grand-père, car elle est très admirative des Démons. Certains les vénèrent même. Et ils utilisent leur magie noire à des fins maléfiques.
- Pourquoi on ne les arrête pas alors ? je demande.
- Parce que c'est légal, du moins à Kint, explique Agatha. Tous les pays n'ont pas la même légalité, d'ailleurs les lois sont souvent floues. Mais la Convention n'est pas pareille partout. Il y en a une à Lexa où les individus sont soumis à certaines règles de notre gouvernement, sous peine de sanctions.

– En tout cas, cela ne m'étonne pas que les Arès se soient retrouvés à la vayalti d'Amélia, ajoute grand-père. Ils travaillaient déjà pour le gouvernement de Kint.

En sachant que Kint est une dictature, j'imagine bien la mentalité de ces personnes. Je revois Étienne Arès et sa femme dont j'ai oublié le nom. Je me souviens de leur regard froid, leur allure hautaine. Je ne m'en remets toujours pas de ces révélations.

– Alors c'est forcément eux !
– De quoi Rachel ? m'interroge Ella.
– Il y a des traîtres au palais, c'est Alphonse qui m'a fait part de ses soupçons ! Je n'ai jamais eu confiance aux Arès et maintenant, je sais pourquoi !
– Ce sont leurs parents qui ont travaillé pour Z, eux ils n'étaient même pas encore nés.
– Mais avoue que c'est étrange. Ils ont quand même une histoire en commun avec Z.
– Ma tante n'est pas stupide, proteste Ella. Elle a certainement dû vérifier leur loyauté avant de les laisser entrer au palais. Elle sait mieux que quiconque l'histoire de Mécénia et ceux qui se sont alliés à ses ennemis.
– Et puis, il se peut qu'ils aient simplement peur de lui, intervient Lucas. Je veux dire, certaines familles de Kint donnent des offrandes aux Démons pour être sûres qu'ils les laissent tranquilles. Cela ne veut pas dire pour autant qu'ils sont de leur côté.
– Mais s'ils font partie de la Convention des Sorciers de la Nuit, je réplique, il y a des chances pour qu'ils soient mauvais.
– Demain, nous rentrerons à Vérion et je préviendrai mon oncle et ma tante, déclare Ella.
– Méfiez-vous surtout ! prévient Agatha. Vous ignorez de quoi ils sont capables.

Ma grand-mère prépare nos couchages pour la nuit. Les garçons dormiront dans le salon et les filles dans la chambre d'amis. Le lit est agrandi par un sort pour qu'Alexanne, Ella et moi puissions dormir côte à côte. Je regarde Ella et lui demande :

— Qu'est-ce que ta tante va dire si je reviens à Amélia ?
— Je n'en sais rien. Mais je ferais tout pour la convaincre de te garder.

Elle semble soucieuse et un peu irritée. Je fronce les sourcils.

— Quelque chose ne va pas ?
— Pourquoi tu ne m'as pas prévenue avant pour les traîtres ?
— Je ne voulais pas t'inquiéter. Alphonse non plus n'a pas voulu te prévenir.
— Je m'en fiche de ce que ton grand-père t'a dit ! J'ai laissé ma famille toute seule au milieu de gens peut-être malintentionnés. Tu as pensé à Lio ? Je les ai abandonnés pour toi.
— Alphonse les protégera, et les gardes aussi.
— J'ai peur, Rachel.
— On reviendra demain, rassure Alexanne. Tout va s'arranger. Moi je pense que c'était une bonne idée que tu t'en ailles finalement. C'est surtout à toi qu'on aurait pu s'en prendre et tu es la princesse héritière.
— Je ne suis pas une princesse, rétorque Ella. Je ne connais pas mon pays ni Mécénia. On m'apprend la politique, mais je n'y comprends rien. Tout le monde me considère comme une jeune fille fragile, un peu sotte et naïve. Amélia mérite mieux comme future reine.
— Ne dis pas ça ! je proteste. Tu t'es battue contre le Fléau, tu es douce, empathique et tu es intelligente, je le sais. Tu as juste encore beaucoup de choses à apprendre et c'est normal, tu n'as que quinze ans.
— C'est Lio qui devrait régner, s'il n'était pas malade... Désolée, je n'ai plus envie d'en parler. Bonne nuit.

Ella éteint la lumière. Alexanne et moi nous jetons un dernier regard, consternées par les aveux de notre amie. C'est dans ces moments-là que je me dis que c'est bien de ne pas être une princesse. Il y a beaucoup trop de pressions sur les épaules.

Chapitre 23

Le soleil est déjà bien levé quand nous dégustons notre petit-déjeuner. Agatha s'affaire avec la vaisselle lorsqu'un rayon de magie blanche traverse le salon par la fenêtre et vient se coller au mur, formant des ronds lumineux allant du bleu au rouge.

— Ah, il y a sans doute les informations. On n'a pas la télé ici, donc la mairie nous envoie directement les nouvelles, m'explique mamie.

Elle se place face au mur et commence à tapoter les ronds rouges qu'elle fait glisser vers la gauche.

— Il y a beaucoup trop de publicités, se plaint-elle.

Elle tape sur une bulle bleue qui se transforme alors en écran. On y passe les informations. Un journaliste expose l'avancée de la guerre. Cela se présente mal pour Queler qui est assailli de toutes parts. Mais la violence ne paraît pas se limiter au nord, comme il nous l'annonce :

— On a trouvé des Diabolis jusque dans certains villages de Pilanton. On y retrouve des habitants massacrés. Seul un village au sud du pays semble résister avec difficulté. Le maire de la commune a eu le temps d'appeler à l'aide. Le village tente de repousser les assaillants.

— Pilanton ? C'est en effet très loin de Queler et de Zelgo, remarque Alexanne.

— Ils attaquent vraiment tout Mécénia, alors ? s'inquiète Hugo.

— Il y a forcément un Maestro dans le coin, déclare Ella. Les Diabolis n'auraient pas pu se déplacer aussi vite sans se faire remarquer. Ils peuvent agir seuls, mais le plus souvent ils accompagnent leur maître.

L'écran s'éteint. L'ambiance est lourde tout d'un coup et Agatha renonce à regarder les autres nouvelles. Plus personne n'a très faim. Nous préparons nos affaires pour repartir quand Ella déclare :

- Changement de plan, je ne vais pas à Vérion. Nous ne pouvons pas les laisser tout seuls. Ils ne tiendront pas face aux Diabolis. Je dois aller les aider.
- Enfin, voyons, il va y avoir des guerriers pour porter secours aux habitants, raisonne Agatha.
- Tous les soldats sont à l'est. Personne n'aurait pu prévoir que Pilanton se ferait attaquer. Le pays a bien une armée, néanmoins elle pourrait arriver trop tard. Je suis la princesse d'Amélia, mais aussi la protectrice de tout Mécénia ! C'est mon devoir d'aller les sauver.
- Vous n'irez pas toute seule, princesse, réplique Gristan. Je suis votre serviteur et il faut au moins une personne pour vous protéger.
- Tu ne sais pas te battre Gristan.
- Je viens aussi alors, dis-je.
- Non Rachel ! Je ne veux pas te perdre !
- Tu m'excuseras, mais je suis ton garde du corps. Et puis, je ne vais pas rentrer à Vérion sans toi.
- Tu as déjà oublié ce qu'a dit M. Gem, intervient Alexanne. Nous devons rester ensemble et nous sacrifier pour toi Ella.
- Je ne *veux* pas que quelqu'un se sacrifie pour moi ! Je ne veux voir mourir personne !
- Désolée, mais tu es une princesse, alors il va falloir t'habituer à voir les gens mourir pour toi !
- Les filles, on se calme, ordonne gentiment Agatha. Il n'y a pas de quoi hausser le ton.
- Désolée, s'excuse Ella. Vous pouvez tous venir, mais vous restez près de moi, d'accord ?
- Super, alors dépêchons-nous, conclut Alexanne.

Vu le peu d'affaires que nous avons, nous partons vite. Ella rétrécit le bouclier pour le ranger dans sa poche. Mes grands-parents nous donnent des provisions pour la suite.

– Laissez-moi au moins vous payer un peu, je proteste. Après tout, nous sommes arrivés à l'improviste.

– Attends, pour une fois que nous voyons notre petite-fille, tu plaisantes ! s'exclame Agatha. Soyez prudents toi et tes amis.

Ils m'embrassent. Papa a eu de la chance d'avoir été élevé par des personnes aussi adorables. Mes amis les saluent et nous repartons là où nous avons garé le véhicule.

– Nous arriverons rapidement, annonce Gristan. Pilanton est juste à côté de Lexa.

La voiture démarre. Nous quittons Valley baignée dans le soleil. La météo est toute autre une fois que nous débarquons à Pilanton, comme si le temps savait que c'était la guerre. La pluie tombe sur des Solis qui combattent les Diabolis au loin.

– Garons la voiture et prenons les pégases, propose la princesse.

Nous obéissons. Je vérifie que mon armure est bien attachée, et ma lame tranchante. Nous volons à quelques mètres au-dessus du sol. En bas, c'est le carnage. Les habitants se défendent tant bien que mal contre des Démons enragés. Malgré la magie et les ripostes des Loups-Garous, Vampires et autres Oldis, ils n'ont pas bénéficié d'un entraînement assez dur pour pouvoir lutter contre ces monstres. Des éclairs pleuvent un peu partout, j'entends des cris. J'ai du mal à distinguer les corps, tant le paysage change avec les pouvoirs des Solis qui se déchaînent. Cependant, je comprends que les Diabolis sont en surnombre.

– Gristan, Hugo, veillez sur nos montures, ordonne Ella avant de se jeter dans le vide.

Elle invoque le vent qui l'a fait atterrir délicatement sur le terrain, de la même manière qu'à Turzo. Mes amis et moi l'imitons. À peine nos pieds touchent le sol que les Diabolis sautent sur nous. Ils sont très doués pour bondir comme des chats. Mon épée transperce le cou d'un de mes assaillants. Je fais un pas de côté pour esquiver ceux qui arrivent derrière mon dos. Je déplace ma lame avec fluidité. Le combat s'engage avec rage. Je ne quitte pas des yeux leurs griffes qui manquent à tout moment de me lacérer. Soudain, l'un d'eux fond sur moi et me mord le bras. Je crie lorsque ses dents pointues s'enfoncent plus profondément dans ma chair. Il reçoit alors une décharge électrique de la part d'Ella. Il me lâche en un instant et meurt. Mon amie me jette un rapide coup d'œil, sans doute pour vérifier que je vais bien, avant de reporter son attention sur nos ennemis. Je me demande bien qui protège l'autre. Mon bras saigne beaucoup, mais ce n'est pas celui qui tient mon épée donc je peux encore me battre. Je me lance à nouveau dans la bataille. Mon arme scintille. Ma magie sort de mon corps et joue avec les éléments. Je peux essayer de contrôler la terre pour vaincre mes adversaires. Mes ennemis sont piégés par le sol qui se dérobe sous eux, avant d'être transpercés par ma lame. Je ne sais plus combien meurent sous mes coups. Les Diabolis me terrifient bien plus que les Gobelins. Ils sont si laids, avides de sang. Leur nez crevassé me donne envie de vomir. Ils sont rapides cependant. Trois monstres tentent de bondir et j'invoque dans mon esprit des racines qui sortent du sol pour les retenir. Dans leur élan, ils retombent lourdement sur le sol et j'en profite pour leur couper la tête. Je tends ma main libre et imagine les Diabolis s'enfoncer dans des sables mouvants. Cela fonctionne, j'en remarque cinq qui se sont fait piéger.

— Calciner ! crie Alexanne.

Mes proies se mettent à prendre feu avant d'exploser.

— Ma baguette n'a presque plus d'énergie magique ! me prévient mon amie.

Je comprends le message et cours l'aider. J'invoque le vent qui balaie ses assaillants. Mon épée transperce les corps décharnés.

— Hugo ! Pourquoi il n'est plus avec Gristan ! s'écrie Alexanne.

Je lève les yeux vers le ciel où Hugo profite d'être sur son pégase pour envoyer des décharges électriques au sol. Je trouve qu'il se débrouille plutôt bien. Malheureusement, il sous-estime la distance à laquelle les Diabolis peuvent sauter. L'un d'eux bondit et arrache presque la jambe du pégase. De sa main griffue, il tente d'attraper Hugo, mais il ne fait que blesser davantage l'animal qui dégringole. Hugo dans la panique, ne pense pas à léviter. J'entends alors un bruissement d'ailes très fort derrière moi. Alexanne vient de déployer ses ailes de Fée. Sous la surprise, je recule d'un pas. Je ne m'attendais pas à ce que cela me fasse si bizarre de voir mon amie sous cette forme. D'habitude, les Fées rétrécissent pour pouvoir voler, cela prend moins de place. Là, j'ai le sentiment qu'on ne voit qu'elle. Ses ailes translucides aux reflets violets ont des bouts pointus et elles semblent si irréelles que j'ai du mal à me faire à l'idée qu'elles sortent de son dos. Alexanne fonce rejoindre son petit frère. Elle l'attrape avant que le Diaboli n'ait pu s'en prendre à eux. Il est écrasé par le poids du pégase qui s'effondre sur le sol. Cela réjouit beaucoup plus les monstres démoniaques qui se précipitent pour dévorer le corps encore vivant de notre compagnon ailé. Je détourne mon regard de cette vision d'horreur. Alexanne redescend sur le sol, tenant étroitement son frère.

— Mais enfin, qu'est-ce que tu fous Hugo !
— Désolé, je voulais juste vous aider.
— Où sont passés Ella et Lucas ? je demande.

C'est la pagaille autour de nous et nous ne trouvons plus nos amis. Alexanne replie ses ailes et nous courons à travers le champ de bataille. Pourquoi ai-je détourné les yeux de la princesse ? C'est mon rôle de la protéger.

— Par là ! m'entraîne Alexanne.

Nous apercevons Ella en train de pulvériser des Diabolis. Lucas se démène comme il peut. Je remarque alors que l'espace où ils sont commence à descendre vers les profondeurs. Sans réfléchir, je cours dans leur direction.

— Rachel attend ! s'écrie Alexanne.

Je saute dans le grand trou qui se crée dans la terre. Ella me sourit, rassurée de me savoir vivante. Avec Lucas, nous sommes désormais à plusieurs mètres sous la surface, mais nous pouvons encore voir le ciel. Tandis que je me demande ce qui se passe, un rire sardonique se fait entendre. Une ombre s'avance vers nous. Je reconnais Fléona. Son sourire me fait froid dans le dos. Son assurance est déconcertante. Un jet de magie noire sort de ses mains et fonce dans notre direction. Avant que quiconque n'ait pu réagir, mon amie se prend le sort de plein fouet. Je pousse un petit cri, m'attendant à la retrouver inerte sur le sol. Il ne se passe rien pourtant. Fléona paraît tout de même satisfaite.

— Maintenant, je vois ton vrai visage, princesse Ella Am'Venia. C'est un honneur de te rencontrer. À présent que je sais qui tu es, je vais enfin pouvoir prendre ma revanche.

Chapitre 24

Ella reprend vite contenance, alors que Fléona fait trembler la terre. Mon amie utilise le vent pour voler loin de ces attaques. Elle tente de remonter à la surface, mais elle ne peut se déplacer plus haut, car elle percute un champ de force qui l'a fait tomber à terre.

— Où crois-tu aller comme ça ? se moque la Démone.

Mon regard croise celui de Lucas. Nous nous comprenons. On se lève en même temps pour déchaîner nos pouvoirs sur Fléona. Celle-ci reste indifférente face à notre intervention. Elle ne travaille qu'à emprisonner nos sorts dans sa paume et les fait disparaître. Puis, d'un mouvement de l'index, elle crée une mini-tour de briques qui piège notre corps. Je sens le contact dur de la pierre contre moi. Impossible de me débattre sans m'égratigner de partout.

— Laisse mes amis tranquilles ! s'écrie Ella.

Un jet de feu s'échappe de ses mains. Il atterrit sur la Maestro. Malheureusement, cela ne semble pas la brûler, car elle se met à rire dans les flammes. La magie s'estompe et Ella se rend compte que ses pieds s'enfoncent dans le sol.

— On fait moins la maligne, raille la Démone.

Elle lance un sort. Malgré sa position de faiblesse, Ella dégaine le bouclier de mes grands-parents. Ainsi, elle est saine et sauve. Deuxième tentative de Fléona, mon amie riposte à nouveau, mais son corps est à moitié enseveli. Alors je la vois se concentrer. Soudain, elle sort brusquement du piège de la Démone. Cette dernière semble impressionnée. Le duel reprend. Les sorts s'enchaînent, telle une véritable partie de ping-pong. En attendant, j'essaie de trouver un moyen de sortir d'ici. C'est peine perdue, mes pouvoirs ne valent rien face à ceux de la Maestro. C'est moi où il fait de plus en plus chaud dans cet endroit ? J'étouffe dans cette atmosphère oppressante. J'aperçois alors des éclairs vers le ciel. C'est Alexanne qui tente de briser le champ de force qui nous sépare. Mon attention se reporte sur Fléona dont le regard brille d'une noirceur, d'une haine incontrôlable. Et soudain, ma prison de briques se resserre autour de ma poitrine. Je suffoque. Lucas est dans la même position que moi. Sa respiration se fait plus sifflante, son visage devient rouge.

— Non ! crie Ella. C'est à moi que tu dois t'en prendre !

Fléona ne l'écoute pas. Elle se délecte de notre souffrance. Ma vision se brouille. Tout à coup, j'entends une explosion. Ella vient de faire sauter ma prison. Elle fait de même pour Lucas. Je retombe sur mes genoux, aspirant de grandes goulées d'air.

— Ella ! je tente de crier.

Fléona profite en effet du fait qu'Ella s'est concentrée sur nous pour l'attaquer. Mon amie se protège du bouclier à la dernière seconde, mais l'impact est si fort qu'elle est propulsée à plusieurs mètres. Le bouclier s'arrache de son bras et se brise en mille morceaux. Je n'arrive pas à en croire mes yeux. Cet objet devait nous servir contre Z ! Un flot de magie démoniaque agrippe la gorge de la princesse. Fléona resserre sa prise et Ella est soulevée à quelques centimètres du sol. Je récupère mon épée et fonce sur la Démone. Elle me voit vite approcher et n'a qu'un geste à faire pour me repousser très loin. Lucas vient à ma rescousse.

— Cela ne sert à rien, me raisonne-t-il.

— Elle va tuer Ella !

Il regarde la magie démoniaque continuer d'ôter la vie à notre amie.

— Alors, battons-nous ensemble !

Il me prend la main. Il agit toujours comme un catalyseur d'énergie. Ma magie afflue. Une barrière de lumière sort de nos corps et se place entre les deux combattantes. Elle coupe net le jet de magie dévastateur et Ella reprend peu à peu ses esprits.

– Qu'est-ce que vous êtes agaçants ! nous lance Fléona.

Elle nous envoie contre le mur de terre auquel nous restons collés. Ella s'énerve.

– Je t'ai dit de ne pas t'en prendre à mes amis !

Sa natte fouette au vent. Ses yeux brillent d'une flamme bleutée que je ne lui avais jamais vue. Ses pouvoirs sont si intenses qu'ils se teintent en bleu eux aussi. Tout son être s'illumine. Fléona, nullement impressionnée, envoie une boule de feu. Elle ricoche sur la Magicienne. Ella pousse un cri à faire trembler la terre et lance tous ses pouvoirs sur son adversaire. La Démone les reçoit comme un choc et je me rends compte avec stupeur que son corps est en train de se décomposer. Elle perd ses cheveux, ses yeux se révulsent et sa peau part en lambeaux. Ella ne la lâche pas une seconde. Je ne la reconnais pas. Son regard est si déterminé, sa posture si guerrière. Le temps semble se dérouler au ralenti. Je n'en peux plus d'entendre les cris de notre adversaire. Le corps de Fléona finit par exploser, dans un dernier hurlement de notre ennemie. Lucas et moi retombons à terre. J'en ai assez de me retrouver à manger la poussière ! Nos amis restés à la surface nous envoient alors nos deux pégases survivants pour remonter. La silhouette d'Ella a cessé de briller et elle s'effondre dans mes bras. Je la rattrape tant bien que mal, bientôt secondée par les autres.

– Est-ce que ça va ? nous demande-t-elle.

– C'est plutôt à nous de te poser la question ! réplique Alexanne. Tu te rends compte de ce que tu as fait ? Tu as tué une Maestro !

– Rien ne prouve qu'elle soit vraiment morte.

– Mais elle a explosé ! je fais remarquer.

– Cela ne veut rien dire.

Ce que j'étais prête à savourer comme une victoire incroyable devient un doute planant sur ma tête, et beaucoup trop d'interrogations. Où pourrait-elle être alors ?

– Cela ne change rien au fait que tu as été extraordinaire, dit Alexanne. Tu savais que tu pouvais faire ça ?

– On m'a toujours dit que les héritiers d'Amélia avaient un pouvoir très puissant. Mais je ne m'en étais jamais

vraiment rendu compte jusqu'à maintenant.
- Comment auriez-vous pu ? intervient Gristan. Vous restiez tout le temps au palais. Ce pouvoir que vous avez ne se manifeste que dans une grande détresse.
- Le bouclier ! Oh ! Rachel, je suis désolée. Il appartenait à ta famille…
- Le plus important, c'est que tu ailles bien. Et puis, tu nous as prouvé que tu n'en avais pas besoin pour vaincre un Maestro.
- L'épée filienne nous sera tout de même nécessaire, remarque Lucas. Z est un peu plus coriace que sa sœur.
- Qu'est-ce qu'on fait maintenant ? demande Hugo.
- D'abord, Ella doit à nouveau cacher son apparence, dit Alexanne. Puis, nous devons tous reprendre des forces. Surtout Ella, qui je pense, a vidé toute son énergie.

Les habitants du village arrivent en effet voir où sont passés tous leurs assaillants. Les Diabolis se sont enfuis dès qu'ils ont senti la « mort » de leur maîtresse. Ils viennent généreusement nous aider. Nous établissons un campement de fortune et nous couchons Ella, redevenue Alla, sous une tente. Il y a un remue-ménage pas possible entre les survivants, les cris des blessés, les secours et ceux qui ne comprennent rien, car ils clament avoir vu Fléona et que maintenant, elle a disparu. Personne n'a aperçu l'héritière d'Amélia en train de réduire la Démone en poussière. Je fais le décompte de mes blessures. Je n'ai jamais eu autant de bleus et d'égratignures de toute ma vie. Merci la tour de briques ! Le pire c'est mon bras, très amoché par les dents du Diaboli. Son aspect me donne envie de vomir. On m'apporte des soins pour éviter que cela ne s'infecte.

- Il était temps que cette bataille s'achève, soupire Alexanne, ma baguette est complètement déchargée.

Elle rouspète ensuite contre son frère pour avoir pris des risques. Il y en a au moins une qui est en forme. Lucas, Ella et moi nous écroulons tout de suite. J'ai mal partout, ce qui ne m'empêche pas de sombrer dans un profond sommeil.

Quand je me réveille, il fait nuit et je *meurs* de faim ! J'aperçois des provisions devant notre tente. On a dû les laisser pour nous. Je dévore de la viande séchée, du fromage et des biscuits en faisant attention à en garder assez pour mes compagnons. Je remarque aussi le tas de foin déposé pour nos pégases. Je vais de ce pas les nourrir. Ils ne mangent pas beaucoup, quelqu'un a dû les servir avant. Je voudrais demander s'il n'y a pas de toilettes quelque part, mais le campement est désert. Une bonne partie des villageois se sont fait transférer à l'hôpital le plus proche, d'autres ont rejoint leur maison qui tient à peu près debout, et ceux qui restent dorment. La nouvelle de la libération de ce village a déjà dû circuler. Les médias sont-ils au courant de la disparition de Fléona ? Je m'éloigne pour chercher un endroit où me soulager. Je vais dans les bosquets, mais pas trop loin, de manière à avoir toujours en vue les feux de camp. Je n'aime pas trop l'obscurité, surtout lorsque je suis dans un pays que je ne connais pas. J'utilise ma magie pour me mettre plus à l'aise. J'invoque l'eau pour me laver les mains. Mes forces reviennent petit à petit, j'ai l'impression. Je remets mon pantalon quand j'ai un étrange pressentiment. Le vent semble me chuchoter quelque chose. Ou alors, ce sont les branches qui craquent ? Je fais un pas de côté juste à temps avant que la lame d'un couteau ne me transperce. Je tente de dégainer mon épée, mais la silhouette d'un homme me frappe. Il m'attrape par les cheveux et place la lame sous ma gorge.

Chapitre 25

J'ai le souffle coupé. Mon corps est paralysé. Comment me sortir de ce pétrin ? Je me concentre sur le couteau. Ma magie commence à l'éloigner un tout petit peu de mon cou, juste assez pour que j'aie le temps de frapper mon assaillant. Celui-ci peste. Des lianes surgissent hors de terre et me font tomber. Elles emprisonnent mes poignets. Je crie, mais il met tout de suite sa main devant ma bouche.

— Chut ! Reste tranquille !

Il se tient au-dessus de moi. Je le distingue mal dans l'obscurité, seulement je pense qu'il porte un uniforme. Il a un long nez crochu et sa bouche se tord, comme pour se moquer de moi. Son sourire ressemble à une grimace. Je sens à nouveau la lame sur ma gorge. Il appuie si fort que le sang commence à couler.

— Nous sommes ravis de tes services Rachel Rident, susurre-t-il. Malheureusement, nous n'avons plus besoin de toi.

Je tente de parler, de crier, il me tient toujours fermement. Il cogne ma tête contre le sol pour me calmer. Ma vision se trouble.

— Adieu, petite terrienne.

Il s'apprête à me trancher la gorge quand un cri extrêmement aigu se fait entendre. Quelqu'un de très petit saute sur mon adversaire. Je reconnais Gristan. Il continue d'émettre ce bruit strident, si bien que l'homme doit se boucher les oreilles. Mes amis, alertés par ce vacarme, accourent. Sans réfléchir, Lucas lance ses pouvoirs sur l'ignoble individu qui tente de tuer Gristan. Mon assaillant se débat dans cette énergie lumineuse qui l'englobe.

— Elektra ! tonne Alexanne.

Mon agresseur est foudroyé et retombe sur le sol, raide mort. Ella m'aide à me relever.

— Tu vas bien ?
— Oui, je crois. J'ai cru que j'allais mourir ! Il connaissait mon nom. Je ne comprends rien.

Avec sa magie, Lucas nous éclaire. Nous pouvons ainsi voir distinctement l'étranger. Il porte bien un uniforme rouge avec une armure par-dessus. Un symbole y est inscrit : un soleil avec un œil bleu. Je ne parviens plus à parler sous l'effet de la surprise.

— C'est… c'est…
— Un garde royal, constate Ella consternée. Je ne le connais pas celui-là.
— Alors peut-être qu'il a volé cet uniforme, raisonne Alexanne.
— C'est possible, mais comment connaissait-il Rachel ? Et pourquoi vouloir la tuer ?
— On aurait pu l'interroger si Alexanne ne l'avait pas tué, remarque Lucas.
— Désolée, mais ton sort n'allait pas le retenir très longtemps ! J'ai agi par instinct.
— Calmons-nous, il doit y avoir une explication, intervient Ella. Rachel, t'a-t-il dit quelque chose ?
— Il a dit : « Nous sommes ravis de tes services. Malheureusement, nous n'avons plus besoin de toi. ».
— C'est bien ce que je pensais. Ce n'est sûrement qu'un mercenaire. Il n'agit pas seul, quelqu'un l'a envoyé pour te tuer.
— Mais pourquoi moi ? je demande. Je n'ai rien fait à personne. Je ne suis qu'une terrienne.
— Ce n'est pas forcément contre toi, dit Alexanne. Peut-être que c'est juste contre ta fonction. Tu restes le garde du corps de la princesse.
— Cela rejoint ce qu'Alphonse me disait. Il y a des traîtres

au palais, des personnes qui veulent que tu te retrouves sans défense Ella !
– Il faut retourner au palais, décide Ella. Ma tante doit être informée de tout cela. Nous devons être prudents.
– Et l'on part quand ? demande Alexanne.
– Maintenant.
– Quoi ? s'exclame Hugo. Mais il est minuit passé !
– Qu'importe, il faut tout de suite avertir le roi et la reine. On a assez dormi. Heureusement que Gristan a le sommeil léger, sinon Rachel serait morte à l'heure qu'il est.

Ella prend les devants. Nous retournons chercher nos affaires et marchons jusqu'à notre van. Le pilotage automatique nous permet de nous reposer encore un peu. Mais à part Hugo, personne ne ferme l'œil. Les images de mon agression reviennent en boucle dans ma tête. Tout est arrivé si vite. J'ai toujours du mal à comprendre en quoi je représenterais une menace. Alors que nous nous rapprochons de Vérion, nous faisons une pause dans un café pour nous restaurer. Il y a du réseau ici et Alexanne en profite pour regarder son ovoz. Pendant les quelques heures où nous étions à Pilanton, les nouvelles n'ont pas tardé à se répandre. Les médias ont déjà annoncé la disparition de Fléona. Mais il y a un problème. Une horde de Diabolis et de Gobelins sont arrivés près de Vérion, aucune info sur une potentielle attaque du palais. Toutefois, cela n'augure rien de bon. Ella se tourne vers Gristan.

– Le palais n'est plus sûr, je le sais. Gristan, je veux que tu restes près du van avec les pégases. Si tu ne nous revois pas sortir de la ville de la journée, c'est que les traîtres nous ont eus. Dans ce cas, tu devras prévenir quelqu'un.
– Préviens mon père, suggère Alexanne. Lui, il sait toujours quoi faire.
– Soyez prudents, s'inquiète le Domesgobi.

Nous continuons donc notre route à pied. Le soleil se lève à peine lorsque nous arrivons devant le palais. Immédiatement, des soldats nous arrêtent à l'entrée.

– Halte ! Que venez-vous faire ici ?

Ella révèle son identité face aux gardes médusés.
- Votre Altesse, où étiez-vous passée ?
- Pas le temps de vous expliquer. Où sont mon oncle et ma tante ?
- Il y a eu une attaque, une tentative d'intrusion. Par précaution, nous avons transféré toute la famille royale à l'abri.
- Très bien, merci, pas la peine de m'accompagner, j'ai déjà tous ces jeunes gens avec moi.
- Mais il n'y en a qu'une qui porte l'uniforme, Votre Altesse.
- Pas de discussion, je vais vite retrouver ma tante. Vous, ouvrez l'œil.

Les soldats protestent, mais nous sommes déjà loin. Mieux vaut ne pas trop faire confiance au personnel. Ella ouvre une porte secrète et nous nous faufilons dans les couloirs cachés du palais. Nous y sommes presque. Soudain, deux autres soldats se matérialisent devant nous.

- Votre Altesse, par tous les Géants, vous êtes saine et sauve !
- Ma famille est bien en sécurité ?
- Oui, et qui sont les adolescents qui vous accompagnent ?
- Ils sont avec moi. C'est urgent, je dois parler à ma tante.

La princesse ne cache pas son impatience et sa nervosité. Intrigués, les gardes nous laissent tout de même entrer. Une barrière rouge empêche les êtres maléfiques et les intrus de pénétrer dans la pièce. Nous passons sans encombre. Les soldats aussi. Est-ce parce que leur cœur est pur ou parce que le sort les reconnaît comme travaillant ici ? J'aperçois les souverains assis sur des trônes de pierre. Même dans une pièce vide, dans les souterrains du palais, ils gardent leur élégance. La reine se lève immédiatement en voyant sa nièce.

- Ella, où étais-tu ? On s'est fait un sang d'encre ! Lio est dans tous ses états ! Qu'est-ce qui t'est passé par la tête ?
- Je suis désolée ma tante, mais les explications devront attendre...

— Non, je ne suis pas d'accord ! Et puis d'abord, que fait Rachel ici ? Et les Jouvence ? Et ce garçon dont j'ignore le nom ?

— Écoute-moi bon sang ! Notre vie est en danger ! Il y a des traîtres dans ce palais ! L'un de nos gardes a essayé de tuer Rachel ! Cela ne sert à rien de se cacher ici alors que…

— Oh la la, doucement Ella, je n'arrive pas à te suivre. Qui t'a dit que des traîtres se trouvaient là ?

— Voilà, c'est…

Ella s'interrompt et fronce les sourcils.

— En fait, où sont Lio et Angela ? Je croyais qu'ils étaient avec vous.

Elle a raison. Les soldats nous ont dit qu'ils étaient ici. Le roi reste assis sur son trône, indifférent à tout ce qui se passe, trop tranquille. La reine soupire.

— Ils sont en sécurité, ne t'en fais pas. Et tu n'as pas à t'inquiéter. Je suis déjà au courant pour les traîtres.

— Vraiment ? demande Ella, incrédule.

— Évidemment, puisqu'ils travaillent pour moi.

Soudain, je sens une piqûre sur mon cou. L'un des gardes vient de m'administrer quelque chose. Mes amis subissent le même sort. Ma vision se brouille. Je m'écroule. Je parviens seulement à distinguer Ella. Elle est toujours debout, n'ayant pas été piquée. Elle tente d'activer ses pouvoirs, mais une dizaine d'épées se pointent vers elle. C'est alors que je sombre dans l'inconscience.

Chapitre 26

Mon esprit erre dans la brume. Je n'arrive pas à m'accrocher à une image réelle. Je divague. Peu à peu, je me réveille. La lumière me fait mal aux yeux. Qu'est-ce qu'on m'a injecté bon sang ? Je distingue Ella attachée à une chaise. Elle n'est pas droguée. Je tente de bouger, mais je dois plus ressembler à un ver de terre qui se tortille qu'à autre chose. Au moins, j'ai l'esprit plus clair, les sons me parviennent nettement. Un groupe de gardes et une femme traversent le mur pour se retrouver face à Ella. Je reconnais la reine Adrie. Cette dernière s'adresse à sa nièce.

- Je voulais te dire au revoir. Je ne m'attendais pas à ce que tu reviennes si tôt. J'aurais dû prévoir que le mercenaire échouerait. Enfin, ce n'est pas grave, j'ai juste dû avancer mes dispositions de quelques heures.
- Où nous emmenez-vous ? demande Ella.
- Zrygolafk va m'indiquer où nous pourrons nous retrouver. Tu iras avec lui.
- Non ! Tu es en train de me livrer ?
- Ne fais pas cette tête. Estime-toi heureuse que je t'aie gardée en vie jusque là.
- Je ne comprends pas. Pourquoi fais-tu cela ? Qu'est-ce que je t'ai fait ?
- Crois-moi, c'est mieux ainsi. Tu veux savoir toute l'histoire ? Ton père, David, a eu la chance de naître en premier. Il a succédé à notre père pendant dix ans. Je l'ai accepté. J'étais la ministre de mon frère et même si nous n'avions pas grand-chose en commun, nous nous

aimions et nous respections. Mais David était un idéaliste. Il ne m'écoutait jamais. Les gens l'aimaient, toutefois je savais qu'il allait précipiter notre famille vers la ruine ! Je devais me taire cependant. David me l'a bien fait comprendre, à se demander pourquoi il m'avait choisie comme ministre.

Adrie fait une pause, les lèvres pincées, comme si le souvenir de son frère la faisait grimacer.

— Quelque temps après le mariage de mon frère, j'ai rencontré Richard. Il était déjà ami avec Étienne Arès. Ce dernier était riche, populaire, puissant et il avait beaucoup de charisme malgré son jeune âge. Il disait avoir trouvé Zrygolafk, et que ce Démon voulait s'entretenir avec moi. Cela m'a surprise. Je ne sais pas vraiment pourquoi j'ai accepté. J'étais sans doute curieuse. J'avais l'occasion de voir le Maître des Enfers, peut-être que j'arriverais à l'arrêter une bonne fois pour toutes. On s'est vu à Kint. Il était beaucoup plus beau que ce que je m'étais imaginé. Voilà ce qu'il m'a raconté : il cherchait un moyen de sortir des Enfers et il voulait voir régner dans tout Mécénia des alliés fidèles. Si je l'aidais le moment voulu, il m'offrirait en plus d'Amélia, Lexa, Pilanton, Waddon, Etalopole et peut-être même d'autres territoires. C'était trop espérer pour une seule personne. Je lui ai dit que j'y réfléchirais. Entre-temps, la reine Élisabeth est tombée enceinte de toi. Je savais que je ne pourrais plus accéder au trône. J'ai donc accepté la proposition de Zrygolafk. Il m'a avoué qu'il retournait bientôt aux Enfers et qu'il ne pourrait plus m'épauler. Je me suis sentie trahie. Après tout, il pouvait très bien revenir des siècles plus tard, alors à quoi servait notre marché ? Il m'a rassurée. Quoi qu'il arrive, il mettrait tous ceux qui se sont ralliés à sa cause à mon service. Ils m'obéiront sans hésiter. Il ne me demandait que deux choses en échange : ma plus grande fidélité, au cas où il reviendrait, et laisser en vie l'héritière de David. Je me disais que je n'avais rien à perdre. Je n'aurais peut-être jamais à lui obéir. Mon existence a donc repris son cours normal. Z ne m'avait pas menti, énormément de personnes, du roi de Zelgo à de simples voleurs, sont très vite entrés en contact avec moi. J'ai créé plusieurs alliances avec un seul problème : je risquais d'être découverte. On m'a alors proposé de tuer le roi David. J'ai dit que tant que mes gardes n'étaient pas impliqués et qu'on ne remontait pas jusqu'à moi, j'étais partante. J'ai donc organisé une attaque avec des membres de plusieurs pays pour brouiller les pistes. J'avais prévu que le couple royal soit le plus loin possible des abris du palais pendant que Richard et moi nous cachions avec les enfants, y compris toi. Élisabeth a été tuée la première dans les jardins, ensuite, ce fut le tour de David qui tentait encore de la sauver. J'étais devenue reine d'Amélia et j'avais tenu ma promesse de garder l'héritière de David en vie.

Je ne peux pas voir le visage d'Ella d'où je suis. Toutefois, je la regarde s'agiter. La rage s'entend dans sa voix, mêlée à une profonde tristesse.

– C'est toi… tu as tué mes parents ! Comment as-tu pu ? Papa t'aimait, je le sais ! Tu l'as tué ! Tu n'es qu'un monstre !

Je l'entends pleurer. Adrie esquisse un petit sourire moqueur, comme si elle trouvait la réaction de sa nièce amusante.

– Un instant, je me suis dit que je pourrais te manipuler à ma guise, que tu pourrais monter sur le trône, mais que ce serait moi en fin de compte qui dirigerais. Mais tu es bien comme ton père ! Tu es trop gentille… trop faible. Je suis peut-être montée sur le trône, mais je ne voyais que trop la décadence de notre famille : toi, trop frêle et naïve, Angela, excessivement immature et irresponsable. Lio aurait pu être mon seul et unique héritier, mais le sort a voulu qu'il tombe malade. La vie a déçu toutes mes attentes, jusqu'à ce que Zrygolafk revienne. Il me demanda d'accepter la présence de sa femme et de ses enfants à Vérion. J'acceptai. Il disait qu'il y avait un moyen très simple de t'enlever sans que quiconque soit suspecté. Personne ne te connaissait, le peuple t'aimait seulement parce que tu étais la fille de David. S'il pouvait voir quelle princesse pitoyable tu fais ! Enfin, Z m'a conseillée de réduire mes effectifs, de tout faire pour que tu sois vulnérable. Ce n'était pas difficile, j'ai envoyé des troupes combattre les Gobelins. Pour compenser ce manque de personnel, j'ai dû chercher de nouvelles personnes. C'est là que j'ai eu l'idée de limiter la formation à six mois. Il n'y aurait plus que des incompétents au palais. De même sur le champ de bataille, je communiquais discrètement au roi des Gobelins la position de mes soldats. Tous ceux qui n'étaient pas de mon côté allaient être anéantis, notamment tes gardes personnels. Z organisait souvent des attaques au palais pour semer la terreur. J'ai envoyé tes propres soldats suivre quelques Diabolis dont je savais pertinemment qu'ils allaient vers le manoir de leur maître. Même s'ils allaient être remplacés, je te connais Ella, entourée d'inconnus, tu ne te sentais que plus vulnérable et plus seule.

La respiration d'Ella devient bruyante. Elle doit sûrement avoir du mal à croire à tout cela.

— Alors que l'armée de Z progressait, je devais être au-dessus de tout soupçon. Zrygolafk est donc entré dans le palais grâce à moi. Pour lui, cela ne servait qu'à distiller un peu de peur. J'allais bientôt te livrer au Démon, mais c'est là que le Falion est devenu de plus en plus agité. Il ne cessait de nous répéter de nous méfier de Rachel, ta nouvelle meilleure amie. Richard disait qu'il était simplement fou, mais je sais qu'il y a toujours une partie de vrai dans ce que Leiante raconte. Il a le don de voir les choses. Je l'ai interrogé. Ses paroles étaient vagues, mais j'ai compris que tant que Rachel était là, je ne pourrais pas me débarrasser de toi. J'ai donc décidé de l'envoyer à Queler. Richard et moi étions sûrs qu'avec son manque d'expérience, elle finirait par être tuée.

Mes pensées s'embrouillent. Alors ma mission n'en était pas

vraiment une ? Ella s'insurge :

– Tu as mené Rachel à l'abattoir !

– C'est elle qui voulait suivre le chemin de son frère après tout. Puis, j'ai appris ta disparition. Ce n'était pas compliqué de comprendre que tu étais partie la rejoindre. Mais après, on a perdu ta trace. J'étais très embêtée, surtout que Z comptait bientôt t'enlever. Il n'était pas content. Heureusement, il m'a avouée que Fléona t'avait repérée et qu'elle s'occupait de toi. Et voilà qu'hier, j'apprends sa mort. Z et moi avons tout de suite deviné que c'était de ta faute. Tout s'est alors passé très vite. J'ai envoyé un de mes nouveaux soldats qui était un mercenaire autrefois, attaquer Rachel. Puis, j'ai organisé une fausse attaque du palais pour t'obliger à revenir. Cependant, voilà que tu arrives avant même que les médias n'aient fait paraître cet attentat au niveau international. Enfin, j'ai quand même eu le temps d'ordonner que Lio et Angela ne quittent pas leur chambre et à tes soldats fidèles de nous accompagner à l'abri Richard et moi. Et pour qu'il n'y ait vraiment aucun garde à ta cause, je les ai fait tuer peu avant ton arrivée. Ils ne me servaient plus à rien de toute façon.

– Non ! Sonando travaillait pour nous depuis longtemps ! Il t'aurait obéi !

– Oh non ! Il idolâtrait trop ton père et il t'aimait beaucoup. Je préfère garder les personnes influençables : mes membres du conseil, le Falion, Gristantile… Ils n'imaginent pas à quel point le monde est sur le point de changer.

Mon grand-père est donc toujours en vie, je pense. Mais elle n'a pas hésité à sacrifier Sonando, Myrio, Thédine, Sylver et Gabin alors qu'ils n'ont pas choisi de rentrer au service de la princesse !

– En tout cas, je suis contente que tu sois en avance. Tu manqueras à Lio bien sûr, mais sois sans crainte, je m'occuperai bien de lui.

– Comme tu l'as fait jusque là ! crache Ella.

— Ne parle pas de ce que tu ne comprends pas.
— Non, je ne comprends pas ! Et pourquoi ne relâches-tu pas mes amis ? Ils n'intéressent pas Zrygolafk.
— Normalement, j'aurais dû les tuer pour ne pas laisser de témoin, mais apparemment Furie veut vous garder tous les cinq. Je suppose qu'elle est curieuse de comprendre comment vous vous êtes débarrassés de Fléona. Je sais très bien que c'est toi qui l'as tuée. Tu as le pouvoir de ton père. Tu es bien une héritière d'Amélia.
— Cesse de me parler de papa ! Tu n'as pas le droit après tout ce que tu lui as fait ! Le monde est affreux depuis que tu gouvernes !
— Qu'est-ce que tu en sais ? Tu n'es jamais sortie du palais. Tu étais trop occupée à fantasmer sur ton petit garde du corps. La vie est terrible Ella, quoi que l'on fasse. On peut juste choisir entre le camp des gagnants et celui des perdants. Les Démons sont bien plus puissants que tu ne le seras jamais.

Ella ne dit plus rien. Elle baisse la tête. J'imagine son désespoir, ses yeux pleins de larmes. Mon cerveau commence à se réveiller. Je ne me souviens déjà plus de la moitié de la conversation. Mais je me rappelle du plus important, cela suffit pour que je sente la colère monter en moi. Je rampe sur le sol en direction de cette traîtresse de reine. Je lui crache toute ma haine.

— Vous avez tué Alan. Vous avez tué mon frère ! Vous n'êtes qu'une ordure ! Z a peut-être porté le coup fatal, mais c'était vous l'instigatrice de ce meurtre ! Alan se battait pour vous ! Il croyait combattre pour une bonne cause, mais c'était faux ! Il est mort pour rien ! Vous l'avez tué comme un animal dont on se débarrasse ! Vous l'avez tué ! Espèce de…
— Rendormez-la, ordonne calmement la reine.

Un soldat s'approche. Impossible de me débattre, mes membres sont trop flasques. Je sens à nouveau une piqûre et je m'évanouis.

Une multitude de cauchemars se déversent en moi. Je vois mes compagnons d'armes : Sonando, Myrio, mais surtout Alan. Sa bouche est maculée de sang. J'entends mes propres cris dans ma tête et la voix sifflante du Falion :

— *Enfants maudits ! Traîtres ! Complotistes !*

J'aimerais lui dire de la fermer. Il s'est trompé. Ce sont les souverains et les Arès les monstres, pas moi.

Mes paupières sont si lourdes. À chaque fois que j'entrevois un peu de lumière, elles se referment aussitôt. J'entends des bribes de conversation, comme des murmures lointains.

— Qu'est-ce qu'ils leur ont administré, sérieux ? Cela fait des heures qu'ils dorment !

Il y a des chuchotements que je ne parviens pas à comprendre. J'ai l'impression qu'on m'observe. Deux visages flous planent au-dessus de moi.

— Elle est si jolie quand elle dort.
— Beurk ! Arrête de mater ! Ce n'est pas le moment ! s'écrie une voix féminine.

Il y a une sorte de dispute qui commence entre eux, je crois, car ils parlent plus fort. Leurs voix me cassent la tête. Je replonge dans un trou noir.

La drogue ne fait plus effet apparemment. J'ai très très mal au crâne, mais je parviens à me redresser d'un seul coup, ce qui est un miracle. Ella dort près de moi, j'en conclus donc qu'ils l'ont aussi assommée avec leur produit. Lucas est déjà assis, en train de se frotter les yeux. Alexanne tente de réveiller Hugo, même si elle est également, encore à moitié dans les vapes.

— Salut la compagnie !

Godric vient vers nous tout joyeux. Il tient une bouteille d'eau et des gobelets dans les mains.

— Et bien, ça roupille dur, dis donc ! Ça fait deux jours que vous êtes inconscients !
— Deux jours ! je m'étonne.

Godric me tend un verre d'eau. J'ai si soif que j'accepte sans rechigner. Il sert tout le monde, sauf Lucas qu'il fait exprès d'éviter. Sarah arrive à son tour avec des gâteaux.

— Vous puez le crendan* ! C'est fou quoi ! rouspète-t-elle.

Elle nous balance les paquets de sucreries sans même nous approcher.

— Godric, sers de l'eau à Lucas ! Tu vois bien qu'ils sont déshydratés et il faut qu'ils reprennent tous leurs esprits.

Son frère grommelle, mais obéit. Les jumeaux nous observent manger et boire. Personne n'ose rien dire. Pour ma part, c'est surtout parce que je me remets encore des effets de la drogue. J'évite les regards insistants de Godric. Je scrute autour de moi. On est dans une pièce assez grande, pas décorée, dans des tons verts foncés. Je remarque que je n'ai plus mon épée ni les amulettes de Grace. Alexanne et Hugo sont dépourvus de baguette. On n'est pas attaché cependant. Nos geôliers doivent penser que nous sommes trop faibles pour nous défendre. C'est alors que deux autres personnes traversent le mur. La première est Furie. J'ai failli ne pas la reconnaître. Pour une fois, je la vois dans une longue robe noire sophistiquée. Ses ongles sont vernis, son chignon impeccable. Elle est toujours laide, mais plus élégante et rayonnante. Et jamais je ne l'ai trouvée si terrifiante. Elle esquisse un petit sourire satisfait. À ses côtés, je reconnais la haute silhouette sombre, le teint blafard, le regard profond et le magnétisme envoûtant du Démon que j'ai rencontré au palais. Zrygolafk.

Chapitre 27

Nous restons tous figés. N'importe qui aurait peur devant le plus grand de tous les Démons. Le Maestro sourit.

— Bienvenue à tous dans mon humble demeure et bonjour à Son Altesse Royale.

Lui et sa femme font une révérence ironique.

Ella n'y va pas par quatre chemins.

— Que me voulez-vous ? Pourquoi avoir absolument tenu à me garder en vie ?

— Votre tante vous a tout raconté apparemment. Fort bien.

Les souvenirs affluent malgré mon mal de crâne. Adrie. David. Mon frère. La douleur oppresse ma poitrine. La rage s'empare de moi. Toute cette histoire de la pauvre réfugiée et de ses enfants n'était qu'une comédie. La reine les a simplement aidés dans leurs manigances. J'ai été bien naïve de croire que peut-être Furie était innocente.

— C'est un honneur d'accueillir la princesse. Surtout que vous vous êtes révélée suffisamment puissante pour vaincre ma sœur. Comment avez-vous réussi à la tuer ?

— J'ai été la première à vous poser une question, je vous signale, rétorque Ella.

— Je suis le maître ici. Je réponds quand j'en ai envie, princesse.

Il nous observe tous avec attention.

— Connaissez-vous le Cercle du crâne ?

— C'est votre groupe, affirme Alexanne. Vous l'avez créé pour sortir des Enfers pour toujours.

- Bonne réponse ! Alors, vous savez très bien ce que je veux.
- Quel est le rapport avec moi ? demande Ella.
- Tout cela est une longue histoire. Je peux vous la raconter si vous voulez. Après tout, nous sommes entre amis.

Godric ricane. Je lève les yeux au ciel.

- Je suis né il y a plus de cinq mille ans, immédiatement sous ma forme d'adulte, commence Zrygolafk. Je suis issu du chaos, avec seulement des frères et sœurs tous plus égoïstes les uns que les autres. Nous avons dû apprendre à nous débrouiller seuls. Mon existence était vide. Je régnais sur les Enfers certes, mais la vérité c'est qu'il n'y avait rien à faire. Mes pouvoirs étaient assez inutiles dans ce monde et les Diabolis ne sont pas les sujets les plus distrayants.

J'espère qu'il n'essaie pas de nous faire compatir à sa situation, parce que cela ne marche pas.

- Puis un jour, j'ai découvert une porte menant sur Mécénia. J'ai tout de suite était ébloui, émerveillé. Cet autre monde était vaste, lumineux, chaleureux. On ne pouvait pas rêver d'un plus grand paradis. Mais malheureusement, la porte m'engloutissait toujours et je revenais chez moi, indéfiniment. Sur ce point-là, mes frères, mes sœurs et moi nous comprenions. Nous avions besoin du soleil, de l'air pur, de toute cette terre. Nous n'avons cessé de chercher un moyen de sortir des Enfers pour l'éternité. Notre maison était devenue notre prison. Par ailleurs, le temps où je m'évadais restait très aléatoire. Cela pouvait passer de six mois à cinquante ans. Mais lorsque je demeurais ici longtemps, je me rappelle à quel point c'était si bon. Les gens me craignaient, je régnais sur tous les peuples. Or, mes alliés étaient trop faibles pour garder la totalité de mon territoire après ma disparition. Plus je goûtais au soleil, plus j'en redemandais. Cela me rendait fou. Vous aussi, vous réagiriez exactement comme moi si vous étiez prisonniers d'un monde souterrain. Est-ce mal de

vouloir la liberté ?
- J'ai passé ma vie au palais et je n'ai jamais tué personne, rétorque Ella.
- Un palais n'est pas les Enfers, dit-il irrité. Enfin, c'est vrai que c'est plus petit, mais vous n'imaginez pas la chance que vous avez de vivre à Mécénia. Bref, au fil des siècles, j'ai créé beaucoup d'organisations, dont le Cercle du crâne. Les Sorciers, Gobelins et autres créatures en savaient bien plus que moi sur les secrets de Mécénia. Après plusieurs tentatives, nous nous sommes finalement tournés vers les légendes. C'est là qu'on m'a parlé de l'épée filienne. Je connaissais déjà cette histoire, mais la perspective qu'elle puisse briser la porte entre nos deux mondes ne m'avait jamais effleurée. J'ai fait de nombreuses recherches, interrogé des Gnomes par la force. Et puis j'ai découvert quelque chose. Apparemment, les dernières traces de l'épée remontraient au début du premier millénaire, lors du commencement du règne des Am'Venia. Les Gnomes m'ont affirmé aussi que le sang de l'héritière d'Amélia me guiderait. J'ai donc mis au point un cercle d'invocation pour localiser l'arme. Il ne me reste plus que votre sang, Votre Altesse.
- Vous n'avez aucune garantie que cela marchera, remarque Ella.
- Je n'en serais pas à ma première déception. Mais il vaut mieux que cela fonctionne, car vous ne resterez pas vivante très longtemps alors.

Une corde de fumée noire s'enroule autour des poignets de mon amie. Zrygolafk la force à se relever et à l'accompagner. Je tente de la rejoindre, mais un champ de force m'empêche d'aller plus loin.

- Godric, viens avec moi, ordonne Z. Laissons les filles surveiller nos invités.

Son fils me jette un dernier regard avant de le suivre. Un long silence s'installe. Hugo est serré contre Alexanne, Lucas se tient dos au mur. Je fixe profondément Furie qui finit par parler.

– Vous êtes courageux, je dois le reconnaître. Ce serait dommage de mourir si jeunes.

– Pourquoi vous n'avez pas laissé Adrie nous tuer ? je demande.

La Sorcière se tourne vers moi.

– Ce n'est pas dans mon habitude de tuer des enfants. Godric t'aime bien, tu le sais. Je ne te ferais pas de mal Rachel, mais tu dois te décider à rester avec nous. Godric est gentil, il prendra soin de toi. Et je suis prête à te considérer comme ma fille s'il le faut. Je t'apprendrai la magie. Tu deviendras une Mage noire. Je sais que tu hais mon mari, mais Godric n'est pas responsable des erreurs de son père.

– Vous pouvez toujours rêver, dis-je avec colère. Jamais je ne trahirai la mémoire d'Alan ! Je ne rejoindrai jamais des menteurs et des assassins ! Je préférerais mourir !

– Tu devrais au moins y réfléchir. Tu pourrais être tellement plus qu'une simple guerrière. Tes pouvoirs ne sont pas entièrement développés, mais je devine du potentiel. Pour ce qui est de Godric, je ne te demande pas de tomber amoureuse de lui tout de suite, simplement de rejoindre notre famille. Tu as plus de chance que moi, toi au moins, on te laisse le choix. Tes amis peuvent rester aussi. Le manoir est assez grand et il est toujours bon d'avoir du sang neuf.

– Tout ce que vous voulez c'est nous contrôler ! s'écrie Alexanne. Vous n'en avez rien à faire de nous ! Vous ne voyez pas que tout ceci est de la pure folie ! Une fois la porte des Enfers ouverte, vous perdrez toute chance de trouver le bonheur et l'amour.

– L'amour ! raille-t-elle. Qu'est-ce que vous savez de l'amour à votre âge ? Le bonheur comme tu dis est un jeu. Tout se gagne dans la vie.

– Et on l'atteint grâce au bien, non au mal, dit timidement Hugo.

– Le bien ? Laissez-moi rire ! La gentillesse n'a jamais rien donné à personne. Croyez-moi, ce sont les gentils qui souffrent le plus. Regardez David, Élisabeth, Alan. On n'a jamais ce qu'on mérite d'avoir. Il y a beaucoup moins à perdre lorsqu'on appartient aux Ténèbres. Mes pouvoirs n'ont jamais été aussi redoutables que maintenant. Depuis que Zrygolafk est dans ma vie, j'ai deux merveilleux enfants, je suis riche, puissante, respectée et même crainte. Tout ceci, ce n'est pas la bonté qui me l'a donnée. Zrygolafk est cruel, mais il peut réaliser tous vos rêves. Il n'y a qu'à lui obéir en échange. Si vous le craignez trop, on peut s'arranger. Vouez-moi votre vie et votre âme. Je suis bien plus indulgente et je sais récompenser ceux qui me servent.

Je suis gelée. Son ton doucereux, loin de m'attirer, fait trembler tous mes membres. Je sens qu'elle est complètement folle et qu'on ne peut lui faire entendre raison.

– Votre vie est triste, dis-je, mais vous ne gâcherez pas la mienne ni celle de pauvres innocents.

Furie esquisse un sourire navré.

– C'est la vie de tes amis que tu es en train de gâcher. Sarah, retiens-la.

Sarah tend les mains vers moi et je me sens soudain incapable de bouger. Furie commence à invoquer sa magie.

– Je vais te montrer Rachel. Tu vois, mon entraînement dans les Enfers m'a rendue assez puissante pour me passer de baguette magique. Tu seras peut-être plus conciliante sans tes amis.

– Non !

Mes compagnons ne bougent pas. Sont-ils pétrifiés ou se rendent-ils juste compte que cela ne servirait à rien ? Il n'y a pas d'issue.

– Dernière chance, dit Furie. Soumettez-vous !

– Faîtes-le ! je leur crie alors que les larmes coulent sur mon visage.

Mais personne ne dit rien. Aucun de nous n'ose céder. Je ne peux pas les laisser mourir.

– Alors adieu, conclut Furie.

Une sphère de magie noire s'échappe de ses mains. Le monde

semble alors tourner au ralenti. Mes muscles se tendent. Le sort de Sarah qui m'emprisonnait éclate. Je ne vois que mes amis sur le point de mourir. Je fonce vers eux et fais barrage de mon corps.

— NON !

J'invoque le sortilège de protection. J'appuie mes deux mains ensemble, paume contre paume, puis je les sépare brusquement. Une barrière transparente s'échappe de mes mains. Elle se transforme en demi-dôme qui part vers l'avant, fonçant vers la terrible Sorcière. Furie n'a pas le temps de réagir. Je la vois écarquiller les yeux, puis être propulsée par le sort. Dans un hurlement, elle traverse la fenêtre qui se brise en mille morceaux et disparaît hors de ma vue.

— MAMAN ! crie Sarah.

Je laisse retomber mes mains. Je me sens un peu étourdie et je m'écroule en arrière. Heureusement, mes amis sont là pour me soutenir. Sarah nous regarde comme si elle hésitait à nous exterminer ici et maintenant. Finalement, très vite elle décide de traverser le mur pour s'enquérir du sort de sa mère.

— Rachel, ça va ? me demande Alexanne.

— Que… qu'est-ce qui s'est passé ?

— Tu viens de repousser Furie. Il se pourrait bien que tes pouvoirs soient débloqués à cent pour cent.

— Il n'y a pas que ça, de toute ma vie je n'ai jamais vu un bouclier aussi puissant, affirme Lucas. D'habitude, cela ne projette pas les gens.

— Rident…, se souvient Alexanne. M. Gem a prononcé ton nom de famille quand il a mentionné le bouclier. Il ne parlait pas d'un objet, mais d'une personne, d'un Rident, de toi. C'est toi le bouclier Rachel !

— Moi ?

Je ne comprends plus rien. Depuis quand un être humain peut-il être un bouclier ?

— C'est ton don, Rachel. Tu es la seule à pouvoir protéger Ella, assure mon amie.

C'est du délire, mais au nom d'Ella, mon cerveau se remet en route. Je me relève et lance :

— Alors, allons-y. Il faut retrouver notre princesse.

Je pars devant et les autres me suivent. Je nage en pleine confusion avec ce qui vient de se passer et toutes ses révélations. Mes jambes flageolent au début, toutefois je me force à avancer coûte que coûte. J'espère que nous n'arriverons pas trop tard. J'en ai la certitude à présent, le sort du monde dépend de notre capacité à sauver Ella.

Dans le manoir, scène 5…

Furie gît sur le sol. Des débris de verre sont plantés dans son dos. Elle souffre aussi au niveau des jambes et elle regarde sa main qui saigne. Au début, elle était trop surprise pour ressentir quoi que ce soit. Puis la douleur a pris le dessus. Heureusement, elle est juste tombée d'un étage. Les feuilles mortes entourent son corps blessé. L'air froid lui fouette le visage.

— Maman !

Oh, une voix ! Elle est si belle cette voix ! Sarah se précipite vers sa mère et s'agenouille auprès d'elle. Elle n'a jamais eu peur du sang, mais là, voir sa mère dans cet état ne fait qu'augmenter son inquiétude.

— Oh maman, non, pas ça !

C'est étrange, elle aurait plus vu Godric réagir comme cela que sa fille. Sarah est forte, plus forte qu'elle ne l'a jamais été. Elles se prennent la main naturellement, sans même y penser. Sarah la presse contre elle, les larmes aux yeux. Sa fille n'a jamais pleuré.

— Je suis désolée, maman. Je n'ai pas pu la retenir. Mon sort a lâché et…
— Chut… ma chérie, ce n'est pas grave. Je suis si fière de toi.
— Non, tu vas peut-être mourir et ce sera de ma faute.
— Je ne vais pas mourir. Tout va bien.
— Je te demande pardon, pour tout.

Furie ne pouvait pas entendre de plus belle phrase. Si vraiment elle meurt aujourd'hui, alors elle sera heureuse d'avoir au moins pu se réconcilier avec sa fille.

— Tu n'as rien à te faire pardonner, Sarah. Je t'aime ma

chérie, je t'aime tellement.

— Je t'aime aussi maman.

Non, en fait c'est celle-là, la plus belle phrase. Depuis combien de temps n'était-elle pas sortie de sa bouche ? Mère et fille se serrent un peu plus. Furie voudrait aussi avoir Godric près d'elle. Zrygolafk va venir la chercher, mais en patientant, elle ferme les yeux. Cela fait tellement longtemps qu'elle attend la mort qu'elle ne ressent pas la peur. Son seul regret serait de laisser ses enfants avec leur père dans ce monde égoïste et cruel. Et elle aurait voulu que son plan fonctionne. Au moins, Z laissera peut-être sa prisonnière mourir de faim, c'est toujours cela de gagner. Elle ne verra jamais celle qu'elle était venue retrouver. Elle imagine ses cheveux blonds, son corps contre le sien qui est meurtri. Mais son image disparaît, ombre lointaine qui s'évanouit sous la douleur.

Chapitre 28

J'avoue ne pas avoir de plan précis. Nous avançons à tâtons dans tout le manoir. Je suis surprise d'y découvrir des escaliers impressionnants. Les Mécéniens n'ont pas besoin de marches pour se déplacer normalement. Ils préfèrent utiliser les bulbas. Nous entendons du bruit dans une pièce. Nous approchons en silence pour tomber sur la cuisine. Une femme est en train de nettoyer des casseroles. À sa tenue, je devine qu'elle travaille ici. Alexanne me traîne par la manche, une manière de me faire comprendre que le temps presse. Lucas nous montre des escaliers qui descendent au sous-sol. Nous nous éloignons de la cuisine le plus discrètement possible et filons sous le manoir. Nous sommes suffisamment loin pour qu'Alexanne commence à me chuchoter :

— Hugo et moi n'avons plus nos baguettes et nos artefacts. Cela va nous compliquer la tâche.
— Mais vous avez toujours vos pouvoirs de Fée.
— Ils sont moins efficaces.
— Alors c'est quoi le plan ? demande Lucas.
— Il faudrait qu'il y en ait un qui s'occupe de Godric, deux qui fassent diversion, et Rachel, tu seras plus utile auprès d'Ella pour la libérer.
— D'accord, alors je m'occupe de Godric, lance Lucas.

Je comprends qu'Alexanne soit démunie sans sa baguette. Personnellement, sans mon épée, je ne me sens plus pareille. Pourtant, j'ai encore mes pouvoirs. Les Terror croyaient qu'ils ne risquaient pas grand-chose avec nous, mais ils auraient dû se méfier. Nos pouvoirs sont plus puissants qu'ils n'en ont l'air. Je n'en reviens toujours pas de la façon dont j'ai poussé Furie. J'espère qu'elle est morte. Cela ferait un problème en moins. Je suis horrible de penser ainsi. Est-ce la guerre qui me prive de tout sentiment humain ? Je sens encore la magie circuler dans mes veines. Nous arrivons devant une grande porte noire où Godric monte la garde. En nous voyant, il semble très étonné.

— Qu'est-ce que vous faites là ? Qu'avez-vous fait de ma mère et de ma sœur ?

— Tu n'as qu'à aller voir, répond Alexanne.

Lucas éblouit Godric de son pouvoir. Nous en profitons pour entrer, mais le demi-Démon crie :

— Papa, ils arrivent !

Puis, il envoie Lucas contre le mur. Bien que sonné, notre ami nous encourage à continuer, sauf que Godric invoque une barrière pour nous empêcher de passer.

— Laisse-nous ! je lui ordonne. Tu ne peux pas comprendre à quel point l'instant est grave !

Je sais que j'ai raison. Après tout, avant de sortir des Enfers, il n'avait jamais connu Mécénia et tous ces habitants. Comment pourrait-il se mettre à leur place ? Il lance un sort vers Hugo, sûrement la proie qu'il juge la plus facile, mais mon bouclier le protège. Godric n'en revient pas.

— Comment peux-tu dévier mes sorts ?

C'est le moment que choisit Lucas pour bondir sur lui. Cette fois, nous fuyons pour de bon. J'espère que Lucas tiendra le coup. Alexanne, Hugo et moi arrivons dans une salle circulaire. Au centre, on a tracé un cercle, et cinq cristaux bleus ressortent aux extrémités. Ella est à l'intérieur du cercle. Sa main saigne et des gouttes vermeilles sont tombées sur le sol. Zrygolafk fait une incantation. Il sent tout de suite notre présence, car il arrête de parler.

— C'est amusant de voir à quel point les créatures courent à leur propre mort pour sauver une personne qu'ils aiment.

Alexanne et Hugo déploient leurs ailes pour foncer vers le Démon. Il les repousse immédiatement. Je n'ai alors pas été assez rapide pour rejoindre Ella. Il me propulse à mon tour. Je ne peux plus bouger. Il recommence son incantation comme s'il ne s'était rien passé. Les cristaux s'illuminent, alimentés par le sang royal. Le sort fonctionne. Bientôt, il trouvera l'emplacement de l'épée filienne. Au-dessus du cercle, une bulle bleutée se forme et laisse entrevoir des paysages flous. Je tente de me redresser, mais rien à faire. Cependant, je sens que mes pouvoirs sont encore là. Soit il ne peut pas utiliser plusieurs sortilèges en même temps, soit une force inconnue me submerge. Le regard d'Ella croise le mien. Si j'essaie de l'atteindre elle ou les cristaux, Zrygolafk s'y attendra trop. J'observe autour de moi. Le manoir semble vivant. Il se déplace au gré des envies de son maître. Ces murs et ce sol froids sont à l'image du Démon. Peut-être que la maison est plus vulnérable. Je pose mes mains par terre et je me concentre. Je sens ma magie circuler dans tout mon être. Elle sort de mon corps comme des vagues puissantes qui se collent aux murs. La pièce se met à trembler. Z ne s'en rend pas compte tout de suite, trop occupé à observer la bulle bleutée. Les visions s'éclaircissent peu à peu pour dévoiler de gros rochers éclairés par une lumière orange. Un instant, j'ai l'impression que ce sont des braises. Si l'image devient plus claire, il faut que je me dépêche. Je fixe les dalles en losange blanches et noires qui constituent les murs. J'use de mes pouvoirs pour les arracher complètement. Elles fondent sur le sol. J'essaie cependant de ne pas blesser mes amis avec ces éclats. Ella ne risque rien, car elle est préservée par le cercle. Z se protège, mais les murs, le sol commencent à s'effriter. Je ressens la moindre molécule présente dans la matière. Il y a bien de la vie dans ce manoir. La demeure essaie de se défendre, de repousser ma magie. C'est peut-être le cercle d'invocation qui pompe toute l'énergie de ce lieu. En tout cas, je me force à tout détruire. Ma tête me fait atrocement souffrir. J'ai l'impression d'être comme Fléona lorsqu'elle mettait tout sens dessus dessous. J'envoie de gros débris contre un cristal qui se fendille et s'éteint. L'image brumeuse vacille.

– Non !

Z a repris le contrôle de la situation. Il me ligote fermement avec des volutes de magie noire. Au-dessus du cercle, on aperçoit des grottes désormais et de la fumée. Puis, plus rien.

Dans un cri, Ella vient de briser la totalité des cristaux. Alors j'ai vraiment réussi à fragiliser le cercle ! Les yeux de la princesse brillent de rage. Elle lance au Démon :

— Lâche-la !

Sa magie heurte le Maestro qui vacille à peine. Comment peut-il survivre à un tel impact ? Au moins, il m'a lâché. Z déploie à son tour son pouvoir et je me dresse entre lui et Ella. J'invoque mon bouclier. Cette fois, il ne propulse pas mon adversaire, mais le sort de Zrygolafk ne le traverse pas. Le choc néanmoins manque de me faire perdre mon équilibre. Mon enchantement de protection a beau tenir, je le sens déjà s'affaiblir. Le Démon hurle de rage et Ella le met au défi :

— Finissons-en.

Elle déchaîne les éléments. Zrygolafk quant à lui, invoque ses volutes de fumée noire et attaque mon amie. Le duel commence. Je me rends compte qu'ils ne font plus du tout attention à ce qui les entoure. Il n'y a que moi qui reste auprès d'Ella pour déployer mon bouclier en cas de besoin. La plupart du temps, elle s'en sort très bien toute seule. Je n'utilise mon nouveau sortilège de prédilection que quatre fois. Zrygolafk joue avec nous. Il veut voir jusqu'où on peut aller. C'est vrai que je commence un peu à fatiguer. Il esquive chaque jet de flamme, de roche avec agilité. Mon cerveau quant à lui est embrouillé par toutes ces couleurs, ces sorts que chaque adversaire se renvoie à toute vitesse. Ella est animée par la rage. Le combat est tellement intense qu'il n'y a plus de plafond. La pièce ne ressemble plus à rien. Alexanne et Hugo volent vers nous.

— Il faut remonter, nous conseille Alexanne. Sinon, tout va s'effondrer sur nous.

Nous nous tenons la main et je sens mon énergie accroître. Mes amis Fées projettent sur Ella et moi une fine poussière qui nous permet de nous envoler avec eux. Godric entre parmi les gravats. Il crie à son père :

— Il y a un problème avec maman et Sarah !

Zrygolafk hésite. Il voit bien que l'on est en train de s'échapper. Finalement, il se téléporte et Godric disparaît également.

— Où est Lucas ? demande Ella.

– Justement, il devait s'occuper de Godric, explique Alexanne.

Nous remontons d'un étage et courons vers la sortie. La porte principale nous montre de la résistance, mais Ella parvient à la détruire.

– On ne peut pas partir sans Lucas ! je m'écrie.

Nous entendons alors de drôles de bruits, comme des grondements. Des ombres nous encerclent et je sens mon corps se raidir. Nous sommes entourés par une horde de Diabolis.

Chapitre 29

Zrygolafk a fait appel à ses sbires. Je ne sais pas combien ils sont, mais ils sont nombreux. J'espère que j'aurais assez d'énergie pour lutter contre eux. Ella est toujours aussi en forme. Sa magie pulvérise beaucoup d'adversaires. Alexanne nous renvoie une dose de poussière qui nous fait nous envoler. J'ai vraiment l'impression d'être dans *Peter Pan* avec la poussière de fée. Malheureusement, nous ne sommes pas assez hauts, les Diabolis bondissent et nous forcent à les éviter. Ils font claquer leurs dents pointues et agitent leurs bras dans tous les sens dans l'espoir de nous attraper.

— Aller chercher Lucas ! ordonne Ella.
— Je ne te laisse pas toute seule, dis-je.
— Vas-y ! on se rejoint très vite !

Je suis alors mes amis, reprenant le chemin que nous avions emprunté pour descendre au sous-sol. Le temps presse. L'angoisse nous ronge. Il fait sombre sous le manoir, mais nous parvenons à distinguer un peu dans l'obscurité. On finit par retrouver notre compagnon. Lucas gît inconscient à terre. Il est en sang.

— Lucas ! je crie.

Alexanne le secoue légèrement pour le réveiller. Il ouvre péniblement les yeux.

— Tu vas bien ? demande mon amie.
— Je crois.

Sa figure est dans un sale état. Il a un œil au beurre noir, un gros hématome sur la joue et une vilaine coupure sur la lèvre. Le sang dégouline le long de son visage gonflé. Nous l'aidons à se relever.

— Viens, lui dit Alexanne, on se sauve.

C'est là qu'un groupe de Diabolis se jette sur nous. Lucas est trop faible pour accroître notre énergie magique. Je dois donc faire à nouveau appel à mon bouclier. Je sens déjà qu'il est moins performant. Je me suis trop épuisée. J'invoque l'élément du feu et le projette sur mes adversaires. Un grand brasier les enflamme et ils hurlent atrocement. Sans perdre une seconde, nous volons pour rejoindre Ella. Nous tournons la tête de tous les côtés. La princesse a disparu. Mon cœur s'emballe. Où est-elle encore passée ? Les Démons déferlent à nouveau sur nous, bien plus nombreux. Alexanne s'écrie :

— Il faut qu'on sorte ! Ma magie sera plus efficace que dans ce manoir.

J'avais oublié que les Fées contrôlent la nature. On ne peut pas abandonner Ella, mais on doit bien se défendre. Je ne tiendrai pas toute seule au combat. Lucas a vraisemblablement suffisamment repris ses esprits pour faire apparaître un rayon lumineux. En plus d'aveugler les Diabolis, il nous permet de nous frayer un chemin vers l'extérieur. Sa lueur s'éteint et je dois pratiquement le porter pour qu'il ne retombe pas sur le sol. Nous volons en passant par un énorme trou dans le mur. L'air me paraît tout de suite froid. Mais l'adrénaline me fait oublier à quel point je suis gelée. Alexanne et Hugo atterrissent pour mieux viser nos ennemis. Il n'y a pas beaucoup de verdure par ici, mais ils parviennent à contrôler les arbres. Leurs branches s'agrandissent et piègent les Démons. La terre s'ouvre sous leurs pieds. Tout en soutenant un peu un Lucas affaibli, je réfléchis. Je tente de soulever le toit. Une bonne quantité de tuiles s'arrachent et plongent sur les Diabolis. Ils sont complètement assommés. Je suis assez fière de moi. Seulement, ils restent assez nombreux, ne crions pas victoire trop vite. J'aperçois alors une forme voler, puis tomber près de nous. Je reconnais Ella. À elle aussi, la poussière des Fées ne doit plus faire effet. Heureusement, elle se relève juste à temps pour se défendre d'une attaque. Lucas et moi la rejoignons.

— Où étais-tu ?

— Désolée, j'ai dû les semer. Je commence à manquer de

force.

– Alors il faut fuir, il n'y a pas d'autre moyen.

Ella semble pensive, puis elle dit :

– Je ne vois qu'une solution afin qu'ils ne nous rattrapent pas. On a qu'à invoquer une grande rafale pour nous propulser loin d'ici. J'ai juste besoin que tu m'aides pour que ce soit assez puissant. Fais simplement attention à ne pas emmener de Diabolis avec nous.

Lucas siffle à l'adresse d'Alexanne et d'Hugo pour qu'ils se rapprochent de nous. Les demi-Fées tiennent efficacement nos adversaires à distance. Ella me prend les mains et m'ordonne de me concentrer. Nous devons user de nos dernières forces.

– Je crois en toi, me souffle-t-elle.

– Moi aussi, je réponds sans réfléchir.

Je ferme les yeux. Mes cheveux fouettent sur mon visage. J'imagine nos cinq corps emportés par le vent. J'entends la voix d'Alan. Je revois mon rêve où il est apparu.

Tiens ta promesse Rachel. Et quand le moment sera venu, ouvre ton cœur.

Alors tout s'éclaire dans mon esprit. J'ai l'impression de sentir sa présence. Il m'indique exactement comment faire et mon sang bout dans mes veines. Mon estomac se soulève, ce qui m'oblige à ouvrir les yeux. Nous sommes dans un tourbillon. Je crie malgré moi, mais Ella ne me lâche pas. Nos amis ont cependant moins de chance puisqu'ils sont ballottés dans tous les sens, alors qu'Ella et moi tournons simplement à une vitesse ahurissante. Leurs hurlements manquent de me déconcentrer. J'ai l'impression d'être dans une machine à laver. Je vois trouble. J'ai mal au cœur. Depuis combien de temps sommes-nous entraînés par le vent ? En aucun cas je ne dois perdre le contrôle, même si je meurs d'envie d'arrêter ce manège infernal.

– Tu peux lâcher maintenant Rachel ! crie Ella à travers le tumulte.

Aucune idée de la façon dont il faut procéder. J'essaie de penser à la terre ferme. Au fond, je crois que c'est Ella qui fait le plus gros du boulot, car nous atterrissons sans encombre. Même nos amis n'ont pas l'air de s'être cognés trop fortement sur le sol. Ella a les cheveux détachés et complètement ébouriffés. Je n'en reviens pas que nous soyons encore en vie. Nous nous serrons dans nos bras. Le soulagement envahit le groupe. Seuls trois Diabolis nous ont suivis dans le tourbillon. Nous les tuons rapidement et les brûlons pour éviter que Zrygolafk les localise. Puis, trop épuisés par nos mésaventures, nous nous écroulons à même le sol, pour un repos bien mérité.

Chapitre 30

Je ne ferme pas vraiment l'œil, étant donné que nous ne sommes pas suffisamment éloignés du manoir. On aurait dû se dissimuler, mais nos corps épuisés ne répondent plus. Je ne sais combien de temps nous restons là. Petit à petit, nous nous relevons, et la première chose qui nous vient à l'esprit, c'est de nous interroger sur l'endroit où nous pouvons bien nous trouver. Lucas, Alexanne et Hugo qui ont plus voyagé, émettent l'hypothèse que nous sommes dans un pays du nord. : Zelgo, Queler ou Silène. Le ciel est bas, il fait froid. Nous sommes affamés, malheureusement, il n'y a rien aux alentours et le paysage est assez aride. Le sol est jonché de cailloux et de plantes mortes. Hugo prend la parole :

– En fait, je n'ai pas tout compris. Comment est-on arrivé chez Z ? La dernière chose que je me rappelle, c'est qu'on était allé voir le roi et la reine.

Ella raconte tout. Elle me remet en mémoire des passages que j'avais oublié sous l'effet de la drogue. La colère est toujours là au récit de cette trahison, mais c'est surtout la tristesse qui m'envahit à cet instant. Mon frère est mort pour rien.

– Je suis désolée, Rachel, dit Ella, si je ne m'étais pas autant rapprochée d'Alan, peut-être qu'il serait encore vivant.

– Probablement pas, pense à Sonando, Thédine, Myrio…

Myrio, c'est son décès qui m'attriste le plus, car il m'a suivie durant ma formation. Il avait mon âge, il était drôle, joyeux. Je me rappelle encore de notre dernière soirée à l'institut Belingrad. Ella conclut.

— On ne peut plus retourner à Vérion. Il n'y a plus qu'à espérer que Gristan soit toujours en vie et qu'il soit parti chercher de l'aide en ne nous voyant pas revenir.

— Comment fait-on pour prévenir qui que ce soit ? demande Alexanne.

C'est vrai, mes amis n'ont plus leur ovoz. Sans eau ni nourriture, nous n'irons pas très loin.

— Si Gristan prévient Maurice ou Alphonse, déclare Ella, alors ils se mettront sûrement à notre recherche.

— Et l'on fait quoi maintenant ? interroge Hugo.

— On trouve l'épée filienne avant Z.

— Tu sais où elle se trouve ? intervient Alexanne.

— Non, mais j'ai eu le temps de voir des rochers, de la fumée... cela m'a fait penser aux pierres de lave.

— Qu'est-ce que c'est ? je demande.

— Des minéraux rares, répond Alexanne. Ils proviennent des Îles des dragons, mais il y a certains gisements sur le continent, comme à Queler.

— Il faudrait d'abord savoir où nous sommes, déplore Ella.

— On va y arriver, dis-je. Si Lucas n'est pas trop blessé.

Mon ami frotte le sang séché sur son visage. Il esquisse un demi-sourire.

— Non, il m'a juste un peu amoché. Je sentais que Godric voulait me tuer, mais la voix de sa sœur a retenti. Apparemment, Furie est dans un état grave.

Tant mieux, je pense en moi-même. Ella annonce :

— Il n'y a plus qu'à avancer jusqu'à ce qu'on trouve une ville. Des questions ?

— Oui, intervient Hugo, on en fait quoi de la fille qu'on est censé chercher ? M. Gem a dit qu'elle nous aiderait.

— On ne sait même pas qui c'est. Il faut espérer qu'elle nous trouvera. Et qu'elle sera prête à nous aider. C'est notre destin d'avancer tous les six.

— Alors, on attend que le hasard nous envoie une fille tombée du ciel ! dit Alexanne, frustrée.

— Oui, on n'a pas le choix. À moins que tu n'aies un autre

plan ?

Alexanne ne dit plus rien. Nous nous mettons en route. Très vite, Ella se confie à moi.

- La façon dont tu m'as protégée… c'était incroyable et étrange. Est-ce que tu es en pleine possession de tes pouvoirs ?
- Je n'en ai aucune idée, mais Alexanne pense que je suis le bouclier… ton bouclier.

Ella ne semble pas plus surprise que cela. Elle paraît se remémorer quelque chose.

- Alan adorait l'idée de créer son propre bouclier et son épée avec la magie. Il a dit qu'il s'entraînerait fort pour que ses sorts soient le plus efficaces possible. Il voulait vraiment me protéger, tu sais.
- Moi aussi.
- C'est cela qui est fou ! Vous vous ressemblez plus que je ne le pensais. Il n'a pas pu me protéger, pourtant j'ai le sentiment que vous êtes deux à veiller sur moi. Alan est toujours présent à travers toi. Tu penses que tu vas t'en sortir avec ton nouveau pouvoir ?

Je réfléchis. Ma magie s'est révélée si soudainement.

- Je pense que oui. Les Rident sont nés pour protéger les gens qu'ils aiment j'ai l'impression.

Elle presse ma main dans la sienne. Je jette un coup d'œil derrière moi. Lucas a l'air fatigué, Hugo reste près de sa sœur, le visage rongé par l'inquiétude. Notre avenir est des plus incertains. Qui aurait imaginé qu'il y a encore un an, j'écoutais de la musique dans ma chambre et jouais au volley ? Pourtant, je ne regrette pas mon choix d'être partie de la Terre. Je suis plus utile ici et je sais où est ma place. Je suis une Magicienne, une guerrière, un bouclier. J'ai un combat à mener. Et je vaincrai.

Remerciements

Je remercie Lorraine Castelain d'avoir travaillé sur la couverture. Merci à mon père pour nos séances de relecture ; à Nell et à ma mère pour leurs corrections et leurs remarques pertinentes.

Enfin, merci à toi, cher lecteur, de partager cette aventure avec moi et de faire vivre cette histoire.

Lexique du Monde Magique de Mécénia.

Les créatures magiques.

Elles sont réparties en deux groupes : les Solis (ceux qui ont des pouvoirs) et les Oldis (ceux qui n'en ont pas, à ne pas confondre avec les Néants qui eux sont censés en avoir). Toutes les espèces ne sont pas considérées de la même façon, culturellement parlant. Certaines sont très mal jugées : les Démons, les Gobelins et les Ogres principalement, quand d'autres sont juste jugées inférieures (souvent parce que leur espèce est rare et donc plus vulnérable). Ainsi il y a très longtemps, seules douze créatures ont obtenu un territoire (je ne compte pas les Sirènes qui ont les océans et les Démons qui ont les Enfers). Aujourd'hui, la multiculturalité et les migrations font que ces pays n'appartiennent à ces espèces que de manière officielle.

Les Solis.

Magiciens : ils contrôlent la matière, mais pas les êtres vivants. Leur pouvoir se manifeste à travers l'énergie, qui ne possède donc pas de couleur, et est quasiment invisible. Ils influencent surtout la nature et le temps et sont presque les seuls à ne pas avoir besoin d'outils pour jeter des sortilèges.
Pays officiel : Amélia

Sorciers de l'Aube : ils pratiquent la magie blanche, qui ne signifie pas « pouvoir du bien », mais qui veut simplement dire

que leurs sortilèges sont plus efficaces le jour et quand il s'agit de sortilèges pratiques (guérison, métamorphose…). Ils ne peuvent pas lancer de sortilèges sans baguette ou potion.
Pays officiel : Diver.

Sorciers de la Nuit : maîtres de la magie noire. Là encore, ce n'est pas un système manichéen. Ils sont plus puissants la nuit et avec des sortilèges qui influencent le mental (télépathie). Comme les Sorciers de l'Aube, ils peuvent utiliser leurs pouvoirs sur des êtres vivants avec des baguettes et des potions.
Pays officiel : Kint.

Anges gardiens : catégorie à part de Magiciens vu qu'ils n'ont pas besoin d'objets non plus pour user de leur magie. Cependant, ils contrôlent uniquement la lumière et les sorts de protection. Ils peuvent également accroître la force d'autres individus à proximité. Ils sont nés pour protéger Mécénia et passent leur vie à s'entraîner. Sinon, certains décident de faire le rituel de l'Union de l'Âme où ils s'unissent à une personne spécifique qu'ils doivent protéger au péril de leur vie.
Pays officiel : Faradia.

Démons : ils sont immortels. Il en existe de plusieurs sortes, plus ou moins puissant. Ils ont soif de sang et de pouvoir.
Pays officiel : les Enfers ou « monde souterrain », que les Démons préfèrent surnommer « prison ».

Fées : ce sont des hommes et des femmes qui peuvent changer de taille et voler. Elles sont maîtresses dans l'art de créer des artefacts, de la métamorphose (animale j'entends, elles ne peuvent pas prendre la forme de leur voisin) et elles ont la capacité de faire voler d'autres personnes. Comme les Magiciens, elles peuvent contrôler la nature, mais ne peuvent pas la créer.
Caractéristique physique : yeux roses.
Pays officiel : Belzara.

Elfes : Peuple de la forêt comme on aime les appeler. Leur

poudre elfique augmente la force et permet de faire pousser des plantes. Ils tirent à l'arc, sont rapides et agiles.
Caractéristique physique : oreilles pointues.
Pays officiel : Ribérin.

Les Oldis.

Loups-garous : hommes-loups qui aiment vivre en communauté et préfèrent chasser la nuit. Ils n'utilisent pas d'armes à part des coutelas.
Caractéristique physique : yeux dorés.
Pays officiel : Chelia.

Vampires : maîtres de la nuit, ils boivent du sang. Comme les Loups-garous, ils sont considérés comme des Oldis malgré le fait qu'ils puissent se transformer (ici en oiseaux de nuit et non en chauve-souris parce que ça n'existe pas à Mécénia).
Caractéristique physique : canines pointues, mais elles sont rétractables. Sinon, ils ont le teint blafard.
Pays officiel : Levon.

Sirènes : créatures aquatiques, elles se montrent rarement. Seuls les Sorciers et les Fées peuvent leur donner une apparence humaine.
Caractéristique physique : sentent le poisson et l'eau salée. Forme mi-humaine, mi-poisson, cheveux souvent très colorés.
Pays officiel : océans.

Ogres : ils sont immenses, verts et ont de grandes dents carrées. Ils sont souvent considérés comme des brutes cannibales, voleurs et pilleurs.
Pays officiel : Silène.

Gnomes : vieillards savants et immortels vu qu'ils ne peuvent pas se reproduire. Ils protègent le savoir et les trésors. Ils sont de petite taille (un peu moins d'un mètre).
Pays officiel : Waddon.

Gobelins : ils mesurent environ un mètre vingt. Leur peau est jaune ou verte, leurs oreilles, leur menton et leur nez sont pointus. Ils ont des ongles griffus et des yeux rouges comme les vampires. Ils vivent la plupart du temps dans des grottes. Ils sont perçus comme stupides, mais vils.
Pays officiel : Zelgo.

Nains : peuple de petite taille (entre un mètre vingt et un mètre quarante). Les hommes sont barbus et les femmes ont de longs cheveux.
Pays officiel : Queler.

Farfadets : lutins laids qui s'occupent des foyers. Ils sont souvent très farceurs et peuvent être insupportables lorsqu'on les contrarie.
Pays officiel : aucun.

Les Oldis rares : ceux-ci sont un peu particuliers vu qu'ils ont souvent été capturés, tués et tenus en esclavage. De nos jours, ils ont les mêmes droits que les autres créatures, en tout cas dans la plupart des pays.

Falions : espèce extrêmement rare, car ayant subi plusieurs génocides. La moitié de leur corps est un serpent avec un énorme dard, l'autre moitié est celle d'un lion, mais avec deux pattes avant griffues. Leur crinière peut s'enflammer et leurs yeux sont petits.

Domesgobis : petits bonhommes bleus à trois yeux et trois doigts. Ils sont rejetés dans certains pays, car considérés comme des êtres faibles et peu réfléchis.

Visiors : ils sont très recherchés par les hommes de pouvoir, car ils ont la capacité de lire dans les pensées. Ils ont la peau bleue et les yeux rouges.

Hiérarchie des Démons :

Les Maestros ou Maîtres des Enfers : ce sont les Démons supérieurs, les plus puissants. Ils sont dix frères et sœurs nés du chaos. Ils ont tous le pouvoir de la mort et de la destruction, toutefois ils ont aussi leur propre particularité :

- Zrygolafk (nom donné par les Mécéniens : Z) : roi de la mort et de l'oubli. Sa magie est noire.
- Matameth (M) : maître de la lave. Magie orange.
- Acramis (Acre) : maître des plaisirs et de la tromperie. Magie jaune.
- Ourandis (Our) : maître des ouragans. Magie grise.
- Fléona (Fléau) : Démone des maladies, épidémies et des catastrophes naturelles. Magie blanche.
- Hechimera (H) : reine du désespoir, de l'échec et de la furie vengeresse. Magie verte.
- Lilithériane (Lilith) : reine de la damnation et de la domination. Magie violette.
- Wytmala (Wyt) : maître de la nuit et des cauchemars. Magie bleu sombre.
- Heartless (Heart) : reine du sang et de la torture. Magie rouge.
- Gregoramon (Gregor) : roi de la guerre et de la folie. Protecteur des meurtriers et des violeurs. Magie marron.

Diabolis : Démons inférieurs, ils boivent du sang et se nourrissent de la chair de leur victime. Les plus puissants d'entre eux ont le pouvoir de causer du malheur et de rendre les gens fous ou malveillants. En Enfer, ils vivent en société, mais dehors ils peuvent vivre en groupe ou en solitaire.

Spectres : ils ne sortent jamais des Enfers. Ils capturent les bons souvenirs (des animaux et des créatures qui ont eu le malheur de visiter les Enfers). Seulement, ils ne peuvent pas tuer. Ce sont les Démons les moins puissants.

La vie quotidienne

Quelques mots d'amélien :

- **Bulba** : c'est une porte en forme de grand ovale, tirant sur les tons bleu vert généralement. Elle peut aussi avoir la forme d'une cascade.
- **Kodin** : commandant, celui qui dirige les troupes.
- **Maladoui** : c'est un animal domestique ressemblant à un hérisson, sauf que son corps est recouvert de ce qui ressemble à de la fourrure de mouton. Il est tout rouge, avec une tête rose. Il est normalement herbivore, mais c'est une créature très gourmande qui peut piquer la nourriture des Solis et Oldis. Il a la réputation d'être très câlin.
- **Malédiction** : il y a en a de deux types à Mécénia. Les Sorciers peuvent en lancer avec des potions ou des formules, mais cela demande une grande maîtrise. Sinon, les malédictions sont les équivalents des maladies sur Terre, sauf qu'elles sont provoquées par la mauvaise magie qui circule.
- **Mortella** : maladie qui touche les Solis. Elle est due à un surplus de mauvaise magie dans l'air. Elle touche d'abord le cœur, puis le corps entier. Les symptômes sont l'incapacité de faire de la magie, la toux, la fièvre, les maux de tête, la paralysie, l'hémophilie, la fatigue, le dysfonctionnement de certains organes. Ces symptômes varient en fonction des malades. Il n'y a pas de remède.
- **Néant** : Magicien ou Sorcier ne possédant pas de pouvoir. Les autres Solis ne peuvent pas avoir cette anomalie très rare.
- **Ovoz** (prononcé ovoss) : téléphone portable.
- **Piecing** : monnaie internationale mécénienne. Ce sont de petites billes de différentes valeurs : les moins chères sont les piecings de bronze, ensuite il y a les piecings d'argent et d'or. Un piecing d'or vaut cent piecings

d'argent et mille piecings de bronze.
- **Vayalti** : tous les membres de la noblesse.
- **Zwig** : inspecteur (désigne aussi bien les inspecteurs de police que les jurys pour des épreuves).

Calendrier mécénien.

À Mécénia, il y a six saisons et donc six mois dans l'année. Un mois dure 61 jours. Par contre, les jours de la semaine sont identiques aux nôtres.
Le Nouvel An se déroule le 1er hivernal qui équivaut au 1er décembre chez nous. C'est le premier mois de l'année, car c'est le mois le plus court pour les Mécéniens (à part quand c'est une année bissextile, dans ce cas, il y a 61 jours).
Conversions des mois mécéniens et terriens :
- **Saison hivernal** : du 1er au 29 ou 30 janvier.
- **Saison ventile** : du 30 ou 31 janvier au 31 mars.
- **Saison aurore** : du 1er avril au 31 mai.
- **Saison orée** : du 1er juin au 31 juillet.
- **Saison été** : du 1er août au 30 septembre.
- **Saison brumaire** : du 1er octobre au 30 novembre.

Aliments et boissons :

- **Âpe** : sorte de racine très dure, c'est l'équivalent du pain sur Terre.
- **Canessa** : pâte à sucre épaisse utilisée dans beaucoup d'aliments sucrés.
- **Grimel** : alcool très fort, très prisé des militaires. C'est un liquide marron.
- **Miabillons** : pain d'épices avec des éclats de chocolat.
- **Salvedonia** : plat du pauvre, ragoût de petits légumes et de viande hachée.
- **Topax** : soda pétillant qui a un goût de cerise, de coca

et de fruit de la passion.
- **Virex** : boisson qui ressemble à du champagne bleuté, mais le goût de l'alcool est plus fort.

La faune et la flore :

- **Crendan** : animal carnivore à la peau épaisse. Il vit en meute. Les Mécéniens peuvent l'élever pour son cuir et sa viande savoureuse. Il est un peu plus petit qu'une vache, a un museau plus allongé, quatre griffes à l'extrémité de chaque patte et pas de queue. Il est généralement tout noir. Il se nourrit de petits animaux. Il sent également très fort.
- **Fadet** : mammifère de la taille d'un gros chien. Il est entièrement rouge avec deux petites cornes et des poils bleus sous le menton, de la même couleur que sa queue et ses sabots. Sa fourrure est très douce.
- **Norchida** : fleur violette, utilisée couramment comme antistress et calmant.
- **Vipère de Zelgo** : équivalent d'une vipère terrienne, on la trouve plus dans le désert de ce pays. Elle peut être jaune, verte ou rouge. Son venin est mortel. Dire de quelqu'un qu'il n'est qu'une vipère de Zelgo est une insulte pour désigner un être maléfique, fourbe, apportant la mort sur son passage.
- **Vlées** : petits insectes verts qui aiment bien s'accrocher aux cheveux ou à la fourrure des animaux. Ils ont l'espérance de vie la plus courte, car ils sont la proie de nombreux petits mammifères ou de plantes carnivores. Ce qui explique que l'expression « tomber comme des vlées » est la même que « tomber comme des mouches ».
- **Zees** : comme les abeilles, elles fabriquent le miel. Les deux espèces se ressemblent, mais les zees sont de différentes couleurs et ne sont pas rayées.

La Magie

Il y a différents termes pour évoquer la façon dont on utilise la magie ou comment elle affecte le corps et l'esprit.

Pouvoirs révélés : c'est quand les pouvoirs apparaissent pour la première fois.

Pouvoirs débloqués : il faut un certain temps pour qu'une personne puisse contrôler sa magie. Pendant son adaptation, il doit s'exercer beaucoup et l'école aide énormément à cette formation. Les pouvoirs sont débloqués quand ils sont entièrement contrôlés et apprivoisés par le corps. On dit aussi qu'ils sont à cent pour cent débloqués.

Pouvoirs stables : le Solis est sain physiquement et mentalement, ce qui lui permet de maîtriser ses pouvoirs.

Pouvoirs défaillants : il y a deux possibilités. Un Solis peut attraper une maladie qui bloque les pouvoirs ou les rend moins contrôlables. Sinon, sa magie a naturellement une anomalie, plus ou moins handicapante au quotidien.

Pouvoirs détraqués : c'est la situation la plus grave. Cela concerne les personnes qui n'ont plus aucun contrôle sur leurs pouvoirs et qui peuvent causer de graves dégâts. Les patients oublient généralement qu'ils ont utilisé leur magie et perdent la notion du bien et du mal. Un suivi psychologique est très important dans ces conditions, ainsi qu'une surveillance accrue pour éviter ces débordements.

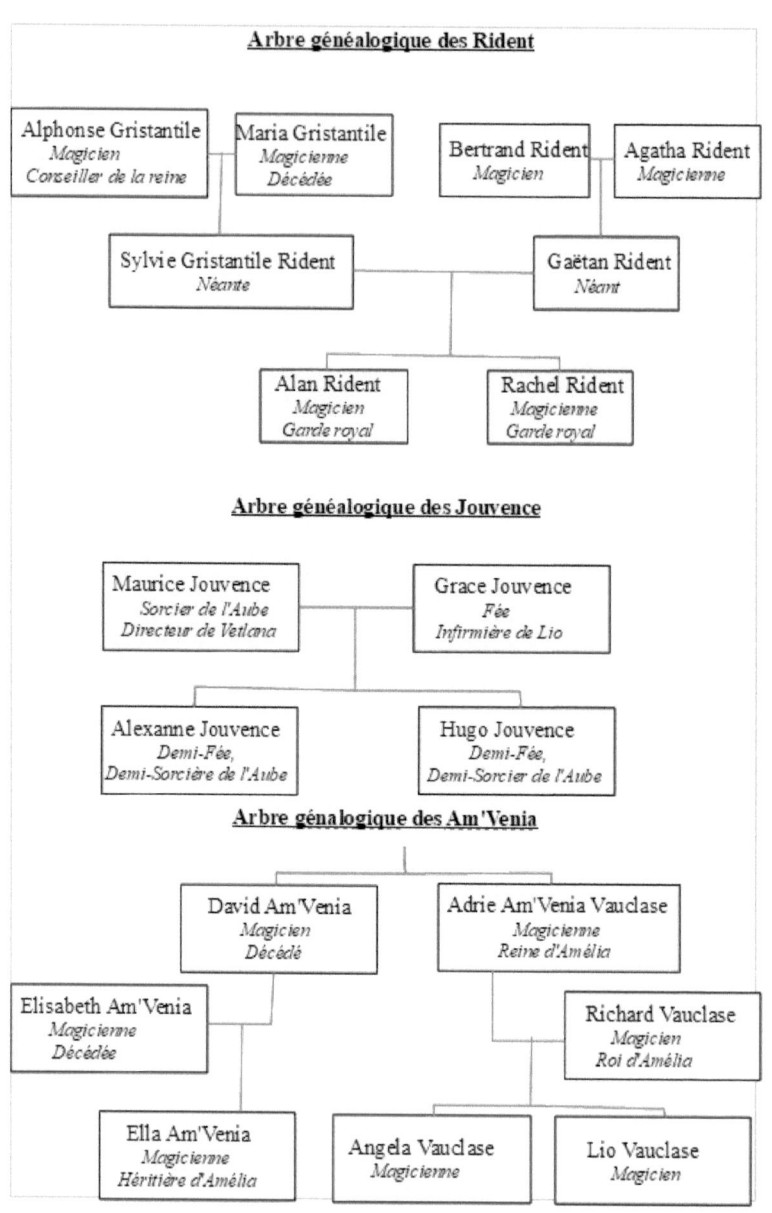